Terayama Shūji Studies

寺山修司研究

【第十二号】

国際寺山修司学会【編】

The International Society of Shūji Terayama

文化書房博文社

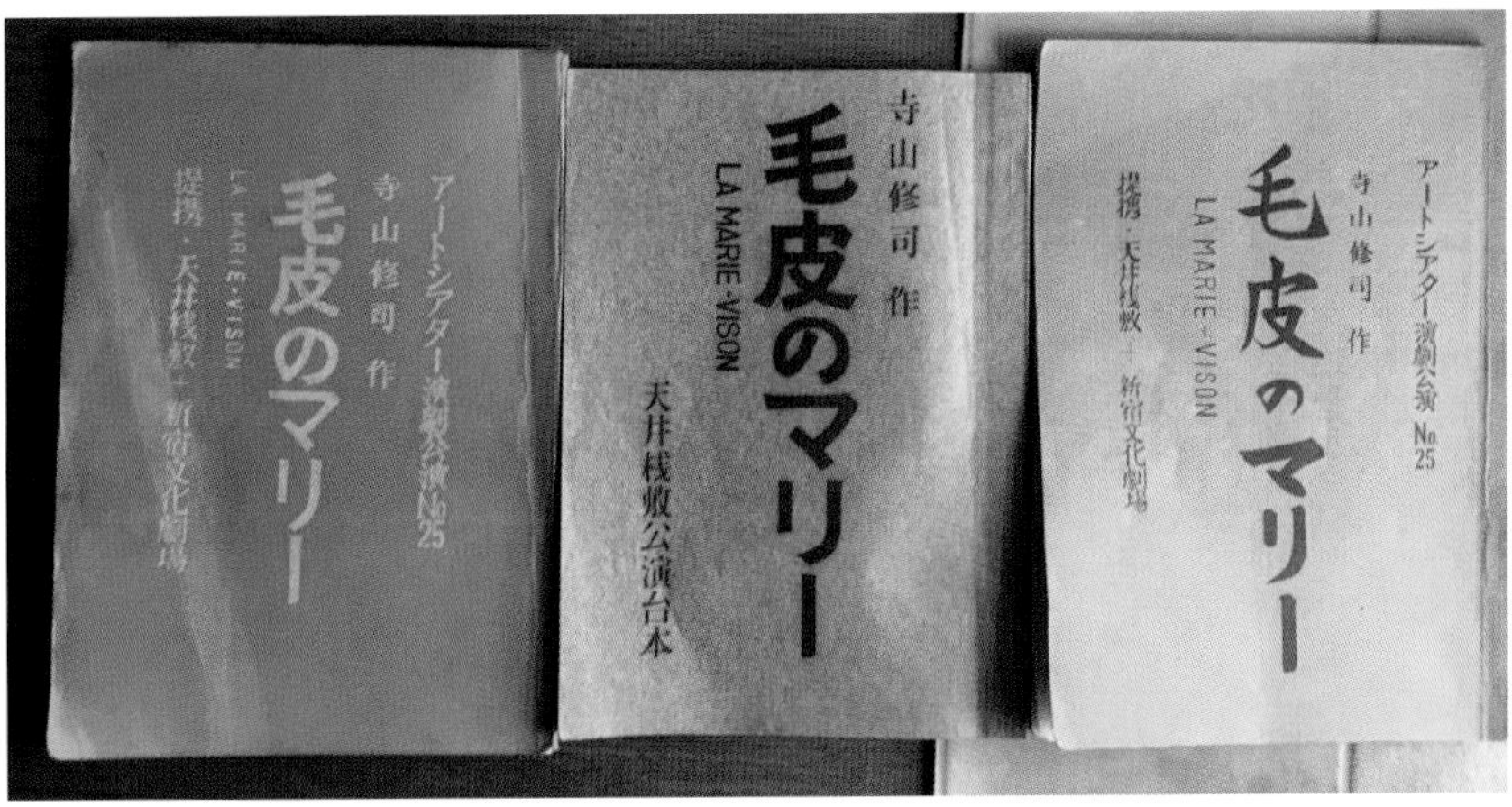
アート・シアター演劇公演No.25
寺山修司作
毛皮のマリー
LA MARIE-VISON
提携・天井桟敷＋新宿文化劇場
寺山修司作
毛皮のマリー
LA MARIE-VISON
天井桟敷公演台本
アート・シアター演劇公演No.25
寺山修司作
毛皮のマリー
LA MARIE-VISON
提携・天井桟敷＋新宿文化劇場

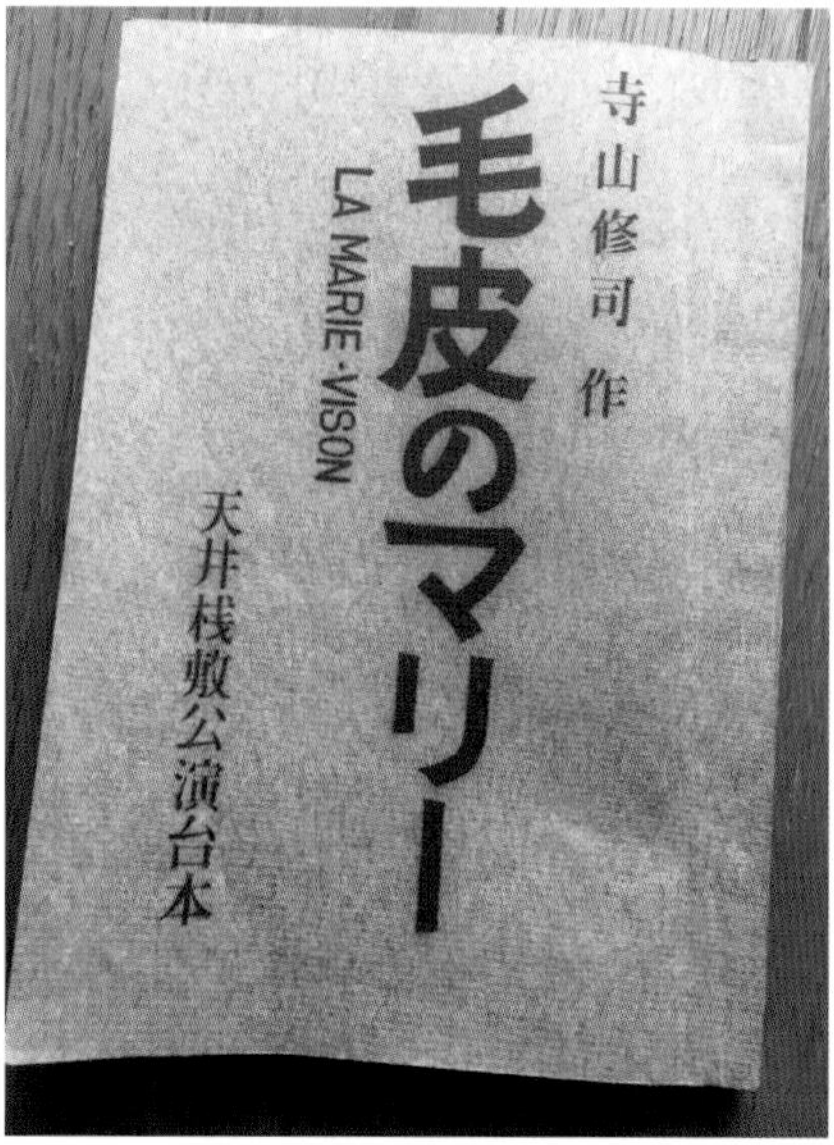
寺山修司作
毛皮のマリー
LA MARIE·VISON
天井桟敷公演台本

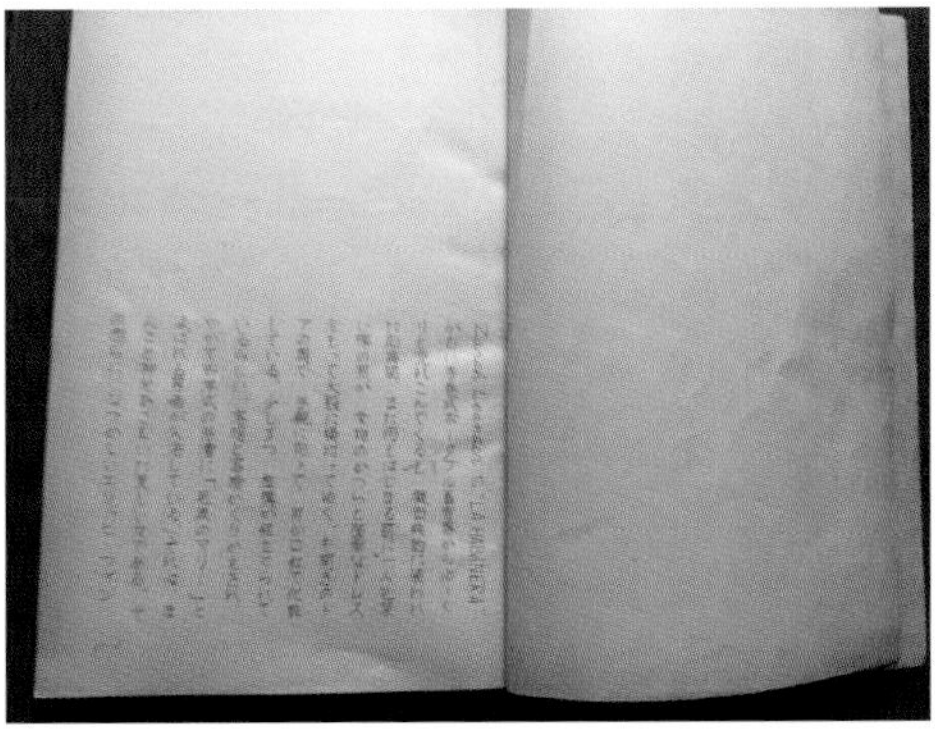

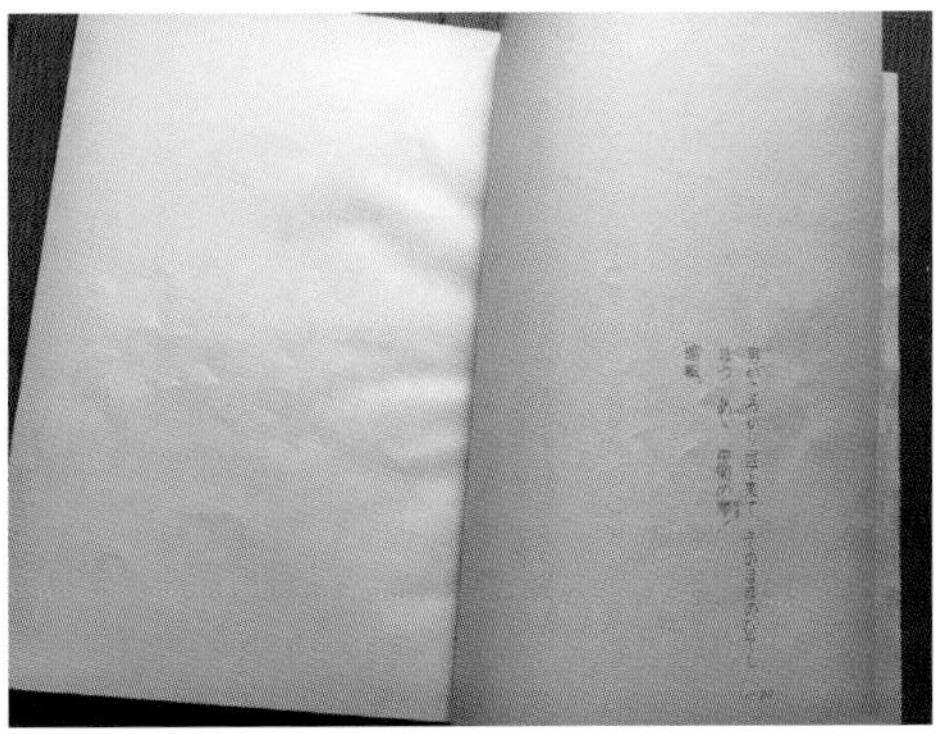

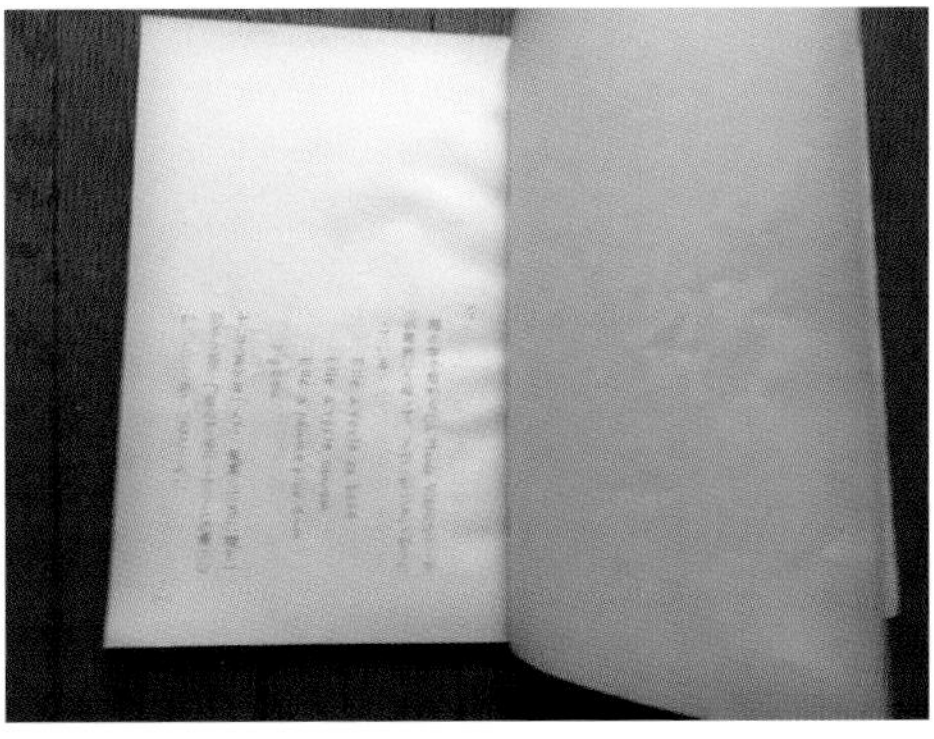

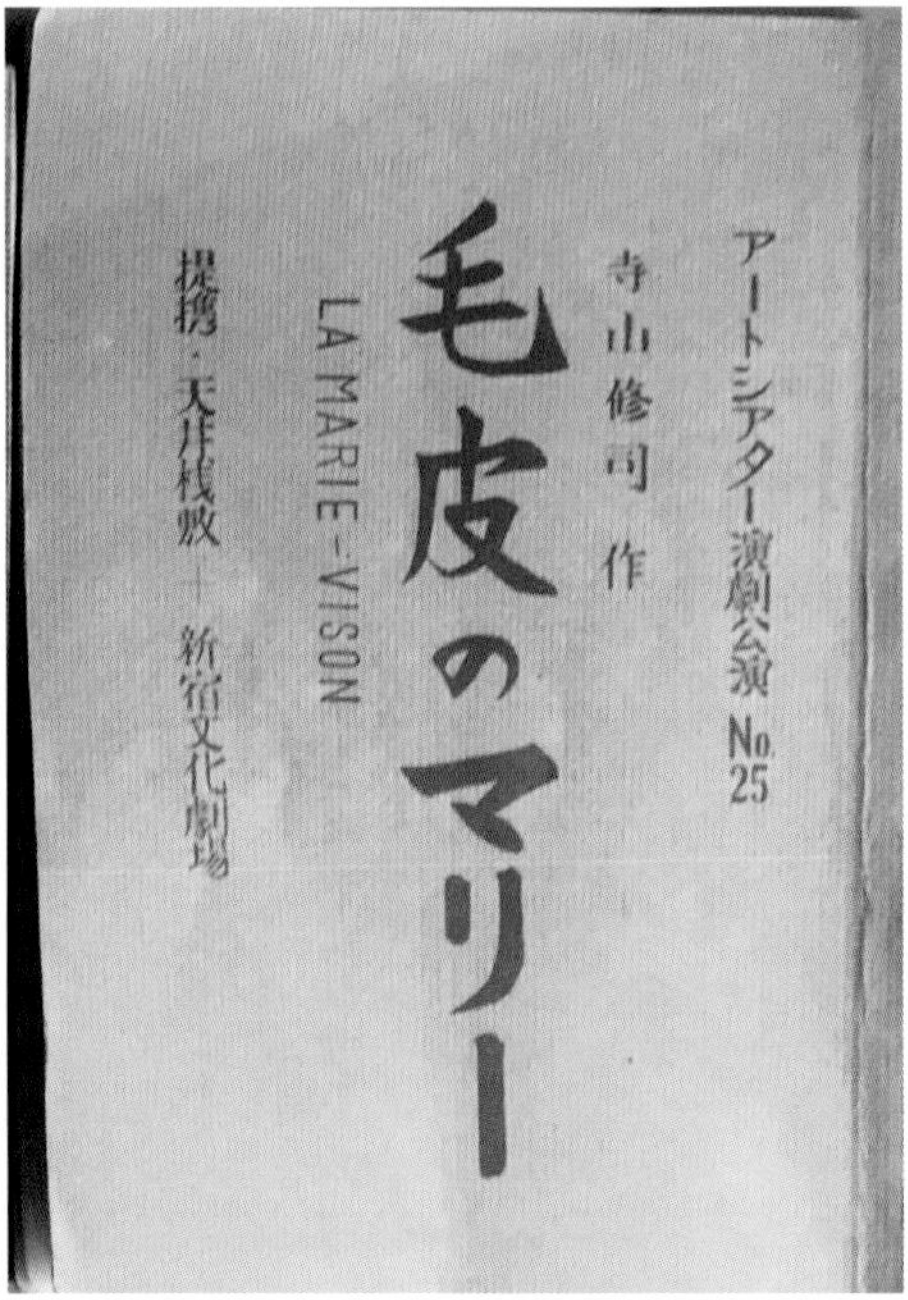
アートシアター演劇公演 No.25
寺山修司 作
毛皮のマリー
LA MARIE-VISON
提携・天井棧敷＋新宿文化劇場

巻頭論文

「毛皮のマリー」の不思議

寺山 偏陸

第一章 「現存するガリ版刷り印刷台本三冊」

二〇一九年三月一四日（木）〜二一日（木）、池袋芸術劇場・シアターウエストで、野口和彦主催「青蛾館」の「毛皮のマリー」で、オリジナルバージョンと、ニューヨーク、ラ・ママバージョンを演出し終え、五月四日に寺山修司記念館のイベントに参加した際、『郷土作家研究38』を頂いた。そして東京に帰り、仁平政人の論文「最後の仮面は、いつでも笑っている」

――寺山修司『毛皮のマリー』（天井棧敷公演台本版）の射程――

を読んで、びっくり仰天したのです!!

私たち天井棧敷劇団員には、この写真の三冊並んだ台本の、左側の緑の表紙の台本しか記憶に無いのです。

ところが、仁平政人の論文は、最初の写真の三冊のうち、真ん中の台本が、天井棧敷公演台本だと思い込んで書かれた文章だったのです。

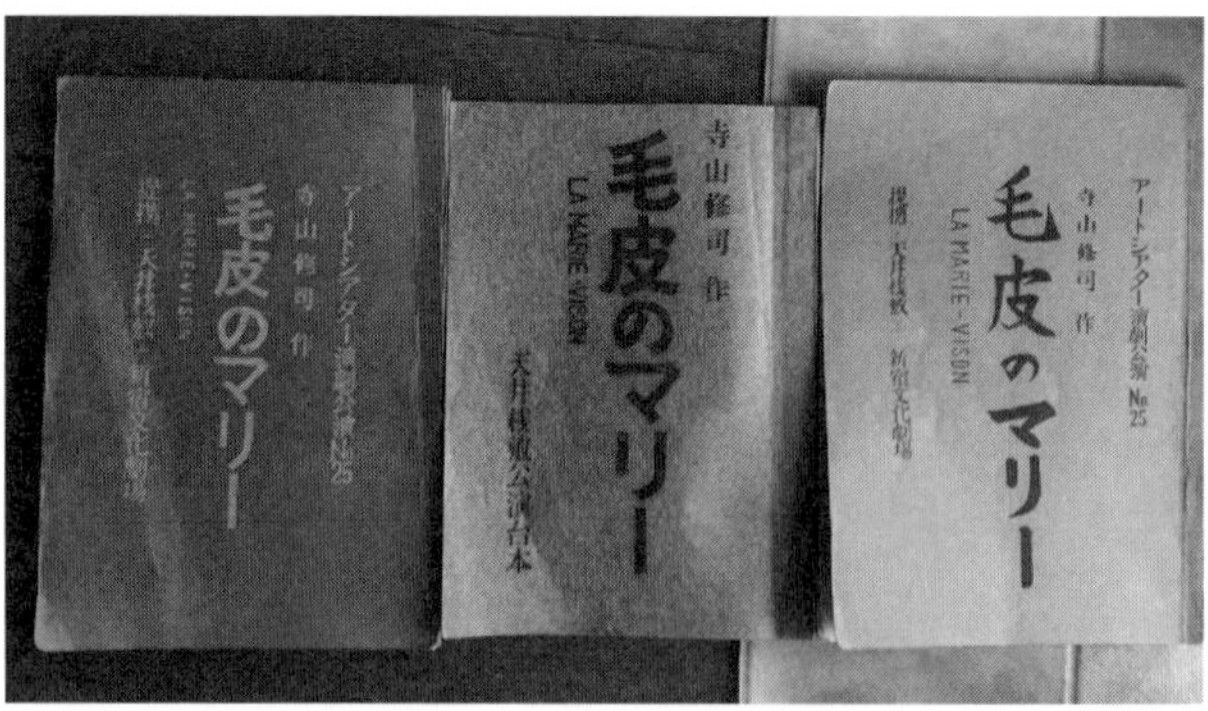

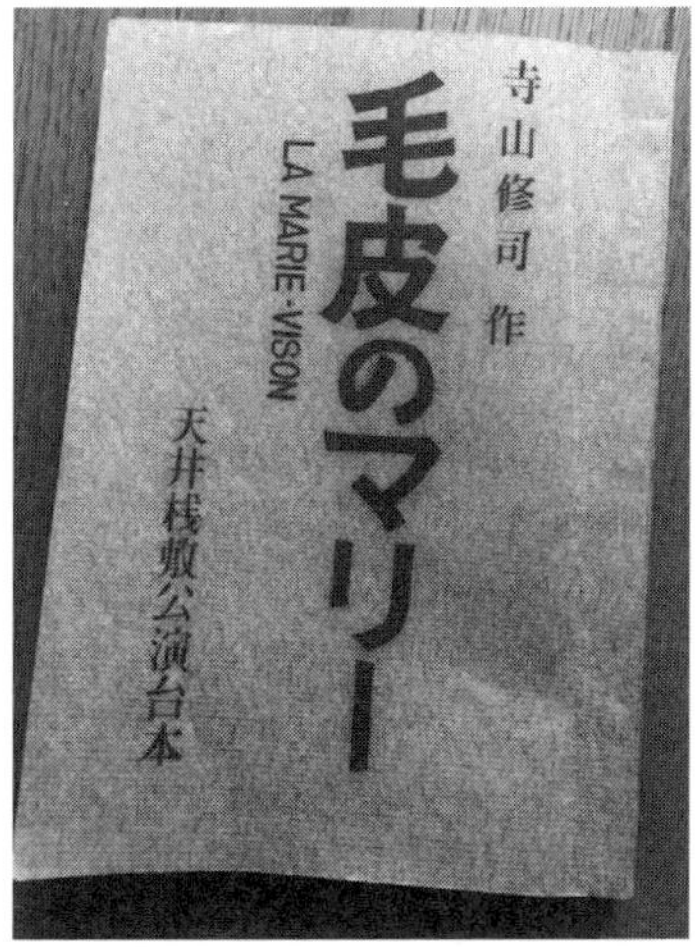

仁平政人が最初に、寺山修司記念館を訪れて、手にした台本も、三冊ともこれだったと。

私が、三軒茶屋の寺山修司資料室から三沢市への寄贈品のリストを全て作成したはずなのですが、全く記憶に無い台本なのです。

しかも、その台本の、内容は、二〇一七年に僕がハーバード大学と、ニューヨークのフィルムアーカイブでの「ローラ」上映の際に立ち寄ったラ・ママ La Mama E.T.C. で頂いて来た、ニューヨーク版の「毛皮のマリー」と、瓜二つ。

ラストシーンの美少女と、美少年の台詞がほんの少しだけ入れ替わっているだけなのです!!

寺山記念館が所蔵する台本三冊について、萩原朔実や、当時の天井桟敷の人々に、連絡を取ってみましたが、全くそんな台本の記憶はない、私達の頂いたのは、緑の表紙の台本だったと。

ところが蘭妖子だけは違いました。三冊持っていますと言うのです！

早速家に行って見せて頂いた。

それが最初の、三冊並んだ台本の写真だ。

第二章　「台本三冊の相違点」

さて、もう一度三冊の、台本の写真を見てみよう。

三冊並んだ台本だが、真ん中のだけサイズが小さい事にお気づきだろうか?

製本について詳しくご存知の方がいると嬉しいのだが、調べると、この真ん中の台本は、右端の台本を、製本し直したものなのです。

何のために、か、理由が定かではないが、表紙の次の薄い見返しの紙の次のページが、カッターで、切り取られているのです。

実はこの台本は、右端の筆文字タイトルの台本から、一ページ目のタイトルページと、二～三ページのスタッフ香盤表二ページと、四～五ページの「戒名一覧」(キャスト香盤表)二ページと、六ページ目の、最初のト書き、「ああ、そは夢か、まぼろしか……

時は現代。」

があったのですが、その六ページ。すなわち三枚が、台本から鋭いカッターナイフで切り取られていたのです。

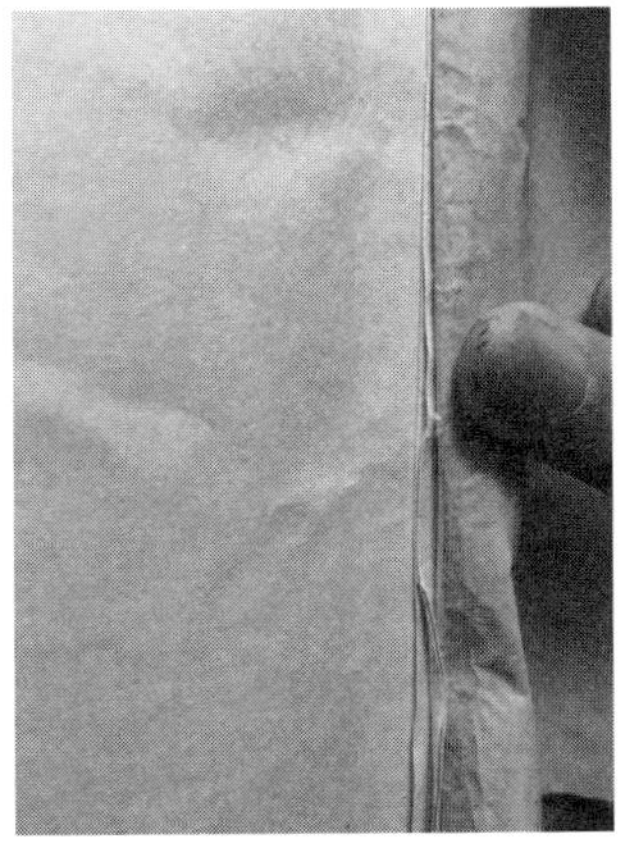

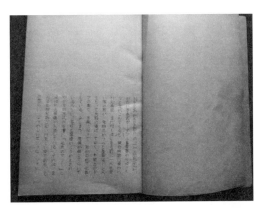

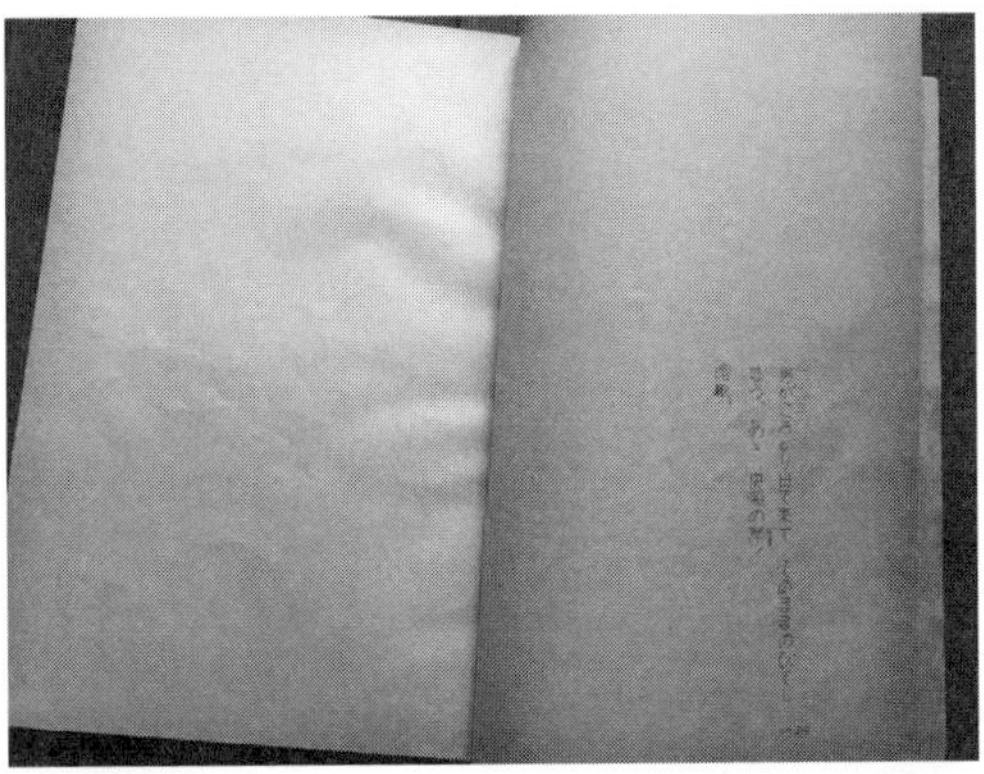

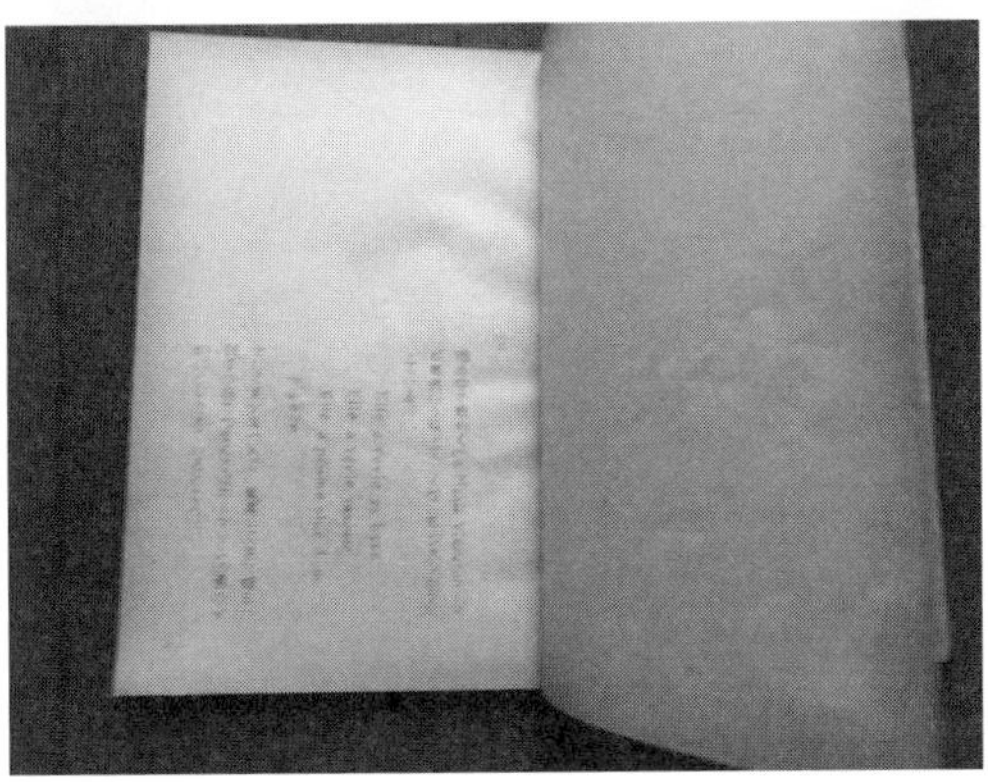

そして、各場の始めに、場換りがわかりやすいように、なんと贅沢なことに黄色い紙が挟み込まれています。

天井桟敷公演の台本で、こんな贅沢な作りは見たことがありません。

よほど裕福な劇団の台本を見本にしたのでしょう！

さて、ところがもっとおかしいことに、仁平政人の持っている台本には何故か!?その六ページが、残ったままなのです。

三冊の真ん中の表紙が付いていて、サイズも小さくなっているのにです。

寺山修司記念館にある三冊は、全てその六ページが切り取られているのに!!（恥ずかしいことに、私は記念館にある「毛皮のマリー」の台本は、てっきり私たちが持っている台本だとばかり思い込んでいて、手にとって見た事がなかったのです。）

多分、六ページを切り取り忘れたまま、表紙だけつけ替えて、製本されてしまったのだとしか言いようがありません。

右端の台本から、六ページ三枚を、カッターで切り取り、新たに印刷された表紙をかぶせ、本の上側を三〜五ミリ程切り落とし、、本の下側を同様に三〜五ミリ程切り落とし、左側を三〜五ミリ程切り落とす製本作業を施すと、とても素敵な新しい台本が仕上がります!!

第三章 「初稿のガリ版刷り印刷台本から、オリジナルバージョンまでの経過」

蘭妖子が保管していた三冊の台本の、一番右側の台本（タイトル毛筆書き）が、実は、寺山修司が「毛皮のマリー」を書いて、ガリ版刷り印刷した一番最初の台本であることが、検証されたわけです。が、私達天井桟敷の人々は、その台本の存在すら知らずに、今まで過ごしてきました。ですからこの台本は全く誰によっても、上演されたことはありません!!

しかも、雑誌にも、単行本にも掲載された事は無いのです。

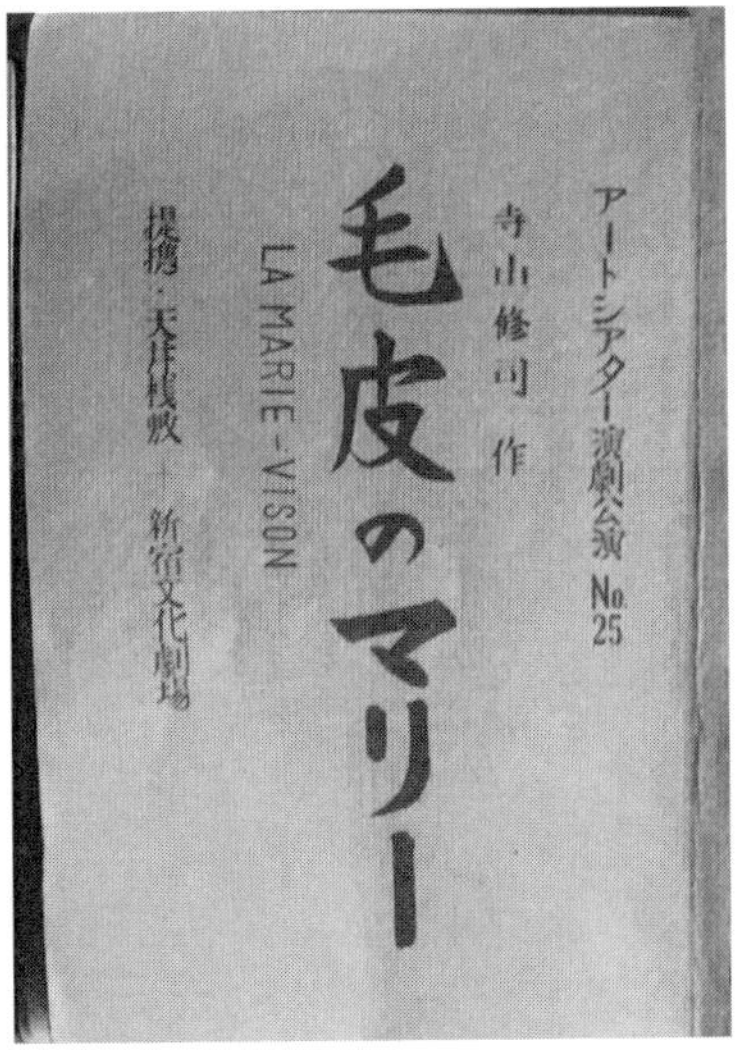

一九六七年（昭和四二年）六月二七日〜七月一日の「大山デブ子の犯罪」の公演後、「毛皮のマリー」の台本を書いていたはずです。

そして、その台本は、ニューヨークバージョンに最も近いラストシーン（役者、スタッフとも劇場の外に出ていく）であったわけです

「大山デブ子の犯罪」の広報の新聞（昭和四二年六月一日発行）には、次回公演「毛皮のマリー」と銘打って、「裸のマリー論」と言う論文が、寺山自身の手によって書かれ掲載されています。（「寺山修司研究」一一号に掲載）

と言うことは、「大山デブ子の犯罪」の公演前にすでに、「毛皮のマリー」の戯曲の発想は、完成していた、と、いうことになります。

私の想像でしかありませんが、ＴＢＳテレビのドキュメンタリー番組「アメリカ人、あなたは…」（昭和四二年一〇月九日放送）の取材の為アメリカに出かけざるをえなかった寺山修司は、九條今日子に「マリーの主役に美輪明宏を口説き落としてくれ」と言い残し、取り敢えずは、この完成台本で東由多加に稽古を任せて旅立った。

そしてアメリカで、九條から、国際電話で美輪明宏からＯＫを、もらったと聞き、映画の撮影から帰ってきてすぐに二場と、五場を、書き換えた。

なぜならば美輪明宏と言う俳優には演劇の革命は必要ない、と直感的に思ったからです。

寺山修司は、美輪明宏の肉体と台詞術は、演劇の革命ではなく、演劇そのものに力を与え、演劇そのものを全く違った次元へと昇華させる存在である、と言う確信があり、俳優の肉体論でもなく、新しい演劇論でも無い、全く違ったアプローチで、演劇史を書き換える可能性を感じ取っていたはずなのです。


で、直ぐにそのまま、映画評論一九六七年一〇月号に入稿した。

ですから、映画評論の台本は、左端の緑の表紙の台本のままです。

ところが、ラストシーンを読んだ美輪明宏に
「シュウちゃん。あなたは、どんなに凄い台本を書いたか自覚してないでしょう?? このラストシーンでは絶対ダメです。
直ぐに書き直して下さい。」
と言われ、直ぐに書き直し、

下男「欣也はもう出ていっておしまいになりました、！たぶん、もうお帰りになることは、ありませんでしょう。」

マリー「(鼻先で笑って) 出て行ったって? 出て行ったって帰ってくるのですよ。あの子はどこにいたって、たとえ地球の向こうの一番遠い星の上にいたって、あたしが呼びさえすれば必ず帰ってくるのですよ。

あたしたちは、母ひとり子ひとりなんですからね。

(無窮の、時のしじま、はるかな星に呼びかけでもするかのように)

欣也！

欣也！

欣也！
（手を拍つ）
欣也、帰ってらっしゃい……
（以下、略。）

という美しいラストシーンが仕上がります。

現在、文庫本などで読むことのできる、所謂オリジナルバージョンが、これですが、この台本はガリ版刷り印刷台本として印刷されていません。

この台本は、すぐ次の年、一九六八年一月一五日に徳間書房から出版された「さあさあお立ち合い〈天井桟敷紙上公演〉」に掲載されましたが、紙芝居と絵本の中間を目指した装丁のため、写植の貼り間違いや、登場人物の顔写真の貼り間違いなどがあり、厳密には正しい台本とは言えません。

思潮社の寺山修司戯曲集で、初めて正式に活字化されたと言えるのではないでしょうか。

第四章　「天井桟敷、そして海外での上演台本の変遷」

その後「毛皮のマリー」は、一九六九年、初の海外公演、フランクフルトの前衛国際演劇祭で、寺山修司演出の「犬神」と二本立てで、萩原朔美の演出、下馬二五七の主演で演じられます。（なんと美少女に配役された、私の記念すべき初舞台でした。）

フランクフルト演劇祭でのカーテンコール

出演者の、男性全員が普段着で舞台に現れ、ビートルズの「ヘイ・ジュード」が鳴り響く中、全裸になり、登場人物の衣装に着替えるという演出でした。

続いて同じく一九六九年にドイツ、エッセン市立劇場で、ドイツ人俳優によって寺山修司演出、宇野亜喜良美術で上演されます。

この時の台本が、初稿台本だったのではないかと、寺山修司の青森時代の資料収集をしている、久慈きみ代（青森大学名誉教授・国文学）が、マンフレッド・フブリヒトの訳したドイツ語台本を探し出して、「毛皮のマリー」の更なる謎に挑戦しているそうです。

主演のドイツの俳優が美輪明宏ほどに、演劇世界を構築する力がない場合には、台本で演劇の革命を叫ぶしか無いわけですから。

寺山修司は、俳優の肉体と、言語の持つ力とのバランスについては、とても敏感でした。

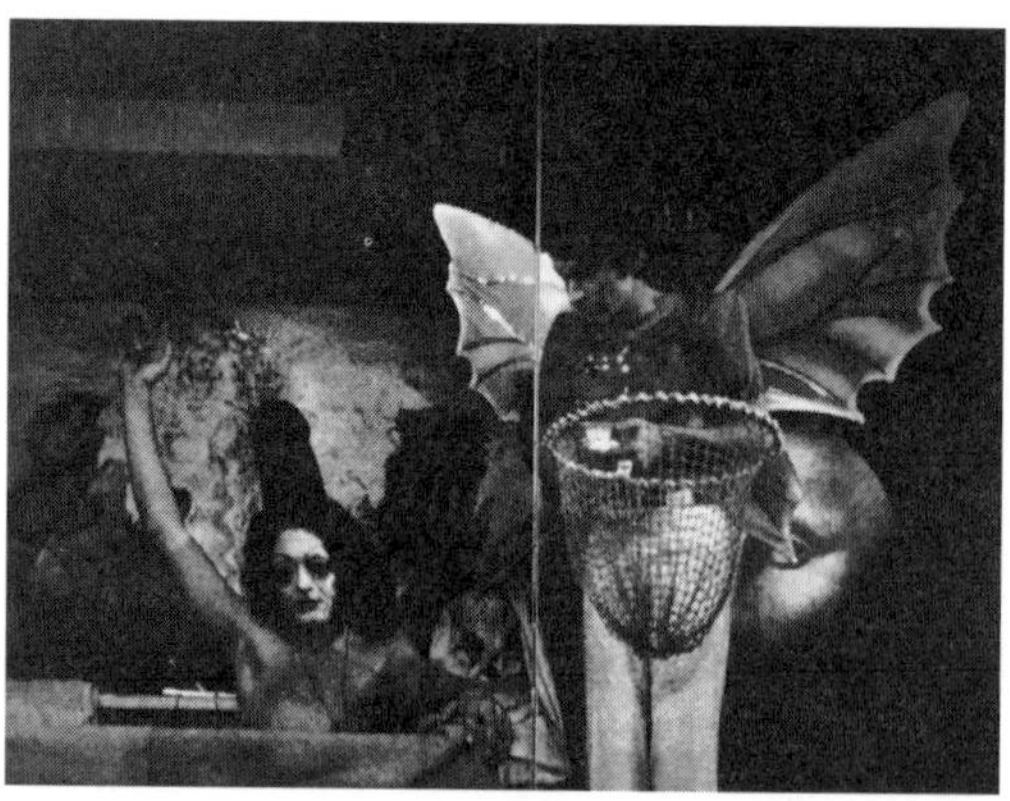
ドイツ。エッセン市立劇場公演

そして一九七〇年、ラ・ママLa Mama E.T.C. にてアメリカ人俳優によって演じる為に、寺山修司は、台本を元々の、初稿台本に戻します。

翻訳を手伝ったダン・ケニーは、美輪明宏の台詞と演技が頭の中にこびり付いていたので、寺山修司がドンドン書き直すので驚いたと、言っていました。

ラストの美少女と、美少年をほんの少しづつずらせて、入れ替えて、ぼく、と、わたし、を入れ替える、教会の蝶の話は美少年の台詞のまま残す。とても巧みな作業で、ラストシーンは美少女が美少年を殺すシーンに書き換えられました！

パリ公演のラストシーン。舞台に仰向けに倒れているのが黒子役の榎本了壱、学生服の後ろ姿が佐々木英明。

そして一九七一年、ナンシー国際演劇祭の後の、パリ、レ・アール市場跡の大空間での「毛皮のマリー」は、ナンシー演劇祭で大成功を収めた「邪宗門」の演劇構造をそのまま取り入れて、黒子に操られるマリーや美少年となります。

美少年を演じていた、佐々木英明が、黒子の糸を断ち切り、「なんだ、黒子は榎本了壱さんだったのかーーーーーと邪宗門のラストシーンの台詞になってしまう。

このパリ版「毛皮のマリー」は正式な台本すら残されていません。

ラストの新高けい子の台詞で終わった筈なのですが、新高は、「私は出演した覚えが無い」と言い張る。

舞台写真を紐解くが、ラストシーンは、榎本了壱が、佐々木英明の足元に倒れているのしか見つけられない。

当時の人々に聞いてみたが、本当の事は誰も覚えていない。

なんと記憶力の、曖昧なことよ!!

その後、美輪明宏自身の演出する「毛皮のマリー」になって、ほんの少し書き足されてはいますが、単に美輪明宏が演出する上での書き足しでしかなく、アートシアター新宿での一九六七年度の初演時と変わって居ない、改定はなされていないと、見なすべきだと私は思います。

寺山修司研究の、清水義和も、仁平政人と同じく、初稿台本を古本屋から仕入れて、天井桟敷公演台本だと思い込んでいたそうです。

一体誰が古本屋にこの台本を大量に売りに出したのか?

この台本の存在すら知らなかった私は、想像することも出来ません。

第五章　「中村中の為に書き換えられた、ニューヨークバージョンのラストシーン」

ニューヨーク、ラ・ママバージョンの台本のままで、二〇一九年二月に稽古を始めた私の演出する「毛皮のマリー」は、ラストシーンの稽古で、美少女役の中村中が、「どうしても寺山修司の台本通りに、あっけらかんと舞台を降りて客席を通過し、劇場の、外に出ていけません。」と言うのです。

私自身も、いくらワーグナーのオペラ「彷徨えるオランダ人」の「我々は海に乗り出す」が、ガンガン流れていても、美少女から、サッと自分自身に変身して、劇場からは出ては行けないよなー、と思っていたので、直ぐに一九七九年初演の「青ひげ公の城」のラストシーンの少女の台詞を、中村中に言わせてみようと思いつきました。

この長い台詞は一九六八年の「星の王子さま」のラストの石井くに子の台詞が、もとにあります。

寺山修司の台本の中でも一番好きな台詞の一つでした。

寺山修司の、演劇論でもあるのですが、とても素敵な詩でもあったのです。

そして、「青ひげ公の城」の少女は舞台監督に、舞台袖に連れ去られてしまいますが、中村中の場合は、どうしようかなーと悩んでいました。

すると、舞台監督と中村中が話し合ってとても気持ちの良いラストシーンにしてくれました。

茫然と立ち尽くす中村中を、まるで人形をかかえる様に、舞台監督がヒョイと持ち上げて、舞台袖にいなくなってしまうのです!!

一九七九年当時の台詞のままでは、ちょっと今の観客には分かりにくいと言うので、野口和彦と中村中が、ほんの少し台詞に手直しを施してくれました。

以下が、ラストシーンの、台本です。

●登場人物全員が笑いながら、客席のドアを出ていってしまい、舞台にひとり、取り残された美少女、紋白を演じていた中村中。自分に話しかけるように、観客に話しかけるように。

「終わらない……何ひとつ終わらない、ただ役柄が変わるだけ……

美少女、紋白はメイクを落として、楽屋で着替え、中村中の役になって池袋芸術劇場シアターウェストの楽屋口を出る……

第二幕は、高田馬場の駅裏のアパート……そう、あの劇場はジメジメとして、暗い……ときどき雨漏りがする……でも、窓があります……窓を開けると、その向こうにあるのは、劇場のコンクリートの壁じゃない、また別の舞台装置です。

そこには、どんなスターでも、一手に引き受けることはできない一千万のドラマがある……

たぶん、今夜も、アパートの階段を半分降りたところに腰をおろして、フリーターの古谷さんは、ノラの帰りを待っている。

一度も、女の子と話をしたことのない、新聞社の校閲部のデミトリアスは、明日の朝刊の政治欄に、間違ったふりをして愛と言う活字を誤植しているでしょう。

不動産屋の前を行ったり来たりして、結局、その隣のつけ麺大王へ入っていくのは小岩のラネーフスカヤおばさんです。

そして、出合い系サイトに投稿するのを嫌がって埼玉の実家に帰ってしまったハーミヤ、地下アイドルの生写真をメルカリに売って一枚の馬券に変えた万年大学生のトロフィーモフ。

寺山さんからの葉書にはこう書いてありました「僕は月の世界へは行かなかった。月よりも、もっと遠い場所行ったんだ」。月よりも遠い場所、それは時のへだたり、一行の台詞と次の台詞とのあいだ……。わかっています……わたしがこうしてしゃべっているのだって、台本通りなんです。でも言葉が生まれたときに、台本もまた生まれてしまったんです。

投稿用の一幕劇に打ち込む学生下宿のチェホフさん。個性はたかだか蝋燭のあかりです。
「いま、世界は目のくらむ稲妻の光を浴びている……消して下さい、そんな、ともし火なんか」
ユニクロの店頭に吊られた、新しいワンピースのかげから、かくれんぼの鬼のようにそっと顔を出す児童虐待の夫婦の犯罪歌劇。

「毛皮のマリー」に、取り残されるために、登場してくる、一〇人の一〇〇人の……そして一万人の美女の亡霊の中の一人のわたし……美少女、紋白、夢の病い……

うまく化けました、もし望めばこの舞台の上で死ぬことだって、できたでしょう、ト書きが着せてくれた美しい商品の喪服のままで。

いま頃、酔っ払ったスタンレーは「東京新聞」を小脇に挟んで、山手線の中で居眠りしている事でしょう、もう何年も星なんか見上げたことのない、錦糸町のサリバンは今日も眼医者さんの待合室にいるでしょう。欲望と言う名の電車を探して、とうとう青山墓地まで来てしまったティッシュ配りのブランチは、またあてのない電話をかけている。

そして、まもなく幕が降りてくる。

幕の上にはボーダーがある。そのずーっと上には、芸術劇場シアターウェストの屋根、……その上に、もし晴れていれば星と言う名の照明が見える筈です。

劇場の星が消えると、空の星がともる……そう……劇場の星が眠ると、夜空の星が目を覚ますのです。場面は変わります。

わたしは一人しかいないのに、台本は幾通りもあります。

たぶん、わたしだけを一人ここに残して、「毛皮のマリー」の出演者達はいま頃、今日のツイッターを気にしながら、居酒屋に向かっていることでしょう。

また……だれもいないアパートで、タイマーのスイッチの炊飯器が吹き出している。

美女の亡霊の一人は、角のコンビニで、ファミキチを買っている。たぶん、別れた妻からは、今日も手紙は来ていない……

そして別の美女の亡霊は銀行のＡＴＭの前に立っている。堕ろそうか、堕ろすまいか……赤ん坊ひとりの値段が五万円……広島カープから。戦力外通告された男が駅まで迎えに来ている筈です……

だれも、月の世界なんかへ行かなかった……
でも、「月よりも、もっと遠い場所」に行ってしまった……月よりも、もっと遠い場所……それは劇！」

終りのはじまりである……

幕は——永遠に降りる事はない！

追記

萩原朔美は、最初の「毛皮のマリー」のポスターにクレジットされていた、ダンサーで、パントマイムの達人、及川広信（廣信）さんには会った覚えがないらしい。ところが当時その及川廣信に師事していた大野慶人が、稽古場でマリーの台詞を言ったのを聞いた覚えがあると言う。

ポスタークレジットの、及川廣信の所に小さな訂正紙を貼って、マダム・ギャランスとした。

マダム・ギャランスとは？

と、美輪明宏である事をギリギリまで隠して、幕を開ける！
スキャンダラス好きな寺山修司のプロデューサーとしての、腕のふるいどころなのです。

美輪明宏から何度も聞いた、演出家寺山修司の、「毛皮のマリー」の稽古場でのエピソード。

「シュウちゃんたらねー、わたしの台詞を、うっとりして聞いていて言うのよ。

いい台詞だねー、誰が書いたのー?って。」

青森と長崎、遠く離れていても、同時期、同じ映画を観て、同じ感動を共有しあった二人の愛に、とても嫉妬します。

美輪明宏は「毛皮のマリー」の台詞のひとつひとつが、どの映画の誰の台詞の、引用だったかをすべて理解していたのです！

（文中、敬称を略させて頂きました。）

寺山修司と一遍―その二　身捨つるほどの祖国はありや

白石　征

旅ごろも木の根かやの根いづくにか身の捨てられぬ処あるべき

一遍の旅の思想が、集約された歌である。一介の聖として、遊行賦算の道すがら、たとえ野の草叢に身を埋めることになろうとも、決して悔いることのない生きざまが、むしろ力強く語られている。日々刻々の逸脱、今を昨日と捨ててゆく旅の人生が、鮮やかに歌われているのである。一遍は道場をお寺ではなく市中にもとめた。修業はまた同時に、衆生救済の旅だったのである。その姿は、また、

身を捨つる捨つる心を捨てつれば思ひなき世に墨染めの袖

と清々しく歌われている。愛別離苦、生者必滅、会者定離。この世の無常にたった一人で立ち向かっていったのである。一遍の真骨頂は、真心にある。全身全霊、命がけの大真面目にある。親身も及ばぬ真心をこの世の衆生のために貫いたのだ。それが「身を捨つる」という意味だったのだろう。

そんな彼の旅の思想が、説経節や絵解き、そして各地に伝わる盆踊りなどの習俗や芸能へと、あるいは俗化され、変奏されながらも、継承されてきたのだ。

とりわけ一遍の思想を色濃く残す説経節の物語は、ギリシャ悲劇にも匹敵するわが国の演劇の源流ともいえるもので、今も歌舞伎や文楽などでも上演されている。

それればかりではない。説経節とは直接関わりのない時代劇映画などにも、その片鱗を垣間見せているのだ。たとえば、マキノ雅弘監督の「次郎長三国志」シリーズで再三うたわれる旅の和讃、

俺ら死んだらヨー　道端埋めて呉れ（埋めて呉れ）
蓮華　菜の花　春には咲くヨー（春には咲くヨー）

無常の風にふきさらされた次郎長一家の面々が、時衆さながら旅のよすがに心意気を一にして、この和讃を合唱するのである。

また内田吐夢監督の「大菩薩峠」は特に印象深い。殺人を重ね無明をさまよう机龍之介が錯乱し、笛吹川の濁流に呑み込まれていくクライマックスでは、一遍が自分の煩悩を凝視し悟りをひらいたといわれる「二河白道絵」そのままに描かれているのだ。

荒れ狂う濁流は血の色と化して煩悩の焔となり、進退窮まる龍之介の立つ崩壊寸前の木橋は、まさしく彼岸に架かる白道だった。このモンスターと化した主人公の修羅が、やがて仏の来迎にあずかり救い上げられていくという見事な救済シーンとなっていた。

こうした時代劇映画のはしばしにも、一遍の残像がこだまし、見え隠れしているのである。映画ばかりではない。戦後の文化に大いなる影響を与えた坂口安吾の『堕落論』とか、寺山修司の「家出論」や「幸福論」など、その秀れた人生論にも影を落としているのである。

安吾は「堕ちろ、堕ちろ」と激しく訴え、人々に覚醒への道を指し示した。寺山も文字通り「家を捨てろ、親を捨てろ」と物心両面からの現状逸脱を扇動した。

通底するのは、一遍がその根拠とした「生まれるも一人、死するも一人」という「ひとり」という孤独独一の思想である。生命の本源は孤独そのものであり、つまりは社会の孤児として生きるというその自覚を言っているのである。

一遍は「生死一体」という。生と死は別にあるのではなく、生死はそのままで一つの概念なのだ。「生きながら死す」などとも言っている。

寺山は語る。「生が終わって死が始まるのではなく、生が終われば死も終わる」のだと。そして「死は、いつまでも生の中につつまれていて、ニシンと数の子のように、同じ時を数えているのである。死の恐怖は、同時に生の恐怖でもある。この二重奏は、ときには死の実存を奏でるラヴィアン・ローズなのである」（『暴力としての言語』）とも。

また、一遍は苦楽も表裏一体だと言う。「苦は易く捨つれども、楽は得捨てぬなり」、しかし「楽の外に苦はなきなり」と。苦を逃れようとするなら、まず楽を捨てることなのだと言うのだ。世俗の幸福を願う心は、すでに煩悩の苦しみの種子に他ならないのだからと。

私は、游行かぶき「一遍聖絵」の中で、石童丸ならぬわが子聖戒に対して、一遍にこう語らせてみた。「嘆くな、聖戒。心に安堵のない幸せは、束の間の夢、やがては無常の風に吹き消されてしまうのだ。われらはみな、ひとしなみに御仏の子なのだ。この悲しみを怖れることなく、たじろぐことなく生き抜くのだ」と。

実はその折りには、まだ漠然としていて気づかなかったのだが、しばらくして寺山の次のような短歌に思い当たったのである。

悲しみは一つの果実てのひらの上に熟れつつ手渡しもせず

かくれんぼの鬼とかれざるまま老いて誰をさがしに来る村祭り

ここには、自らの人生を静かに見つめながら、その孤独の陰にはまぎれもなく石童丸の悲しみが潜んでいる。世間並みの手の届く「幸福」を拒否し、あえて「不幸」を選びとろうとする少年の矜持であり、また悲哀がある。

私には、先程の一遍の叱咤鼓舞に対して石童丸を介しての寺山修司からの返答のように聞こえてきたのだ。つまりは、石童丸を主人公とする『かるかや』という芸能を介在することによって、一遍の思想が寺山修司のなかに流れ込み共有されていたのではないか。とすればお互い時間は遠くに隔たりながらも、ひびき合い、こだまし合っていたことになるのではないか。

人間は、ひとしなみに孤独なのだ。ひとりなのだ。人生とは、そんな寂しい人間だからこそ、己れの生まれた源、その遥か彼方の心のふるさとをもとめて辿る旅なのである。この世では決して辿り着くことの出来ない、終わりのない旅なのだ。

そんな一遍の声にも、寺山は反応している。


荒磯暗く啼くかもめ／われは天涯、家なき子／ひとり旅ゆえ口ずさむ／兄のおしえてくれし歌／さよならだけが人生だ

そして、寺山は、こう呟く。

「魂について語ることは、なぜだか虚しい。だが、魂を持たないものには故郷など存在しない」のだと。(『ふしあわせという名の猫』)孤児が夢見る実現不可能なふるさとによって、寺山修司の人生は充たされていたというべきなのだろうか。

そんなことを考えていた矢先、もう一つふと気がついたことがあった。巷間、寺山の代表作ともいわれる一首である。


マッチするつかのま海に霧ふかし身捨つるほどの祖国はありや

これまでは、「祖国はありや」という祖国喪失に重点を感じて読んでいたのだが、ふとその前に置かれた「身捨つるほどの」の言葉に眼が留まったのである。あるいはこれは、単なる常套句としてあっさり見過ごしてしまってはいけない比喩ではないのか。むしろもっと切実な、作者が存在を賭けた十分にウエイトのかかった言葉として私にはひびいてきたのである。

たしかに「祖国」という言葉によって時代性、社会性が獲得され、それによって傑作の名をほしいままにしているのも事実だが、あるいはもしかしたら、作者の面目はこの「身捨つるほどの」のリアリティ（衝迫）にあったのであり、それによって選びとられた「祖国」がより鮮やかに際立つことになったとも言えなくもないのである。

一遍、寺山は共に「捨てる」という言葉を殆どキャッチフレーズのように連発している。それにしても、この寺山の「身捨つるほどの」は、一遍の「身の捨てられぬ処あるべき」を隣に置いてみると、その強度において呼応し合っているように思われてならないのだ。

また栗田勇が指摘しているように、一遍には先人の西行の歌に呼応した歌を幾つも残している。（『西行から最澄へ』）その西行の歌にも「世を捨てる」という主題のものが数多く見受けられる。だが「捨てる」というフレーズに限って言うならば、一遍の方がより切羽つまった、今にも身命なげうってしまって悔いはないといった退路を絶った臨場感が立ちこめているのだ。

「仏法には、身命を捨てずして証利（悟り）を得る事なし。仏法には価値なし。身命を捨つるが是価値なり」と述べている。

「身捨つるほどの」と詠んだ寺山もまた、人生に捧げるべきその真心を投げ出していた、ということになるのだろうか。それを引き換えるに値するその何ものかを求めて。

游行かぶき「一遍聖絵」の公演は、私にとって得難い貴重な体験だった。人間一遍を追うごとに寺山修司がまざまざと想起されたし、その寺山を媒介とすることでさらにまた一歩、一遍上人に近づくことが出来たからである。

そればかりではない。奇しくもこの作業は、私の寺山修司理解に思いがけない方向から光を投げかけてくれたのである。寺山の主張した「書を捨てよ、街へ出よう」のスローガンは、一遍の道場（修行）を市中に求めたことと符丁を合わせていたし、書を経と読み換えるならば、学問、芸術というものの修得が即名声、権威をはらむという固定化されたジャンルへの懐疑へと重なる。

とりわけ、寺山が歌集上梓の後、ライフワークとして取り組んだ演劇活動、それも晩年の市街劇については、一遍の全霊を賭けた踊り念仏にむき合うことなしには、私には容易に理解し、焦点化することなど出来るはずもなかったのである。

「一遍が時衆という無所有の同伴者を集団として受け入れ臨終念仏の旅を続けたように、寺山修司もまた、天井桟敷の貧しい若者たちと共にレールの上の演劇ではなく、まさに街の中の演劇へと邁進していった。両者に共通するのは、それ自体が自らの活動の死滅も孕んだ果敢な実践であり、世俗的な成功や営利に背をむけた限界的な表現の実践であった」（『寺山修司研究』３』）

かつての私は、寺山のそんな真意を十分に理解しきれていなかった。むしろ彼の芸術的達成の成果のみを期待し、その後押しをしていたのである。

しかし、今、もし一遍の京での民衆を巻き込んでの踊り念仏の壮挙、鎌倉入りの身命かけてのパフォーマンスまでをも、かつて鶴見俊輔が提唱した「限界芸術」の範疇で俯瞰してみるならば、寺山がめざし、そして果たしきれなかった市街劇への試みは、それがいかに困難極まりないものだったとしても、やはり彼が辿るべき「身捨つるほどの」必然的な軌跡であったような気がしてならないのである。

変容する寺山修司の初期戯曲

萩原　朔美

「犬神」の初演は一九六九年なんですけど、実は演劇実験室・天井棧敷の最初の公演である「青森県のせむし男」（一九六七年）よりも先に「犬神」というタイトルの作品がありました。それはラジオドラマです。演劇実験室・天井棧敷は一九六九年にヨーロッパ公演（フランクフルト前衛国際演劇EXPERIMENTA3）を行いますが、その際に「犬神」と「毛皮のマリー」を持っていきました。その時に「犬神」を寺山さんが、「毛皮のマリー」を私が演出しました。「毛皮のマリー」は楽屋を舞台上にのせる試みの演出として、「犬神」は仮面劇として、リアリズムの演劇ではなく粟津潔さんのデザインによる不思議なモチーフが沢山出るビジュアルな作品として、その二本立てとしてやろうと寺山さんが選びました。

今日のお話しは、私がこれから前橋文学館で行う「犬神」リーディング公演のために台本を読み返していた時に、やはり寺山さんの初期の演劇というのは、寺山さんの表現活動に対しての胚芽がここにあるのではないかと思いはじめたことに由来します。そこで今回のタイトルを「変容する寺山修司初期戯曲」としました。舞踊研究者、文芸評論家である三浦雅士は、作家というのは処女作を肥大化させる作家と処女作がしぼんでいく作家がいると言っています。肥大化させることが出来る作家は、処女作を次々と違う視点から解剖が出来、作品を大きく育てて行くことが出来るんだそうです。寺山さんはどうだったかなと「犬神」を読み返していると、やっぱり処女作を肥大化させる作家だったのではないかと思いました。

寺山修司の戸籍上の弟で、寺山さんの作品を初期から一貫して手伝っていた寺山偏陸と話をしていて、衝撃的なことが分かりました。それはなんと寺山さんの「毛皮のマリー」の台本が、実は三種類あるんです。

で、さらにびっくりしたんですが、いま全集（寺山修司著作集）に入っている「毛皮のマリー」は、寺山さんが最初に構想した台本ではないんですね。それは美輪明宏さんが母と息子のお話にしようと、寺山さんと話し合いながら変えて行ったものなんです。それが今の「毛皮のマリー」の台本となっているんですけれど、元の台本を見ると呆れるくらいに別物です。どういう解釈をしているかわからないんですけれど、私が一九六七年の初演の時にもらった台本が一番最初の台本です。『提携 天井棧敷・新宿文化劇場』と書いてあります。これは今流布している台本と後半が全く別物です。このままやったら主役が変わってしまうほどです。今流布している台本ですと、ほとんど毛皮のマリーが息子と絡む話になっていますが、最初期の台本は全くそうではない。さらにニューヨークのラ・ママでの公演（一九七〇年）の際の「毛皮のマリー」でもまた違った台本となっていた。一九六七年の初演の台本、美輪版の台本、ニューヨークのラ・ママでの台本と計三種類もあるということなんです。ヨーロッパ公演（フランクフルト前衛国際演劇EXPERIMENTA3）の時の台本はというと、これは美輪版なんです。そして映画評論に発表したものは初演のものになります。このことに関しては、寺山偏陸の研究に詳しく書かれているので読んでください。

「犬神」を読み返してみると、寺山さんの作品に多く使われる構図を感じます。それはお母さんと一人息子の話しという構図です。「犬神」はおばあさんと孫であり、同様の構図であることがわかります。「毛皮のマリー」は義理ですが、お母さんと息子の話です。社会との接点を自ら断ち切って、孤立して二人だけで暮らすというシチュエーションも同じです。

また「犬神」の主人公は子どもが遊んでるのを覗き見するんですが、覗きは「青森県のせむし男」でも「毛皮のマリー」でも同じくずっと覗いています。この覗きというのは、寺山さんに覗き趣味があるということもあるんですが、窃視というのは潔癖症なんです。寺山さんは潔癖症でした。原稿を書く時はきれいな部屋で、本棚の本の背表紙の高さまで揃えていました。江戸川乱歩も同じです。江戸川乱歩大衆文化研究センターに行ってみてください。蔵の中に小さな箱があって、そこに全部綺麗に並べられています。

なぜ覗くかということについてですが、私は覗きというのは自分を失うことだと思います。主体的に自分がしっかり覗いているが、覗いている自分はなくなるという感じなんです。これはマゾヒストの典型です。自分は無視されます。覗いている対象は全く私のことを無視するわけです。そうすると自分はなくなってくる。覗く主体が消えていく。それは寺山さんの創作の原点と同じなんです。寺山さんは書くことによって自分を消していく。書くことで自分を増殖させていくのではない。表現すればするほど自分が消えていくというそういう作業ですから。ものすごい数、自分のこと書いていますが、ほとんどフィクション。それはもう消すために。錯乱させて消すために、自分がなくなるまで書き続けていく。その行為が覗きと通底していると思います。

寺山さんの初期の俳句に次のものがあります。

暗室より 水の音する 母の情事

母親が男を連れ込んでセックスしているところの俳句なんです。寺山さんが小学生の時なんですが、同級生を覗きに誘っています。その体験からかわかりませんが、寺山さんは戯曲の中では覗きの結果は全部地獄だと書いてあります。「毛皮のマリー」でも「マリーの体を見てご覧！」と、線路で犯されているのを覗いているシーンがあります。これは地獄です。

自分の体験から来ているのかわかりませんけれども、自分の体験を作品の中に反映させるというのは当然なんだけれども、それによって寺山さんの世界を、現実には母一人、子一人だからと分析するのは全くの間違いです。実生活と創作とは全く別の事です。

「犬神」や映画「田園に死す」にはかくれんぼがでてきます。そして誰かを追いかける人生から、誰かに追いかけられる人生に転化したいというセリフが繰り返し出てきます。それは寺山さんが青森で過ごした頃、実際にいじめにあって鬼のままにされているということが反映されている。それは従兄弟のかたが言っています。しかし作品になった時点で私生活がそのままベースになっているという考えは無意味です。

また「犬神」では床に犬を隠すんですが、これは寺山さんのお芝居の中で床の下に母親をかくすというのがあります。それに繋がります。これは家の中になんかしら隠れる空間というのがセットされていて、そこが実は自分の心の置所になるというのが繰り返しあります。

それから「犬神」のラストの展開は、物語が完結しません。見ている人たちがどうぞご自由に結末を考えてくださいという感じで、結果の説明がなんにも無いんです。一体、犬が花嫁を殺したか、主人公の月雄が殺したかがわかりません。この中断という手法は以後の寺山さんの演劇の手法として入っていきます。このような、観客が後の物語は作ってくれよという手法は、隠れているけど「犬神」の中にすでに現れている気がします。

それから「犬神」の主人公は花嫁を殺して家出してしまうんですけど、それはいわば社会参加しないという宣言です。主人公は犬神付きだと言われて村から孤立しているんですけれど、それが大人になって隣の村から嫁をもらうことになる。嫁をもらうということは村から承認されるということで、社会生活がこれから始まるということです。それなのに主人公は自ら社会生活を捨ててしまう。自ら花嫁を殺してしまって家出してしまう。その行為というのは、子ども宣言です。寺山さんは「犬神」以後に実験映画「トマトケチャップ皇帝」（一九七〇年）を作りますけれど、これは子どもが革命を起こすという作品です。もう村や国のような、そういう社会とのつながりなんてどうでも良くて、アーティストは社会とのつながりを重要視しなくてもいいと思っている人が多いんですけど、自分は子どものまま独立するという宣言に思える。これは自分が子ども化してしまうということです。寺山さんは、自分は子どもを作らないと言っています。それは自分に子どもがいたら、子どもを成長させることで十分疲れてしまうからだといいます。そのような宣言でもあるんです。

そして、後期の寺山作品は因果律を否定する。言ってみればテーマはメタメディアのような、演劇をテーマに演劇するということを寺山さんは言っています。なので台本と言わずテキストと言っています。そういう意味ではテキストがあって、それによって演出や役者なりの共同作業によって、いわば「チーム寺山」によって実験的な演劇とはなにかというのがテーマになっているような展開になっているのですが、では初期の「犬神」は物語性の強い、土着的な、自分の人生を反映したと言われるような台本と言われますが、実はそこにはもうすでに、オーラスによって因果律によってああそうだと納得をさせない構図、演劇の中断と解体を行うことによって、新しく演劇とは何かということが浮かび出るのではないかということをやっています。寺山さんは初期の頃から全然変わってなかったと言える。

初期の頃は因果律があって芝居が成立している。その次にドキュラマといわれる、詩人本人たちがそのまま舞台の上に立って自分たちが作った詩を発表するような、ドキュメンタリーとドラマを一緒にした「書を捨てよ街へでよう」のような作品に行きました。それからブロードウェイの「ヘアー」のようなロック・ミュージカルに影響されて「時代はサーカスの象に乗って」のような観客も参加できるような、且つ明らかに演劇的中断が盛んに行われるような、あるいはドキュメンタリーの要素も含めたものもやりました。以後市街劇へ行き、一挙に従来の演劇から離れたパターンを作り上げるわけですけど、その胚芽は初期の「犬神」にあったと思うのです。

また「犬神」においては、最初のシーンで村の誰々は死んだというのがずっと列記されるんです。鉄道で自殺して死んで、日射病で死んで、川で溺れて死んで、というように延々と死んで死んでと言うんです。これが遺稿と同じなんです。寺山さんの遺稿は親友が死んだ、隣の誰が死んだというように、死んで死んでと書いてあるんです。「犬神」の冒頭と同じなんです。つまり、初期の作品でもう遺稿を書いてしまっているといえる。そんな気がします。それはもちろん無意識でしょうけれど、初期の作品がずっと継続されているというイメージで捉えられると思いますね。

「犬神」の中では詩が三篇ほど朗読されます。演出をやる立場から言うと、演劇の中の詩というのは扱いが大変なんです。というのは、演劇というのは対立ですから。ダイアローグで恋人と自分、国家と自分、親友と誰か、敵国と誰かのように、対立する何人かの会話によって変容していくわけです。詩はそれだけで完結してしまっているから、意味が求められないんです。全然ストーリーと関係ないですから。なので独立した詩というものを演劇の中で扱うのは大変難しいんです。詩は文字列表現の中では意味を持たないですから、意味のないものが意味のあるものの中に、物語のダイアローグの中に入ると始末が悪いんです。それをわざと詩をこの中に入れてしまってそこに意味を求めないように、いわば詩は音楽、調べですから、そういうものが入ると演出としては整合性が取れない。で、演出家はそれをどうするかという感じになるんですけれども、寺山さんはわざとやっていますね。それは明らかに後半の因果律を否定した状況を、方法論だけで演劇を成り立たせるというすごく危うい実験性のところに、もうすでに初期の頃に行っているというのが私の意見です。

思い返してみて、なぜ私という問題を初期の頃からやっていて、なぜメタメディアのような演劇によって演劇を語るというようなことは、どこから始まったんだろうと考えたときに、初期の頃は無自覚ですでにそれを言っているんだけれど、はっきりと意識したのはもしかしたらこの「犬神」をやったヨーロッパ公演（フランクフルト前衛国際演劇EXPERIMENTA3）なのかもわからないという気はします。それはなぜかというと、当時一緒にそこで上演していたのがヨーゼフ・ボイスなんです。ボイスは舞台にマイクを仕掛けて本物の白い馬を出しました。そこにボイスがシェイクスピアを朗読しました。さらにはペーター・ハントケの無言のお芝居がありました。これは六〇年代当時に会話のないアクションのみのお芝居でした。それから「失われた時を求めて」をスローモーションで行うお芝居、そのような当時の前衛的なお芝居がありました。

それから私は寺山さんとニューヨークに行って、マルセル・デュシャンとジョン・ケージのチェスを見ているんです。さらにその時には当時まだ無名だったナムジュン・パイクが、自身のパフォーマンスの宣伝用のチラシを配っていました。その当時一九歳だった私はわけが分からなかったので寺山さんにあれらは何なのかと尋ねました。寺山さんはそれらがチャンス・オペレーションであることや、現代音楽であること、特に現代美術に関してはものすごく詳しく知っていました。そしてコンセプチュアルアート、ミニマルアートも知っていた。さらにロバート・ラウシェンバーグのアトリエにまで行っていました。つまり寺山さんは現代美術がここまで行っているということを知っているわけなんです。そしてそれは演劇プロパーではない人たちから出ているから、現代美術から出ているから当たり前なんです。テーマがそっちにいくっていうのは。

そうすると私が思っている「毛皮のマリー」や「犬神」の初期の頃の土着的な感じの中にはないじゃない

かと、そこから始まってないじゃないかと当然言われると思うんですね。だけど創作というのは全部無自覚なんです。明らかにコンセプトを先行させて物を作るという人は、現代美術などのコンセプチュアルアートはそうかも知れないけれど、創作というのは全部無自覚です。色々な人がそう言っています。萩原朔太郎も言っていました（笑）。詩の言葉をなぜ自分がそのように書いたかわからないんだそうです。それで書き終わってひと月ほどすると、ザーっと意味がわかるそうなのです。それは明らかに神が降りてくるのでしょう。神が降りなければ創作は出来ないんですね。あらゆる創作というものはそういうものなんです。自分で絵画を描いている時に、この意味はと思って描いてはいません。それはもう自分ではわからない、自然にやってしまうんです。そして後でコンセプトを纏めるという人と、纏められない人といますけど、寺山さんは纏めてるんです。それは演劇論の中で言っています。ですから、寺山さんは初期の頃に明らかに無自覚にそれを書いてしまって、自分の後半の演劇の方法論に書いているというのが分かったんです。

二〇一九年六月二二日「変容する寺山修司の初期戯曲」講演・前橋文学館にて

（はぎわら　さくみ　多摩美術大学名誉教授）

寺山修司研究【第十二号】目次

巻頭論文

エッセイ

研究論文・他

エッセイ

「無記」

霜田 千代麿

例年恒例の角川出版社の新年会に出る為、一月は東京へ行く。その日は、井の頭線の「池の上」の居酒屋で友と会う約束がしてあった。友とは寺山修司〝天井桟敷〟の元メンバーで現在、寺山修司の養子となった、寺山ヘンリツクの事である。もう一人は現在、彼の処へ居候をしている、ニコデムというポーランド人である。彼はポーランドのポズナン大学の日本語学科を卒業し、今は寺山修司の研究者として、日本で勉強をしている。五年程前、ポズナンで一度会っている。

六時五分前に「熊八」という店の前で、落ち合い、店内の〝小上がり〟に落ち着いた。丁度、展覧会を終了した後なのか、彼らはガツガツ食べて、ガボガボ呑んだ。

ややしばらくして質問してみた。「寺山修司とは何者だったのか？！」「寺山さんの詩にある〝祖国〟も〝革命〟も今の世ではピーンとこない死語の感じもしますが。」

……ノ、コメントで彼等は呑みつづけ、食いつづけた。よほどの空腹と喉の渇きが彼等を襲っていたのだろう。

ゴーダマ・ブッダは生涯弟子に聞かれても答えなかった問がいくつかあった。例えば、霊魂や死後の世界に関する質問に対しては、彼は沈黙を守った。それは「無記」と題されている。その意味で、寺山修司は「何者」かという「問い」は「無記」に属する事なのかもしれないと思った。

寺山修司は人間界の六道輪廻（地獄・餓鬼。畜生・修羅・人間・天上）をくまなく『俳句、短歌、詩、映像、劇、唄』で我等に見せてくれ。百年たったら又おいで“とロング・グッドバイして行った『変化仏』『寺山修司仏』ではなかったのか……。

地獄餓鬼六道輪廻風車　　千代麿

二〇二〇年二月二十日

（しもだ　ちよまろ　元・グロトフスキ実験劇場研究生）

～平成から令和へ～『毛皮のマリー』を巡る旅

中山　荘太郎

一．はじめに

平成から令和へ、時代の転換期を迎えた二〇一九年。この変化していく年の三月から六月にかけて『毛皮のマリー』の公演が集中した。それらすべてではないが、観劇した記録と私なりの考察を踏まえて述べていきたいと思う。これは二〇一九年六月に前橋文学館にて開催された国際寺山修司学会第二十四回初夏大会で発表したことをベースにしている。

二．基本の登場人物

毛皮のマリー（花咲ける四十歳の男娼）
欣也（美少年）
紋白（美少女）
下男（ああなつかしきストロハイム氏）
醜女のマリー（この世で一番醜い女）

名もない水夫（蛇の刺青がよく似合う）
美女の亡霊
美女の亡霊
美女の亡霊
美女の亡霊
美女の亡霊
美女の亡霊
快楽の滓（肉体美の青年）
鶏姦詩人１（荊冠と呼んでも良い）
鶏姦詩人２（荊冠と呼んでも良い）

三．基本のストーリー

時は現代。
ああ、そは夢か、まぼろしか・・・・・
から始まり、親子の無償の愛と世の中の不条理が描かれてゆく。

①マリーの入浴シーン。
「パントテン酸カルシウムと唐辛子チンキ」

下男による剃毛。

ミイロタテハを捕まえてきた欣也が登場。

「モンシロチョウにベニオシロイ」
「インパールのオオルリアゲハ」
②欣也と紋白のシーン。
「可哀想な九月の桜、ゲジゲジの毛皮」
カラスアゲハの標本。
③下男が女装するシーン。
「ジーン・ハーロウの映画」
④マリーと刺青をした水夫のシーン。
「雨傘のセールスマン」
「京浜東北線の線路の上で」
⑤欣也が紋白の首を締め上げるシーン。
マリーが欣也に化粧を施すシーン。

四．美輪明宏さんと『毛皮のマリー』

〈一九六七年〉
九月一日～七日、十月十二日～十四日
アートシアター新宿文化にて『毛皮のマリー』公演。丸山明宏（現・美輪明宏）さんが女優としての第一歩を踏み出すきっかけとなった作品。今でこそＬＧＢＴという概念があるが、当時は偏見が強くあった時代。そういう中での作品ということでかなり注目された。

時は流れて・・・

〈一九八三年〉

三月十二日にアニメーション映画『幻魔大戦』公開。おなじみの声優である古谷徹・永井一郎・小山茉美・滝口順平、さらに役者の穂積隆信・白石加代子・原田知世など多くのキャストで構成されていた映画であるが、中でも印象的だったのがフロイ役の美輪さんであった。その時点では、十年後寺山修司のファンになり、寺山修司と美輪さんの間に深い結び付きがあったことまで想像することはできなかった。

同年四月十五日には東京ディズニーランド開園、五月四日には寺山修司がこの世を去っている。

さらに時は流れて・・・

〈二〇〇九年〉
四月　ル テアトル銀座にて
美輪明宏版『毛皮のマリー』

〈二〇一六年〉
四月　新国立劇場／中劇場にて
美輪明宏版『毛皮のマリー』

五．二〇一九年の三作品について

〈二〇一九年・その一〉

三月十四日

東京芸術劇場／シアターウエストにて
『毛皮のマリー』
寺山修司没後三十五年
青蛾館創立三十五周年記念公演
オリジナル・バージョン（未公開ラ・ママ・バージョンもあり）
演出は寺山偏陸さん。

開場　十八時三十分
昭和歌謡・浪曲が劇場内に流れている。
開演　十九時
スタートは予想外。
クイーンの定番。
♪ウィ・ウィル・ロック・ユー♪
大ヒット映画『ボヘミアン・ラプソディ』を思い出さずにはいられなかった。
九人の役者によるいきなりの衝撃。
そして入浴シーン。
ミイロタテハにオオルリアゲハにカラスアゲハ。
九月の桜とゲジゲジの毛皮。
世界で一番短い地平線。
「地平線今日はどこまで行ったやら」
ジーン・ハーロウの映画。
七五調と自由律。

京浜東北線の線路の上で・・・
ビクター犬と美少年。
あっという間の九十分。

〈二〇一九年・その二〉

四月四日
新国立劇場／中劇場にて
美輪明宏版『毛皮のマリー』
演出・美術は美輪明宏さん。

開場　十四時
ステージ上の緞帳にはピンク・ブルー・イエローの大小三頭の蝶が浮かび上がっていた。

開演
第一幕　十四時三十分
入浴シーン。

パントテン酸カルシウムと唐辛子チンキ。

ミイロタテハにオオルリアゲハにカラスアゲハ。

「いろんな学校があるんだよ」

♪ＬＯＶＥマシーン♪

九月の桜とゲジゲジの毛皮。

ジーン・ハーロウの映画。

「何度も死ねる人は、何度でも生きられるもの」

古今東西の美女の亡霊出現。

小野小町、クレオパトラ、白雪姫、マリリン・モンロー、八百屋お七・・・

十一人の役者によるラインダンス。

「何だか、台所が騒がしいねえ」

あっという間の五十分。
・・・・・・・・・・
休憩二十分
・・・・・・・・・・
第二幕　十五時四十分
チンドン屋さんの奏でる音と恐山の風の音。
星の詩人と三日月の詩人。
雨傘のセールスマン。
七五調と自由律。
京浜東北線の線路の上で・・・
原爆のきのこ雲。
ビクター犬と美少年。
あっという間の五十五分。
上演時間は合計百五分。

二〇〇九年、二〇一六年の公演と比較すると、マリーの登場シーンが減ってきた気がする。途中声の出演は勿論あるが、登場しても動きがゆっくりで、それが役柄として弱弱しく見せているだけなのか？　加齢に伴って弱弱しくなってきているのか？　少し美輪さんの体調が気になる。

さて、早着替えが多いことや公演時間が長いということから『黒蜥蜴』は二〇一五年を最後に上演されていない。『毛皮のマリー』もそのような流れとなってしまうのか？　美輪さんにはあまり無理をして欲しくはないが、まだまだ『毛皮のマリー』を観たいと思う。
ただその後の二〇一九年九月に脳梗塞で入院となったので、以降のお芝居や音楽会を再開するのは難しいのかもしれない。

〈二〇一九年・その三〉

六月十三日
下北沢小劇場B1にて
花組芝居
実験浄瑠璃劇『毛皮のマリー』
夢組・バージョン（幻組・バージョンもあり）
脚本・演出は加納幸和さん、監修は寺山偏陸さん。

開場　十八時三十分
開演　十九時
可動式衝立。
巨大な左耳介が付いている古い手巻きの蓄音器。
和太鼓と縦笛の音色あり。
巨大な手鏡。
巨大な『白雪姫』の本。
巨大な剃刀。

巨大なシェービング用ブラシ。
巨大なシェービングカップ。
巨大な蛇の頭。
巨大なシャンパンボトル。
巨大な鯉、と言っても鯉のぼり。
もはや小道具ではなく大道具である。
古今東西の衆道五人男出現。
ソクラテス、漢の武帝、世阿弥、森蘭丸、チャイコフスキー
あっという間の百二十分。

六、おわりに

以上二〇一九年に観た三作品であるが、一九六七年の作品からすると話の根幹は変わっていない。しかし音楽・照明・舞台装置などは時代や世相の影響を受けて変わってきている。それにより客席からの見え方が作品ごとに異なっていて、逆に新鮮に感じられるのである。原作の寺山修司がもし生きていたら、この『毛皮のマリー』の変遷・変化をどう感じるのだろうか？

さて、二〇一九年六月に前橋文学館で開催された国際寺山修司学会第二十四回初夏大会にて萩原朔美さんが『毛皮のマリー』の脚本は実は四種類存在すると話をされた。四種類の脚本、どの部分がどのように修正・変更されているのか、すぐにでも読み比べてみたい。

《参考文献》

『さあさあお立ち合い〈天井桟敷紙上公演〉』（徳間書店、一九六八）

『不思議な国のムッシュウ―素顔の寺山修司―』九條今日子（主婦と生活社、一九八五）
『新潮日本文学アルバム56　寺山修司』（新潮社、一九九三）
『寺山修司の芸術論集―パフォーマンスの魔術師―』（思潮社、一九九三）
『天声美語』美輪明宏（講談社、二〇〇〇）
『紫の履歴書―新装版―』美輪明宏（水書坊、二〇〇七）
『寺山修司　劇場美術館』寺山偏陸（ＰＡＲＣＯ出版、二〇〇八）
『寺山修司入門』北川登園（春日文庫、二〇〇九）
『明るい明日を』美輪明宏（ＰＡＲＣＯ出版、二〇一二）
『寺山修司の迷宮世界』（洋泉社、二〇一三）
『楽に生きるための人生相談』美輪明宏（朝日新聞出版、二〇一五）

（なかやま　そうたろう　寺山修司探究家＆医師）

二〇一九年☆★☆★☆メモリアル

中山 荘太郎

二〇一九年という一年の間に国内外さまざまなことが起きた。その中でも私なりに注目したことを述べていきたいと思う。

《睦月》

一月四日
久しぶりの新松田。
カフェ＆バー／nikaにて
ロマンス通りのツーマンライブ。
『三上寛とダブユー』＆『池間由布子と夜霧』
寛さんの魂の叫び、歌声、語り
そしてギターの渋い音色に圧倒された。
ライブ後に寛さんに挨拶、そして乾杯。
演劇実験室◎天井棧敷のこと、音楽のことなどいろいろとお話しすることができた。

一月十二日
市原悦子死去。
「まんが日本昔ばなし」、「家政婦は見た!」などが印象的である。

一月十三日
久しぶりの荻窪。

オメガ東京にて
演劇実験室◎万有引力第六十八回本公演
『リヴォルヴィング・ランターン〜劇場を運ぶ一〇〇人の俳優たち二〇一九年版〜』観劇。

開場して会場に入る。

既に役者の演技は始まっている。

それはすなわち
開場とともに開演しているということである。

木の台、木の箱、椅子などが飛び跳ねて移動する。

舞台奥は全面鏡張り。

役者が舞台中央へ円形に集まる。

まるで映画『幻魔大戦』のように。

離人症。

自我の死。

劇場のビッグバン。
・・・・・・・・・
「変身」から「顕身」へ

「自分自身」しか記憶出来ない「肉碑」へ
・・・・・・・
劇場とは劇的想像力をバリケードとした
政治的社会とエロス的社会との
二つの無秩序の屹立点に
ライムライトを投げかける
・・・・・・・
われわれは偶然であり
純粋であり情熱であり
即興である
・・・・・・・・
「他人の夢を盗み他人の夢を支配する」
台本が落ちてくる。
演技の悪性腫瘍である。
インフルエンザのことも。
巨大な蝸牛。
人影型の花の虹。
地下演劇は歌である。
三人のミイラ男というか顔面包帯男登場。
「身捨つるほどの演劇ありや」
日常生活はすべて劇、合コン劇、二次会流れ劇。
即興と自己犠牲。

肉体と小道具の連携プレー。
人体解剖図。
演技の中での心肺停止。
そして死亡確認。
役者が舞台中央へ円形に集まる。
まるで映画『幻魔大戦』のように。
客席にも照明が当たり、舞台奥の鏡に映る自分の顔と対峙する。
役者の躍動とシーザーさんの音楽に
今までとは異なる新たな万有引力の世界を感じることができた。

一月三十日
久しぶりの神保町。
神保町・スペース「読書人隣り」にて
『劇作家・高取英と月蝕歌劇団を語り合う会』参加。

《如月》

二月九日
手塚治虫没後三十年。
久しぶりの高円寺。
座・高円寺1にて
流山児★事務所公演

『雨の夏、三十人のジュリエットが還ってきた』観劇。
タキシードジャズ
蒲田行進曲
「生きたマネより死んだマネ」
石楠花少女歌劇団
平成最後のロミオとジュリエット
いろいろな要素を感じることができた。

二月十五日
久しぶりの阿佐ケ谷。
ザムザ阿佐谷にて
『高取英を偲ぶ会』参加。
第一部　十五時半開式
第二部　十八時半開式

《弥生》

三月十一日
東日本大震災発生から八年。
震災直後の光景を目の当たりにした瞬間
寺山修司研究創刊号に載っている『種子(たね)』を真っ先に思い出した。
この詩が国際寺山修司学会と私を結び付けたと言っても過言ではない。

次に示しておきたい。

種子（たね）
・・・・・・・・・・・

きみは
荒れはてた土地にでも
種子をまくことができるか？

きみは
花の咲かない故郷の渚にでも
種子をまくことができるか？

きみは
流れる水のなかにでも
種子をまくことができるか？

たとえ
世界の終わりが明日だとしても
種子をまくことができるか？

恋人よ

種子はわが愛
・・・・・・・・・・・

三月二十一日
孤高の天才そして偉大なる選手・イチロー
突然の引退発表。

三月二十六日
白石冬美さん死去。

声優やナレーター、ラジオパーソナリティとして活躍。

「巨人の星」、「一休さん」、「機動戦士ガンダム」、「パタリロ」などが印象的である。

さらに、文化放送の「那智チャコハッピーフレンズ」、「いう気リンリン那智チャコワイド」というラジオ番組は特に好きでよく聴いていた。

年末恒例の『名物かいぶつ祭り』にて二度ほどお会いしたことがある。

三月三十一日
長久手市文化の家にて
国際寺山修司学会第二十三回春季大会。
はなみずき通駅から歩いてきて会場の入口に立つと遠くに愛知医科大学が見える。
国際寺山修司学会が二〇〇六年に設立されて今回が創立十三周年記念大会となった。

今回も前回に続いて研究発表。
寺山修司作『毛皮のマリー』と『美輪明宏の音楽&演劇人生』について。

《卯月》

四月一日
新元号発表。
☆☆☆令和☆☆☆

四月四日
久しぶりの初台。
新国立劇場／中劇場にて
平成最後の美輪明宏版『毛皮のマリー』観劇。
第一幕　十四時三十分～
休憩二十分
第二幕　十五時四十分～

美輪さんの演技
美輪さんの歌声
美輪さんの衣装
美輪さんのオーラ
それらすべてを

見逃さないように
聴き逃さないように
集中した。

四月七日
久しぶりの下北沢。
ザ・スズナリにて
演劇実験室◎万有引力第六十九回本公演
J・A・シーザー天井桟敷・万有引力在籍五十周年
幻想寓意劇『チェンチ一族』観劇。
開場して会場に入る。
既に役者の演技は始まっている。
それはすなわち
開場とともに開演しているということである。
暗闇の中で、静かな音楽とともに
ゆっくりとした動き。
突然ガラスの割れる音が鳴り響く。
緑色や赤色の照明。
小道具にキャベツの模型もあり。
牢屋での拷問。
親殺しと裁判。
実験的な残酷演劇。

時代によってはスーパー前衛劇。
客席と舞台の境界をなくしたかった？

四月十一日
モンキー・パンチ死去。
「ルパン三世」には熱中した。

四月十五日
東京ディズニーランド開園三十六周年。

四月三十日
退位礼正殿の儀。

《皐月》

五月一日
剣璽等承継の儀。
即位後朝見の儀。

五月四日
寺山修司没後三十六年。
小田急線、横浜線を乗り継いで

巨大な天狗のある高尾駅到着。
そこから徒歩で高尾霊園へ。

五月十二日
京マチ子死去。
映画『黒蜥蜴』での華麗さ、カッコよさには痺れた。

五月二十六日
北海道・佐呂間町にて
五月としての観測史上最高気温
三十九．五度記録。
久しぶりの新宿。
Theater 新宿スターフィールドにて
月蝕歌劇団第一一〇回公演
『聖ミカエラ学園漂流記』観劇。

五月二十八日
秩父宮ラグビー場にて日本代表がスコットランドXVに勝利してから三十年。

《水無月》

六月二日

小田原お堀端コンベンションホールにて
小田原ラグビーキックオフレセプション。

六月十三日
エンゼルス・大谷翔平選手がレイズ戦にて
日本人選手初のサイクル安打達成。
久しぶりの下北沢。
下北沢小劇場B１にて
花組芝居・実験浄瑠璃劇
『毛皮のマリー』観劇。

六月十九日
井岡一翔が日本人男子初の四階級制覇。
令和版『あゝ、荒野』？

六月二十二日
久しぶりの前橋。
二回目の前橋文学館。
国際寺山修司学会第二十四回初夏大会。
今回も前回に続いて研究発表。
平成から令和へ『毛皮のマリー』を巡る旅についての発表。
イントロとして『種子(たね)』の朗読。

参加者であるが、次の通り。
学会員九名、一般二十六名、一般招待四名、実行委員四名、前橋文学館四名。
計四十七名。

六月二十三日
前橋文学館の目の前にある
詩人萩原朔太郎の生家を見学。
診察室や薬局があった。
前橋文学館の二階から入口方向を見る。
入口の上の壁には萩原朔太郎の次の詩が記されている。

・・・・・・・・・・

旅上

ふらんすへ行きたしと思へども
ふらんすはあまりに遠し
せめては新しき背広をきて
きままなる旅にいでてみん。
汽車が山道をゆくとき
みづいろの窓によりかかりて
われひとりうれしきことをおもはむ
五月の朝のしののめ

うら若草のもえいづる心まかせに。
・・・・・・・・
因みに『日本語を味わう名詩入門九～萩原朔太郎／室生犀星～』にも掲載されている。
次に示しておきたい。
・・・・・・・・・

旅上

ふらんすへ行きたしと思えども
ふらんすはあまりに遠し
せめては新しき背広をきて
きままなる旅にいでてみん。
汽車が山道をゆくとき
みずいろの窓によりかかりて
われうれしきことをおもわん
五月の朝のしののめ
うら若草のもえいづる心まかせに
・・・・・・・・・
ところどころ異なる箇所があるが、言わんとしていることは同じであろう。

六月二十四日
高野悦子没後五十年。
『二十歳の原点』・『二十歳の原点序章』・『二十歳の原点ノート』の著者である。

美空ひばり没後三十年。

六月二十五日
マイケル・ジャクソン没後十年。

《文月》

七月七日
久しぶりの国分寺。
初めての武蔵野美術大学。
演劇実験室◎万有引力
『奴婢訓』観劇。

七月二十五日
小田原城址公園／本丸広場にて
オーストラリア女子セブンズ代表歓迎セレモニー。
報徳会館にて
歓迎レセプション。
小田原医師会合唱団として『めぐる季節』・『Waltzing Matilda』を合唱。
パリにて
七月としての観測史上最高気温
四十二・六度記録。

七十二年ぶりに記録更新。

七月二十六日
ロジャー・テイラー生誕七十周年。
偉大なロックバンド「クイーン」のドラマーとして現在も活躍。

七月二十七日
寺山修司記念館開館二十二周年。
パシフィック・ネーションズ杯（以降ＰＮＣ）二〇一九開幕。
釜石鵜住居復興スタジアムにて
大漁旗による応援を背に受けて
フィジーに快勝。

《葉月》

八月一日
演劇実験室◎万有引力
創立三十六周年。

八月三日
湯浅実死去。
中学生・高校生時代、ＮＨＫドラマ「中学生日記」には熱中した。

ＰＮＣ二戦目。
東大阪市花園ラグビー場にて
トンプソン・ルーク選手の献身的なプレーが光り
トンガに完勝。

八月十日
ＰＮＣ三戦目。
フィジー／スバにて
山中亮平選手のトライもあり
アメリカに快勝。
三戦全勝で八年ぶりのＰＮＣ優勝。

八月十五日
久しぶりの藤沢。
二回目の藤沢市民会館／小ホールにて
遊行舎演劇公演
遊行フォーラム二〇一九
『しんとく丸—稚児の舞』観劇。

《長月》

九月十一日

美輪明宏さんがＮＨＫ「ごごナマ」に生出演。
その後体調不良となり入院。
東京芸術劇場／プレイハウスでの
『美輪明宏の世界～愛の話とシャンソンと～』公演中止。
予定されていた曲目であるが、次の通り。
・・・・・・・・・・
♪枯葉♪
♪バラ色の人生♪
♪愛のまがり角♪
♪ラストダンスは私と♪
♪水に流して♪
♪群衆♪
♪愛する権利♪
♪恋のロシアンキャフェ♪
♪人生は過ぎ行く♪
♪アコーディオン弾き♪
♪ミロール♪
♪愛の讃歌♪
・・・・・・・・・・
実際はこの中から当日何を歌うかを決めるのである。

九月二十日

ラグビーW杯日本大会開幕。
東京スタジアムにて
開幕戦ということで緊張とプレッシャーの中、ロシアに快勝。
桐蔭学園高校時代から活躍している松島幸太朗選手のハットトリック。

九月二十二日
小田原市民会館／大ホールにて
小田原医師会合唱団
第十一回定期演奏会。

九月二十八日
エコパスタジアムにて
世界ランク二位のアイルランドにひるむことなく立ち向かって辛勝。
将来医師を目指している福岡堅樹選手の決勝トライ。

《神無月》

十月五日
豊田スタジアムにて
パワー全開で向かってきたサモアに完勝。
ドライビングモールからの姫野和樹選手のトライ。

十月六日
偉大なる四〇〇勝投手である金田正一死去。
通算勝利数と奪三振数は現在もプロ野球の最多記録である。

十月十三日
横浜国際総合競技場にて
負けが許されないスコットランドを相手に辛勝。
ＦＷとＢＫが細かくパスを繋ぎ、最後は稲垣啓太選手の代表初トライ。

十月二十日
東京スタジアムにて
南アフリカに対して前半こそ接戦であったが
最終的には完敗。
誇れるベスト８。

十月二十二日
即位礼正殿の儀。

十月二十四日
八千草薫死去。
映画『田園に死す』での気品さ、美しさには痺れた。

十月三十一日
山谷初男死去。
天井桟敷の公演に参加。
テレビドラマ・映画・舞台とマルチに活躍した。

《霜月》

十一月二日
横浜国際総合競技場にて
南アフリカVSイングランドによる決勝戦。
南アフリカの貫禄勝利。三大会ぶり三度目の優勝。
一九九五年〜二〇〇七年〜二〇一九年と十二年周期。

十一月六日
松田優作没後三十年。

十一月九日
ベルリンの壁崩壊から三十年。

十一月十日
祝賀御列の儀。

十一月二十六日
月蝕歌劇団代表の
高取英さん没後一年。

十一月三十日
「杜のスタジアム」新国立競技場竣工。
ラグビーW杯日本大会には間に合わなかったが
今後どのような名勝負が生まれ、どのような歴史が刻まれるのか、楽しみである。

《師走》

十二月二日
「現代用語の基礎知識選　二〇一九ユーキャン新語・流行語大賞」の年間大賞発表。
「ＯＮＥ　ＴＥＡＭ（ワンチーム）」が選ばれた。

十二月五日
絵本の専門店と喫茶室で有名な
クレヨンハウスが表参道にオープンして
四十三年。

十二月十日
寺山修司生誕八十四周年。

十二月十四日
坂本九生誕七十八周年。
昭和精吾生誕七十八周年。
新宿シアターＰＯＯに初めて入ってから五年が経過した。

十二月三十日
久しぶりの新宿。
新宿シアターＰＯＯにて
演劇実験室◎万有引力
年末恒例の餅つき大会に初めて参加。
演劇実験室◎天井桟敷の頃から五十年以上続いているとのこと。
決して若くはないけれど、若い劇団員に交じって餅つきを楽しんだ。

十二月三十一日
令和最初の大晦日。
第七十回ＮＨＫ紅白歌合戦。
はるかカッター、まさはるカッター。
ＡＩによる美空ひばりの復活。
こうして平成から令和へと転換する
二〇一九年という激動の一年が終わったのである。
二〇二〇年はどういう一年になるのだろうか？

年末年始を迎えると必ず考えることがある。
マルチな才能を持った寺山修司がもし生きていたとしたら
二〇一九年に何を感じ、何を思い、何をしたのだろうか？
そして
二〇二〇年に何を感じ、何を思い、何をするのだろうか？と。

《参考文献》

『さあさあお立ち合い〈天井棧敷紙上公演〉』（徳間書店、一九六八）
『寺山修司少女詩集』（角川文庫、一九八一）
『闘技場のパロール』（思潮社、一九八三）
『寺山修司――鏡のなかの言葉』三浦雅士（新書館、一九八七）
『思い出のなかの寺山修司』萩原朔美（筑摩書房、一九九二）
『寺山修司の情熱の燃やし方』（文化創作出版、二〇〇〇）
『演劇実験室　天井棧敷の人々』萩原朔美（フレーベル館、二〇〇〇）
『ロング・グッドバイ』（講談社文芸文庫、二〇〇二）
『不良少女入門―ぼくの愛した少女』（大和書房、二〇〇四）
『寺山修司　劇場美術館』寺山偏陸（ＰＡＲＣＯ出版、二〇〇八）
『オーラな人々（付）三島由紀夫秘蔵写真集』椎根和（河出書房新社、二〇〇九）
『寺山修司入門』北川登園（春日文庫、二〇〇九）
『寺山修司に愛された女優』山田勝仁（河出書房新社、二〇一〇）
『日本語を味わう名詩入門九～萩原朔太郎／室生犀星～』（あすなろ書房、二〇一二）
『洋泉社ＭＯＯＫ　寺山修司　迷宮の世界』（洋泉社、二〇一三）
『別冊太陽　寺山修司　天才か怪物か』（平凡社、二〇一三）
『望郷のソネット　寺山修司の原風景』白石征（深夜叢書社、二〇一五）

『文芸誌〈アピエ〉三十二号』金城静穂（アピエ、二〇一八）
『文芸誌〈アピエ〉三十三号』金城静穂（アピエ、二〇一九）

（なかやま　そうたろう　寺山修司探究家&医師）

時代を駆け巡る映画『あゝ、荒野』を観た

中山 荘太郎

寺山修司原作の唯一の長編小説『あゝ、荒野』は一九六五年（昭和四十年）より雑誌『現代の眼』（現代評論社）に掲載され、翌一九六六年（昭和四十一年）に同社から単行本として刊行されたものである。その長編小説が映画化され、二〇一七年（平成二十九年）十月に公開された。前篇・後篇と分かれているこの映画について、映像の描写、役者の感情や印象的なセリフ、そしてスクリーンに集中している私の感想などを交えた上で、是非とも書きとめておきたい、是非とも残しておきたいと思った次第である。昭和の時代に書かれた小説が、平成の時代に映画化された。その映画の中で現時点ではまだ来ていない令和の時代が描かれている。時代を超越して語り継がれるこの小説を、活字であるいは映像で体感していただき、テラヤマワールドを少しでも知っていただけたら幸いである。

荒野―そこは荒れ果てた地か、希望に満ちた場所なのか。
これは、二人の男の運命の物語。

＊前篇
二〇二一年（令和三年）の新宿のラーメン屋。
少年院帰りのシンジ。

突然の爆発事故。
タイトル登場。
バーバーで客との会話が弾まないケンジ。
新宿駅東口のＡＢＣマートのある風景。
カフェ地下にて振り込め詐欺集団の仲間割れ。
ボクシングジムへ殴り込み。
シンジの右脇腹にパンチが入った。
歌舞伎町の入口の風景。
新宿駅西口の高層ビル群の風景。
競馬でオルフェーブという憧れの馬。
二〇一一年（平成二十三年）四月二十四日の路線バス。
原発事故の影響。
シンジの先輩は脊髄損傷でリハビリ。
車椅子バスケの選手として活躍。
♪ハレルヤ♪
ケンジは父親とともに韓国から来日。
父親の面倒を見ている。
やけになり、右手に負傷。
シンジは三年間少年院に。
ヨシコとの再会。
いじめられていた過去。
シンジとケンジ二人でボクシングジムへ。

新宿駅西口の高層ビル群と海洋拳闘クラブと性病科の看板。
「性」は青色の字、「病」は黄色の字、「科」は赤色の字。
ヨシコの母親のこと。
寺山修司の人生そのものか？
トレーニング風景。
介護施設であるケアホームでのバイト。
二〇一一年（平成二十三年）三月十一日の東日本大震災以降
介護の現場はより過酷になってゆく。
二〇二〇年（令和二年）の東京オリンピック・パラリンピック後。
ただ新型コロナの感染拡大により延期となるのか？　それとも中止となるのか？
社会情勢が不安定に。
高校生が授業中に突然、教室の窓から飛び降り自殺。
ケアホームでの多忙さ。
バイアグラの副作用について。
そして赤まむしドリンク。
新宿駅西口の高層ビル群と海洋拳闘クラブと性病科の看板。
「性」は青色の字、「病」は黄色の字、「科」は赤色の字。
♪あなたに逢いたくて～Missing You～♪
ケンジがカラオケで熱唱。
母親は歌舞伎町でホステスをしていて、韓国で永眠。
自殺予防フェス。
新宿駅西口にあるビックカメラやヨドバシカメラ前にて

「自殺について」の街頭インタビュー映像。
寺山修司作品の「あなたは？」を思い出す。
新宿西口公園駅（実在しない）にて
ケンジの父親が焼身自殺。
すぐに水を被る。
後楽園ホールにてシンジ、ケンジともにプロテストを受ける。
シンジは65.3kgでリングネームはシンジュクシンジ。
ケンジは64.1kgでリングネームはバリカンケンジ。
ユースケ・サンタマリア扮するトレーナーは夜になるとおっさんホスト。
甲州屋のある風景。
新たなトレーナーは鬼トレーナー。
ケンジはデビュー戦で敗北。
リングドクターの診察を受ける。
KOされて気絶しているフリ。
シンジはデビュー戦で勝利。
一ラウンド十二秒でKO。
試合後に母親と面会。
父親は首吊り自殺。
新宿駅西口の高層ビル群と海洋拳闘クラブと性病科の看板。
「性」は青色の字、「病」は黄色の字、「科」は赤色の字。
「憎め、憎め、憎め・・・・・」
自殺願望の強い人を集めて監視部屋に。

ケンジの父親や東都電力の福島さんを含めて四人。
アメリカのテレビドラマ『24 - TWENTY FOUR -』のような
「スプリット画面」に。
シンジはケアホームで昼食を。
母親がお弁当を作る。
親子の時間を取り戻すために。
新宿駅東口のドン・キホーテのある風景。
いろいろな人生が交錯する。
まさしく人間交差点。
ヨシコの母親は東日本大震災の被災者である。
西北大学にて自殺防止フェスティバル。
四人の自殺願望者。
ケンジの父親、東都電力の福島さん、女性、浪人生。
「希望という名の病気である」
タイムリーな希望の党。
ドローンによる公開自殺。
シンジは二戦目も勝利。
「お前を必ずぶっ殺してやるからな」

＊後篇
二〇二二年（令和四年）の都内の競馬場。
競走馬は血統が命。

父親の自殺の映像。
「運命には勝てない、宿命には勝つ」
タイトル登場。
新宿のとある書店にて
ケンジがボクシングコーナーで立ち読み中
妊婦の店員が突然破水。
産婦人科へ搬送されるも胎児は死亡。
ボクシングジムは閉鎖されることに。
ケアホームで入居女性永眠。
シンジが背負って霊柩車へ。
「生きることと死ぬこと」
死体の話。
「不完全な死体から完全な死体へ」
寺山修司の言葉を思い出す。
シンジの父親が砂漠から帰還、人生に悲観して首吊り自殺。
自衛官の上司と部下の関係性。
新宿駅西口の高層ビル群と海洋拳闘クラブと性病科の看板。
「性」は青色の字、「病」は黄色の字、「科」は赤色の字。
シンジとヨシコと鬼が登場。
鬼を捕まえようとすると、鬼は逃げてしまう。
東日本大震災の津波による被災者。
残ったのはヨシコのズック。

ケンジの父親の散髪。

「中途半端な死体から完全な死体へ」

寺山修司の言葉を思い出す。

癌を患っていて死の恐怖におびえるケンジの父親がシンジの父親のお墓参りに。

社会奉仕プログラム法のデモ。

ケンジの父親も参加。

政府与党と野党と憲法十八条。

自衛隊入隊。

新宿ゴールデン街のある風景。

自殺について。

シンジ、ケンジ、ヨシコの三人で海へ。

夕暮れの海岸。

ヨシコが海に投げたズックが岸に流れ着いた。

途中途中暗転。

まるで映画ではなく演劇を観ているかのようである。

シンジが次戦に向けて始動。

練習、そして減量。

「倒して倒して倒さないといけない」

「何のスポーツもそうだけど、負けた奴ってのはどっか見苦しい」

「勝たない奴は嫌い」

「運のねえ奴も嫌い」

ロードワークに。

東京モード学園のビルのある風景。

新大久保駅から東京総合車両センターまで。

ケンジは喘息の持病がある二代目の石井さんと馬が合う。

「強くなりたい、強くなりたい」

韓国料理店にて突然の腕相撲対決。

「元日本チャンピオンの山寺さんって知ってる?」

「ぜんぜん」

山寺の字を上下入れ替えると寺山になる。

シンジとケンジ二人でスパーリング。

シンジ対山本裕二戦。

75-75
76-75
76-74
判定でシンジの勝利。

直後にケンジが山寺ジムへ移籍。

バリカンを手土産に、ケンジがバーバーを辞める。

ケンジから
「さようなら。お世話になりました。ありがとう。シンちゃん」

シンジから
「無口でどもりで内気で力はめっぽうある、すぐ顔を赤らめて」

「童貞でどもりで内気で顔がすぐ赤くなる、でも力はめっぽう強い」

帰るシンジを追いかけるヨシコ。

オレンジ色のタオルを手渡す。
バリカンケンジがＴＫＯ勝利。
ケンジは彼女と繋がれず。
認知症のある高齢女性が如雨露で水を。
ヨシコも仕事を辞めて転居。
ボクシングジムの経営が徐々に傾いてきた。
シンジは廃人のようにさ迷う。
マンガ喫茶のバイトと競馬をするシンジと戦績に伸び悩むケンジ。
対照的に描かれていく二人。
途中途中暗転。
まるで映画ではなく演劇を観ているかのようである。
ケンジが自宅の壁にシンジの鋭いまなざしを描く。
シンジとケンジ二人ともロードワーク。
東京モード学園のビルのある風景。
途中すれ違い。
「振り返るな、振り返るな、後ろに夢はない」
「振り返るな、振り返るな、後ろには夢がない」
「振り返れば夢だらけ」
ボクシングジム閉鎖の日に
シンジ対ケンジ戦。
二〇二二年（令和四年）四月三十日
社会奉仕プログラム法反対のデモ行進。

徴兵法案反対。

「何で人が戦うのか？」

気合が半端ないシンジの気持ち。

「あいつは俺と繋がろうとしてる。その手にはのらねえぞ」

シンジ、ケンジの順でリングに登場。

ライト級八回制。

すべての登場人物が試合会場に結集。

ゴングが鳴った。

シンジのラッシュ、しかしシンジの方がダウン。

膠着状態。

ケンジ優勢、シンジＫＯ寸前。

シンジは樹海の中をさ迷い、白い鳥に導かれて滝の前へ。

眼前には美しい女性の後ろ姿が・・・

ゴングに救われたシンジの気持ち。

「ああ～っ、生きてる。一番美しい、一番汚い国で俺たちは生きてる」

デモ集会の会場で爆破テロあり。

シンジの狂犬ぶり。

相打ち、二人の死闘。

攻めつつも焦っているケンジの気持ち。

「僕はここにいる。どこにも行かないで」

「みんなどこにも行かないで。ちゃんとここにいる。だから行かないで」

一発、二発、三発・・・二十六発・・・三十三発・・・三十五発・・・四十一発・・・四十四発・・・

四十七発・・・五十発・・・五十五発・・・五十七発・・・六十発・・・六十五発・・・七十発・・・

七十五発・・・八十発・・・八十五発・・・

シンジの心の叫び。

「立て～、どうなんだ。立てよ～、兄貴（ケンジ）、立てよ」

フラフラになりながらもケンジが立ち上がる。

とめどなく涙が溢れてきた。

一番小さな海が一気に拡大していった。

薄れゆく意識の中でのケンジの心の叫び。

「僕はここにいる。ちゃんとここにいる。だから愛して欲しい」

♪ハレルヤ♪

ついに八十九発。ケンジ絶命。

リングドクターが記載した死体検案書。

幸か不幸か死亡診断書を書いたことがあるが、死体検案書を書いたことはない。

放心状態のシンジ。

ゴングが鳴り響くラストシーン。

シンジはボクシングをやりきった感あり。

菅田将暉はシンジを演じきった感あり。

♪ハレルヤ♪

《参考文献》

『寺山修司論―創造の魔神』高取英（思潮社、一九九二）
『寺山修司詩集』（角川書店、一九九三）

『寺山修司詩集』（ハルキ文庫、二〇〇三）
『不良少女入門―ぼくの愛した少女』（大和書房、二〇〇四）
『あゝ、荒野』（ＰＡＲＣＯ出版、二〇〇五）
『恋愛辞典』（新風舎、二〇〇六）
『洋泉社ＭＯＯＫ　寺山修司　迷宮の世界』（洋泉社、二〇一三）
『別冊太陽　寺山修司　天才か怪物か』（平凡社、二〇一三）
『寺山修司のラブレター』（角川書店、二〇一五）
『寺山修司からの手紙』山田太一（岩波書店、二〇一五）

（なかやま　そうたろう　寺山修司探究家＆医師）

「ラブレター」と「ラストレター」

中山　荘太郎

タイトルの「ラブレター」と「ラストレター」、言葉としては一見似ている。五文字と六文字、「ブ」と「スト」が違うだけ。違うだけと言っても意味合いが大きく異なる。最近はラインやメッセージなどで簡単にやりとりできる時代、ラブレターをきっちりしっかり書くことなどあまりないのかもしれない。こういう時代だからこそフォーカスしてみたいと思ったのである。私も勿論ラブレターをそれなりに書いたことがあるが、寺山修司のラブレターのような語彙に富み、詩情溢れるものだったのかと問われれば、その足元にも及ばないと答えるしかないだろう。

＊ラブレター

私の手元には角川書店から出版された『寺山修司のラブレター』がある。九條今日子さん没後一年の二〇一五年四月三十日に発行されたものである。寺山修司生誕八十年を迎えたタイミングでもあった。内容であるが、手紙魔の恋、恋人たち、新婚時代、アングラ夫妻、アヴァンギャルドな男と女、旅する劇団、寺山のエンディング、九條のエンディングとテーマごとに纏められかつ写真や絵も多く興味深いものとなっている。寺山修司が遺した「手紙」、「恋文」、「書く」などが含まれる作品を次に示しておきたい。

・・・・・・・・・・・・

故郷の母のことを思い出したら

時には母のない子のように
だまって海を
見つめていたい

時には母のない子のように
ひとりで旅に
出てみたい

時には母のない子のように
長い手紙を
書いてみたい

時には母のない子のように
大きな声で
叫んでみたい

だけど心はすぐかわる
母のない子になったなら
どこにも帰る家がない
・・・・・・・・・
　孤独を忘れてしまいたかったら

世界でいちばん孤独な猫と
ぼくは仲良し

世界でいちばん孤独な雲に
ぼくは乗りたい

世界でいちばん孤独な歌を
ぼくは知っている

世界でいちばん孤独な夜に
ブランディーをのもう

世界でいちばん孤独な夜は
きみのいない夜

きみは
雪国のどこかで
ぼくに手紙を書いている
・・・・・・・・・・・・

海が好きだったら

水になにを書きのこすことが
できるだろうか
たぶんなにを書いても
すぐに消えてしまうことだろう

だが
私は水に書く詩人である
私は水に愛を書く

たとえ
水に書いた詩が消えてしまっても
海に来るたびに
愛を思い出せるように
・・・・・・・・・・・・・・

　てがみ

つきよのうみに
いちまいの
てがみをながして
やりました

つきのひかりに

てらされて
てがみはあおく
なるでしょう

ひとがさかなと
よぶものは
みんなだれかの
てがみです

＊ラストレター

二〇二〇年二月に観た映画のタイトルで、キャッチコピーは「君にまだずっと恋してるって言ったら信じますか？」である。数々の名作を世に送り出してきた岩井俊二監督作品で、東北と東京を舞台に高校時代から現在までが描かれている。一方的なラブレター、しつこいラブレター、非常に胸に染みたのである。

二〇一九年十一月に観た『マチネの終わりに』以来の福山雅治。

二〇二〇年二月開催の第九十二回アカデミー賞授賞式のステージで『アナと雪の女王2』の主題歌を熱唱した松たか子。

二〇一九年十一月に急逝、『天才・たけしの元気が出るテレビ!!』が印象的な木内みどり。

グループ「六文銭」で寺山修司作詩の『さよならだけが人生ならば』を歌った小室等。

テレビアニメ『新世紀エヴァンゲリオン』の監督である庵野秀明。

他に『なつぞら』の広瀬すず、『いだてん〜東京オリムピック噺〜』の神木隆之介など全体的にキャスティングが絶妙であったと思う。もし寺山修司が昭和・平成・令和と生き抜いていたら、この映画をどのように感じるのだろうか？と考えないではいられない。

《参考文献》

『寺山修司論―創造の魔神』高取英（思潮社、一九九二）
『寺山修司詩集』（角川書店、一九九三）
『両手いっぱいの言葉』（新潮文庫、一九九七）
『寺山修司の情熱の燃やし方』寺山修司東京研究会（文化創作出版、二〇〇〇）
『寺山修司詩集』（ハルキ文庫、二〇〇三）
『不良少女入門―ぼくの愛した少女』（大和書房、二〇〇四）
『恋愛辞典』（新風舎、二〇〇六）
『寺山修司と生きて』田中未知（新書館、二〇〇七）
『洋泉社ＭＯＯＫ　寺山修司　迷宮の世界』（洋泉社、二〇一三）
『別冊太陽　寺山修司　天才か怪物か』（平凡社、二〇一三）
『寺山修司未発表詩集　秋たちぬ』田中未知（岩波書店、二〇一四）
『寺山修司のラブレター』（角川書店、二〇一五）
『寺山修司からの手紙』山田太一（岩波書店、二〇一五）

（なかやま　そうたろう　寺山修司探究家＆医師）

ラグビーW杯と『奴婢訓』

中山　荘太郎

そもそもの始まりは二〇一五年開催のラグビーW杯（以降ＲＷＣ）イングランド大会である。九月十九日の日本代表の初戦。ＲＷＣで過去二回（一九九五年と二〇〇七年）優勝している愛称「スプリングボクス」の南アフリカ代表に終盤で劇的逆転勝利。当時の新聞には「ブライトンの奇跡～ＲＷＣ史上最大の番狂わせを日本が演じた日～」という見出しで日本代表についての記事が掲載されていた。日本のラグビー界・スポーツ界の歴史を変えた試合、世界中・宇宙にまで衝撃を与えた試合として今なお語り継がれている。その後サモア代表とアメリカ代表に勝つも、スコットランド代表に負け、決勝トーナメント進出とはならなかった。それから四年後、ＲＷＣ日本大会の開催である。「ワンチーム」として大いに盛り上がった素晴らしい大会であった。この四年の間に演劇実験室◎万有引力の『奴婢訓』の公演も二回あったのである。この対比について書きとめておきたいと思う。

二〇一五年

《九月十九日》

ブライトンにて

日本34‐32南アフリカ

《九月二十三日》
　グロスターにて
日本10 - 45スコットランド

《十月三日》
　ミルトンキーンズにて
日本26 - 5サモア

《十月十一日》
　グロスターにて
日本28 - 18アメリカ

南アフリカを撃破して三勝するも、決勝トーナメント進出ならず。

二〇一六年

《二月十一日》
久しぶりの高円寺駅。
初めての座・高円寺1。
演劇実験室◎万有引力◎第六十一回本公演
『奴婢訓』

ブラジル《日伯修好百二十周年記念》凱旋公演

開場　十八時半
計算し尽された壮大な舞台装置。
ピタゴラスイッチ・劇場版？
既に開演前から役者は演技をしている。
一見無関係に見える役者の動き。
巨大なモップを使っている者
床を雑巾掛けしている者
淡々と演技を続けている。
一昔前の医院・病院にあった点滴のセットのような小道具も。
階段も大小さまざまなものがあり
中央にはいちばん大きな階段が・・・
映画『蒲田行進曲』や舞台『双頭の鷲』を思い出す。

開演　十九時
暗闇の中
ジャンボ機が滑走路から離陸するような音がして視覚と聴覚を刺激する。
赤い靴紐で金色の巨大な靴が出てくる。
天井桟敷のパリ公演の写真で観たことが・・・
小道具の骨の投入からの犬の演技であるが
人から獣への瞬時の変身

飛び跳ねる高さが予想外。
客席通路まで来た役者の透明の前掛けには
ネズミ二匹、ニンジン、大根、リンゴなどが入っている。
大滅亡も三人の包帯男たちのシーンも半端ない迫力。
セリフには「東北帝国大学医学部精神科」や「ゲンノショウコ」も出てくる。
立ち食いのエピソードのシーンで
おにぎりやソーセージやフランスパンが出てきたとき
役者が宙吊りや逆さ吊りになるとき
思わず唸ってしまった。
最後に、役者全員が舞台奥の光の中にゆっくりと歩いていく。
そのまま舞台奥に消えていった。

二〇一九年

《七月七日》
久しぶりの国分寺駅。
初めての西武国分寺線。
初めての恋ヶ窪駅。
初めての鷹の台駅。
初めての武蔵野美術大学／美術館。
演劇実験室◎万有引力◎小竹信節退任記念公演
『奴婢訓』

開場　十八時半
開場後に入場していくのだが、指定席ならば迷わない。
それが劇場ではなく美術館という初めての場所で自由席の場合
一番役者を観ることができて、一番舞台全体を見渡すことができる
席を一瞬で見つけなければならない。
二階席や階段席が良いかなあとも思ったが、結局一階右後方に着席。
結果的に
舞台左奥の様子や左横の壁の変化などを観るのにはちょうど良かったのである。
計算し尽された壮大な舞台。
ピタゴラスイッチ・劇場版？
まるで美術館ではなく宇宙船の中にいるかのようである。
開演前から数人の役者は演技をしている。
巨大なモップを使っている者
床を雑巾掛けしている者
淡々と演技を続けている。
一昔前の医院・病院にあった点滴のセットのような小道具も。
階段も大小さまざまなものがある。

開演　十九時
CAFE DO BRASIL
役者全員が舞台中央に集結し、役者の顔の山というか顔の丘を形成する。

その瞬間、役者と観客が対峙する。
観ているこちらが緊張してしまう。
自転車漕ぎと三点倒立。
巨大な望遠鏡。
小道具の骨の投入からの犬の演技であるが
人から獣への瞬時の変身
人面犬の飛び跳ねる動きが半端ない。
山口百恵ネタ。
左横の壁には役者の顔、顔、顔・・・最大十三人？
舞台転換。
二人の男が装置の上で対峙、交互に回転する。
マッチの炎の競演。
・・・・・・・・・・
ツバを吐いてはいけない。
頭をかいてはいけない。
仕事中にダンスを踊ってはいけない。
主人の話を盗み聞きしてはいけない。
むやみに体の部分を露出してはいけない。
立ち食いをしてはいけない。
客の前では言葉遣いに気を付けなくてはいけない。
理由もなく思い出し笑いをしてはいけない。
やたらに指をしゃぶってはいけない。

理由もなく外出してはいけない。
・・・・・・・・・・
赤い靴紐で金色の巨大な靴が出てくる。

ウオークライのような音楽とともに。

カセットデッキの傍で
「ただいまマイクのテスト中」

「入ってないよ～」

時計仕掛けの人形にニワトリも。

大滅亡も四人の包帯男たちの演技も半端ない。

セリフには「ゲンノショウコ」、「円形脱毛症」、「口角炎」、「脚気」が出てくる。

キョンシーのような目玉ゲームに回転している主人ごっこ。

玄米四合と味噌と少しの野菜。

「お月様には痣がある」

最後の晩餐のように役者が集結する。

UFOのようなシャンデリア？

「主人がいないのが不幸なのではなく、主人を必要とするのが不幸なのだ」

役者全員での大滅亡後に長い静寂あり。

役者全員が舞台奥の光の中に吸い込まれるかのように中央の階段を登っていく。

突き当たりを右折してそのまま舞台横に消えていった。

美術館という構造上、二〇一六年の公演とは異なるラストシーンとなった。

倒れた主人の椅子にピンスポが当たる。

観客席も明るくなり、現実に引き戻される。

《九月二十日》
　東京にて
日本30 - 10ロシア
《九月二十八日》
　静岡にて
日本19 - 12アイルランド
《十月五日》
　豊田にて
日本38 - 19サモア
《十月十三日》
　横浜にて
日本28 - 21スコットランド
《十月二十日》
　東京にて
日本3 - 26南アフリカ
四戦全勝で決勝トーナメント進出を果たすも、準々決勝にて南アフリカに完敗。

二〇一五年から二〇一九年までの四年間に、ラグビー日本代表と演劇実験室◎万有引力の進化・深化を目の当たりにした。そのファイトする姿勢、頑張る姿勢に感動し、勇気・元気をもらえた気がする。

（なかやま　そうたろう　寺山修司探究家&医師）

～東北から東海へ～東日本を巡る旅

中山　荘太郎

寺山修司は一九三五年十二月十日、寺山八郎と寺山はつの長男として青森県弘前市紺屋町に生まれた。父・八郎は東奥義塾出身の警察官で、修司誕生の時、弘前市にて保養中であった秩父宮雍仁親王の警護に当たっていたのである。その仕事と母・はつの産後の保養のため、修司の出生は一カ月遅れの一九三六年一月十日生まれとして届けられた。この寺山修司誕生に際して登場する秩父宮に私は大いに関心を持ったのである。

秩父宮ラグビー場

高校の体育の授業でラグビーに目覚め、大学入学と同時にラグビー部に入部、大学時代はラグビー中心の生活であった。一九八九年五月二十八日に秩父宮ラグビー場にて日本代表がスコットランドXVに勝利した試合をテレビ観戦、以来いつかは秩父宮ラグビー場にて観戦したいと思うようになったのである。その後、全国社会人大会、大学選手権、日本選手権など数多くの試合を観に行った。さらに東京ドクターズの一員として秩父宮ラグビー場でプレーしたこともある。非常に得がたい経験であった。

さてラグビー場の経緯であるが、戦前の関東でのラグビーの試合は明治神宮競技場で行われていた。それが戦後アメリカ軍に接収され、自由に使うことができなくなってしまったので、関東ラグビー協会がいろいろと検討した結果、アメリカ軍の駐車場になっていた現在の地に建設することになったのである。一九四七年四月に着工、同年一一月に「東京ラグビー場」として完成した。その後日本ラグビー協会名誉総裁であった秩父宮雍仁親王薨去の一九五三年、親王の遺徳を偲び「東京ラグビー場」から「秩父宮ラグビー場」に名称が変更されたのである。半世紀以上、幾多の名勝負を生んだ秩父宮ラグビー場であるが、東京オリンピック・パラリンピック後に移転の予定である。

さて、寺山修司とスポーツであるが、一般的には野球やボクシングに熱中したとされている。それでもラグビーについての俳句や短歌を遺しているので、それらを次に示しておきたい。

ラグビーの頬傷ほてる海見ては

ラグビーの影や荒野の声を負い

ラグビーの頬傷は野で癒ゆるべし自由をすでに怖じぬわれらに

黒土を蹴って駈けりしラグビー群のひとりのためにシャツを編む母

秩父宮記念体育館

二〇一七年八月十七日
久しぶりの藤沢駅。
初めての藤沢市民会館／小ホール。
遊行舎演劇公演

遊行フォーラム二〇一七
『瓜の涙—ある地霊の物語』観劇。
原作は泉鏡花、脚色は寺山修司。
構成・演出は白石征さん、音楽はJ・A・シーザーさん。

二〇一九年八月十五日
久しぶりの藤沢駅。
二回目の藤沢市民会館／小ホール。
遊行舎演劇公演
遊行フォーラム二〇一九
『しんとく丸—稚児の舞』観劇。
原作は寺山修司、脚本・演出は白石征さん、音楽はJ・A・シーザーさん。

この藤沢市民会館の近くには秩父宮記念体育館がある。最初にこの体育館を見つけたときにはとても驚いた。どういう経緯でここに建てられたのかと。藤沢市は秩父宮雍仁親王が一九五二年一月に静養のため移住し終焉の地となった場所であること、幼少期からスポーツを好みスポーツに深い造詣があったことから、一九五四年に藤沢市に体育館建設が計画された際に「秩父宮記念体育館」の名称を賜り、一九五五年にオープンしたのである。この体育館と藤沢市民会館が繋がり、藤沢市民会館と遊行舎が繋がり、その遊行舎の主宰が白石征さんで寺山修司と繋がっている。最終的に青森ではなく湘南の地で、秩父宮雍仁親王と寺山修司が繋がるのである。ここ数年であるが、白石征さんには高尾で、新宿で、藤沢で何回かお会いしている。私にとってレジェンドのおひとりであり、ありがたい存在である。これからも寺山修司について、天井桟敷について、遊行かぶきについてのお話を少しでもお聞きしたいと思っている。

秩父宮記念公園

秩父宮雍仁親王・勢津子妃が一九四一年九月から約十年間過ごした別邸を整備した公園である。秩父宮雍仁親王は肺結核を患い療養していた。勢津子妃の遺言により御殿場市に一九九五年に遺贈され、二〇〇三年に公園としてオープンしたのである。桜をはじめ四季折々の花々を楽しめる場所でもある。御殿場と寺山修司の繋がりをいろいろな書物で探しても見つけられず。ただ富士山を間近に見られるので、寺山修司も一度や二度は訪れたのではないかと勝手に想像してしまうのである。もっとも富士山より津軽富士である岩木山の方が寺山修司的には好きだったのかもしれない。

最後の秩父宮記念公園は展開に多少無理があるが、『秩父宮』という偉大な名称は寺山家だけでなく私の人生においても大きな存在となって光り輝いているのである。

《参考文献》

『さあさあお立ち合い〈天井棧敷紙上公演〉』（徳間書店、一九六八）
『寺山修司論—創造の魔神』高取英（思潮社、一九九二）
『寺山修司詩集』（角川書店、一九九三）
『寺山修司の情熱の燃やし方』寺山修司東京研究会（文化創作出版、二〇〇〇）
『私という謎　寺山修司エッセイ集』（講談社文芸文庫、二〇〇二）
『寺山修司詩集』（ハルキ文庫、二〇〇三）
『寺山修司と生きて』田中未知（新書館、二〇〇七）
『寺山修司　劇場美術館』寺山偏陸（ＰＡＲＣＯ出版、二〇〇八）
『寺山修司入門』北川登園（春日文庫、二〇〇九）

『洋泉社MOOK　寺山修司　迷宮の世界』（洋泉社、二〇一三）
『寺山修司未発表詩集　秋たちぬ』田中未知（岩波書店、二〇一四）
『望郷のソネット　寺山修司の原風景』白石征（深夜叢書社、二〇一五）

（なかやま　そうたろう　寺山修司探究家&医師）

研究論文・他

〈新資料〉岸上大作旧蔵の寺山修司第一歌集『空には本』の書き入れについて

葉名尻 竜一

はじめに

拙論「岸上大作の寺山修司 I・II」[1]で、岸上大作の代表歌「意志表示せまり声なきこえを背にただ掌の中にマッチ擦るのみ」(一九六〇)[2]を、寺山修司の代表歌「マッチ擦るつかのま海に霧ふかし身捨つるほどの祖国はありや」(一九五六)[3]と比較し、その影響関係について考察した。そこでは、岸上大作と同時代の歌人・今西幹一の指摘[4]を受け、詩句「マッチ擦る」の歌の系譜を石川啄木へと遡りながらも、歴史的文脈を背景にして岸上大作短歌の「マッチ擦る」の所作を時代の物語として立ち上げた。だが、岸上大作の歌は一九六〇年の時代状況にあるからこそ、作歌において、短歌上の〈私〉と歌人との間合いが寺山修司の歌に比べて柔軟性に欠ける。それを〈遊戯性〉に探ったが、この〈遊戯性〉は岸上大作が「寺山修司論」(一九六〇)[5]その他のエッセイで展開した寺山修司批判のなかで見落とした点でもあると論じた。

寺山修司は岸上大作の印象を次のように述べている。

いつも私に突っかかり、批判しながら、しかし自己劇化はできても、それを効果的に伝達し、表現にまで昴めてゆく技術も思想も持たず、和歌は生硬で下手くそで、定型との持続的な葛藤もせぬままに死んでしまった男。その死はどこか、文学的早漏を思わせる。何が革命か、何が恋か。
(略)私は、リングの中央にダウンしている鼻血まみれのみにくい敗者への一瞥のような眼できみの全歌をよみかえしている。実際のところ——いい歌などただの一首もないではないか。[6]

一九六〇年十二月五日に二十一歳で岸上大作が自死し、それから十年後に『岸上大作全集』が編まれ、その付録「岸上大作考」への依頼原稿での回想である。寺山の記述に裏返しの愛情表現をみる意見[7]もあるように、ここには甘えに逃げがちな若者を突き放し、叱咤激励するニュアンスが感じられよう。その上で「いつも私に突っかかり、批判しながら、しかし自己劇化はできても、それを効果的に伝達し、表現にまで昂めてゆく技術も思想も持たず」といった寺山の指摘は、寺山自身を顧みれば共通点になる「自己劇化」の作法について、岸上との明確な差異を、鋭く批評した作家論でもあった。

以上を踏まえながら、この論考では、岸上大作が実際に手にした寺山修司の第一歌集『空には本』（的場書房、一九五八・六）の書き入れについて、一つの見解を示すことにする。二〇一九年一月、岸上大作旧蔵の寺山歌集『空には本』を、運よく古書目録[8]のなかに見つけることができた。まずは、その旧蔵の歌集の奥付に記されたメモから確認することにしよう。

第一章　第一歌集『空には本』の奥付への書き入れ

図1の左頁には、「住所　豊島区高田南町2の483（石川方）」が傍線で消され、青色の万年筆で「文京区諏訪町43　みゆき荘内」と加筆されている。

一九五五年三月、十九歳の寺山修司は腎臓病のネフローゼで立川の川野病院に入院している[9]。そのとき、母親は立川基地に住み込みで働いていた。退院後、寺山修司は高田馬場駅近くの「豊島区高田南町2の483

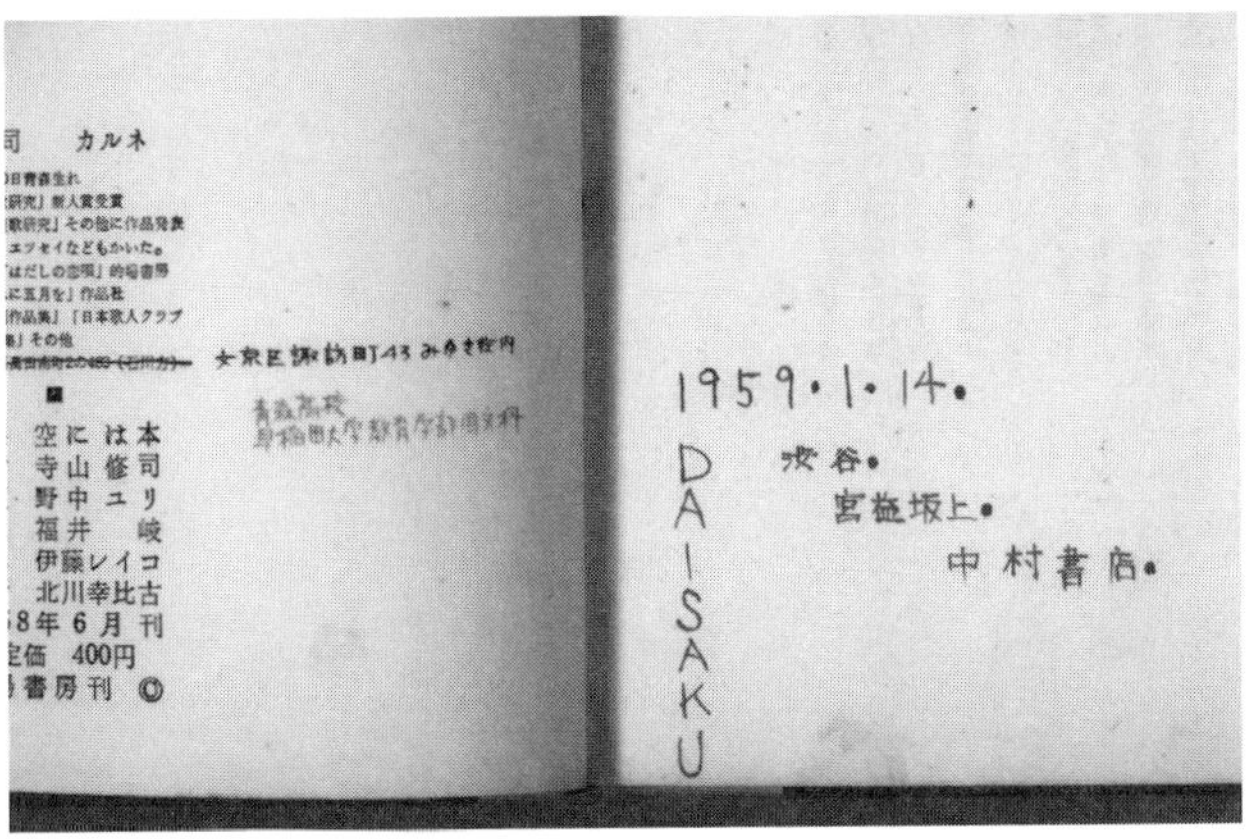

図1

（石川方）」に下宿する。この場所を選んだのは、入学した早稲田大学へ通うことを考えてのことだろう。それ以前は、母の従弟にあたる坂本豊治の家に寄宿していた。坂本家は埼玉県川口幸町の一軒家に暮らしており、寺山は二階の部屋を借りていた。

同年の六月、今度は東京都新宿区にある社会保険中央病院に入院する。[10] ここでの入院生活は三年余りも続くことになった。一九五八年七月に退院した二十二歳の寺山修司は、青森市に一時帰省するものの再び上京し、「文京区諏訪町43　みゆき荘内」に住む。六畳一間のアパートだったようだ。[11] 岸上大作が歌集『空には本』を手に入れたとき、寺山修司は「文京区諏訪町」の住所に転居していた。その住所を記した下のところに、黒色のペンで「青森高校／早稲田大学教育学部国文科」と寺山の出身校が書き添えられている。

右頁には、緑色のペンで横書きに「1959・1・14・／渋谷・／宮益坂上・／中村書店・」と書かれ、年月日の下にアルファベットの縦書きで「DAISAKU」と署名されている。

岸上大作の日記を書籍化した『もうひとつの意思表示―岸上大作日記　大学時代その死まで』[12] の、一九五九年一月十四日（水）に次の記述が見つかる。

○　一時限受講、四時限受講。

○　渋谷宮益坂坂上中村書店ニテ。『空には本』（寺山修司）四百円を二百円也で買う。

緑色のペンで書き入れられた日付と場所と書店名とが一致するので、この『空には本』は岸上大作旧蔵の歌集であることが確認できる。

第二章　岸上大作と田島邦彦

歌人で、岸上大作とともに同人誌『具象』を創刊した田島邦彦の回想記を参照しておこう。

「〈われ〉の回収」と題された文章は、古書をめぐる情報誌『彷書月刊』[13] に載っている。一九八七年五月号の特集は「寺山修司がいた」である。寺山修司が亡くなったのが一九八三年五月四日であるから、没後四年の特集となる。

執筆人は、田島邦彦の他に、中井英夫、北川幸比古、冨士田元彦、寺山はつ、黒田推理、長部日出雄、秋元潔、渡辺英綱、宇野亜喜良、萩原朔美、かわなかのぶひろ、東陽一、木村威夫、芥正彦、福島泰樹、晋樹隆彦、八木忠栄、道浦母都子、内堀弘である。

田島邦彦は次のように語る。

いまも不思議にぼくの想像力を刺激してやまない歌集『空には本』は、寺山の最初の単独歌集で、短歌作品としては初期のものに重きが置かれるなかで大方の評価を得ている。

〈森駈けてきてほてりたるわが頬をうずめむとするに紫陽花くらし〉を冒頭におき、一九五八年六月に刊行された。ぼくが田舎の高校で受験勉強に拍車がかかっていた時期だ。その頃、街の書店で見た《短歌年鑑》一九五八年版の自選作品集で寺山修司の存在を知ったが、一晩で今まで親しんできた近・現代短歌と訣別しなければならなかったほど、激しい憧憬と憎悪と嫉妬をともなった衝撃に震える思い出がある。（略）

安保の年、寺山にこだわっていた学生歌人岸上大作がいた。彼は、「寺山修司論」を残してその年の暮自殺した。じつは大きな声では言いたくないが、ぼくが所有しているものは、岸上が一九五九年一月渋谷宮益坂上の中村書店で定価四百円の半額で手に入れたものを、岸上が死の直前に、今から憶えば形見のつもりで僕に手渡してくれたものだ。岸上は「寺山修司論」のなかで、当時ぼくが書いた寺山の歌に多出する〈われ〉に関する批判を正しいものとして補足引用している。

（傍線――筆者）

「岸上が一九五九年一月渋谷宮益坂上の中村書店で定価四百円の半額で手に入れたものを、岸上が死の直前に、今から憶えば形見のつもりで僕に手渡してくれたものだ」と田島邦彦は告白している。田島と岸上との関係性を別の資料で、もう少し詳しく見ておこう。

田島邦彦は「『具象』の思い出」[14]に次のように書き留める。

ところで岸上との実の交友は、同人誌「具象」を創刊（60・7）し、二号（60・10）を出し、三号へ向け動きはじめたごく短期間だった。岸上が三年生、私は一年下の中大法科の二年生だった。大学は違っても駆け出しの文学青年には、それなりに競争心も意欲もあった。（略）

私が上京した五九年、それまで合同歌集『青年』を刊行するなど活発に活動していた大学歌人会の新しい役員になった林安一、高瀬隆和、岸上大作らが短歌会をもつ各校に働きかけて、再び「大学歌人会」の勢力を盛り返すべく動きが活発化していた。その皮切りに、中大が世話役となって、この日、大学連合歌会を中大会館を借りて開催した。集まったのは國學院大など八校から約二十名で、そのあと引き続いて佐藤佐太郎氏を招き、中大ペンクラブの歌誌「葦芽」の合評会も開いた。
　これが起点となり、翌年の「具象」創刊へと歩を進めることになる。（略）
　誌名も「具象」で一致し、二十二日の集まりでは、各自の執筆分担がきまる。評論は岸上と私が書くことになる。私は岸上のように早くから社会主義に目覚めるということはなく、寺山修司に衝撃をうけたばかりで、作品も習作の域を一歩も出るものではなかった。
（傍線―筆者）

　二人の出会いは、田島邦彦が上京した一九五九年、大学歌人会が再び勢力を盛り返した頃となる。その翌年に『具象』を創刊する。[15]「評論は岸上と私とが書くことになる」とあるように、この第一号に田島邦彦の「現代短歌論」と、岸上大作の「ぼくらの戦争体験」が掲載される。先の回想記で田島が「岸上は「寺山修司論」のなかで、当時ぼくが書いた寺山の歌に多出する〈われ〉に関する批判を正しいものとして補足引用している」と述べた箇所で言及している「当時ぼくが書いた寺山の歌」への評論が、この「現代短歌論」[16]である。その一節を引いておく。

　散文に比較する時、詩歌も同等な表現能力の可能性の限界にまで到達しうるといつたが、寺山修司をはじめとする新世代の作品があまりに無残に現代的な無機能さを晒しているというポイントを考察してゆこう。
　最初にして最後である究極的な一点は、彼等自身に主体的な感情・認識および意志が欠如しているのである。それは寺山修司の歌にたびたび見出すことのできる〈われ〉という言葉に関係するところの独然（ママ）的な空想・思考の捻出力とは、どれほども緊密な意味あいの繋がりは持つていないことを断つておく。
（傍線―筆者）

　田島邦彦は、寺山の歌に多出する短歌上の〈われ〉と歌人その人である寺山修司の「主体的な感情・認識および意志」とが「どれほども緊密な意味あいの繋がりは持つていない」と批判する。作歌における独自の「空想・思考の念出力」が、「フィクションの機能のもとにどれだけ真実の自我を生かしているかは疑問に思われる（嶋岡晨）[17]」と分析したものと言えようか。田島邦彦は、その点を評論のなかで「主体性の欠如」「自己の欠如」と表現している。
　それにしても、田島邦彦も言うように、岸上との実の交友は『具象』創刊から「三号へ向け動きはじめたごく短期間だった」のにも関わらず、なぜ、岸上大作は大切な寺山修司の歌集『空には本』を田島邦彦に手渡したのだろうか。

ここまで資料を概観してくると、寺山修司の歌集は田島邦彦にこそ相応しい、と岸上大作が考えたと想像してもよいだろう。おそらく、田島邦彦は岸上大作と会っているときにも寺山修司について熱く論評していたのではないか。田島はそれくらい、寺山修司登場の衝撃に震えたに違いない。

次に、岸上大作旧蔵の寺山修司歌集『空には本』の書き入れのなかで、もっとも注目すべき箇所を検討してみたい。

第三章　寺山修司の代表歌への書き入れ

歌集を通覧すると、いくつかの歌に○（マル）や✓（チェック）が付されていることがわかる。そのなかにあって、一三四頁に、寺山修司の代表歌に並ぶようにして歌が二首、書き入れられているのが見つかる。言及しやすくするために、寺山修司の代表歌を含めて、それぞれの歌に番号を振って翻刻しておく。まずは寺山の代表歌を①とし、その右側にある歌から順に記す。

①、マッチするつかのま海に霧ふかし身捨つるほどの祖

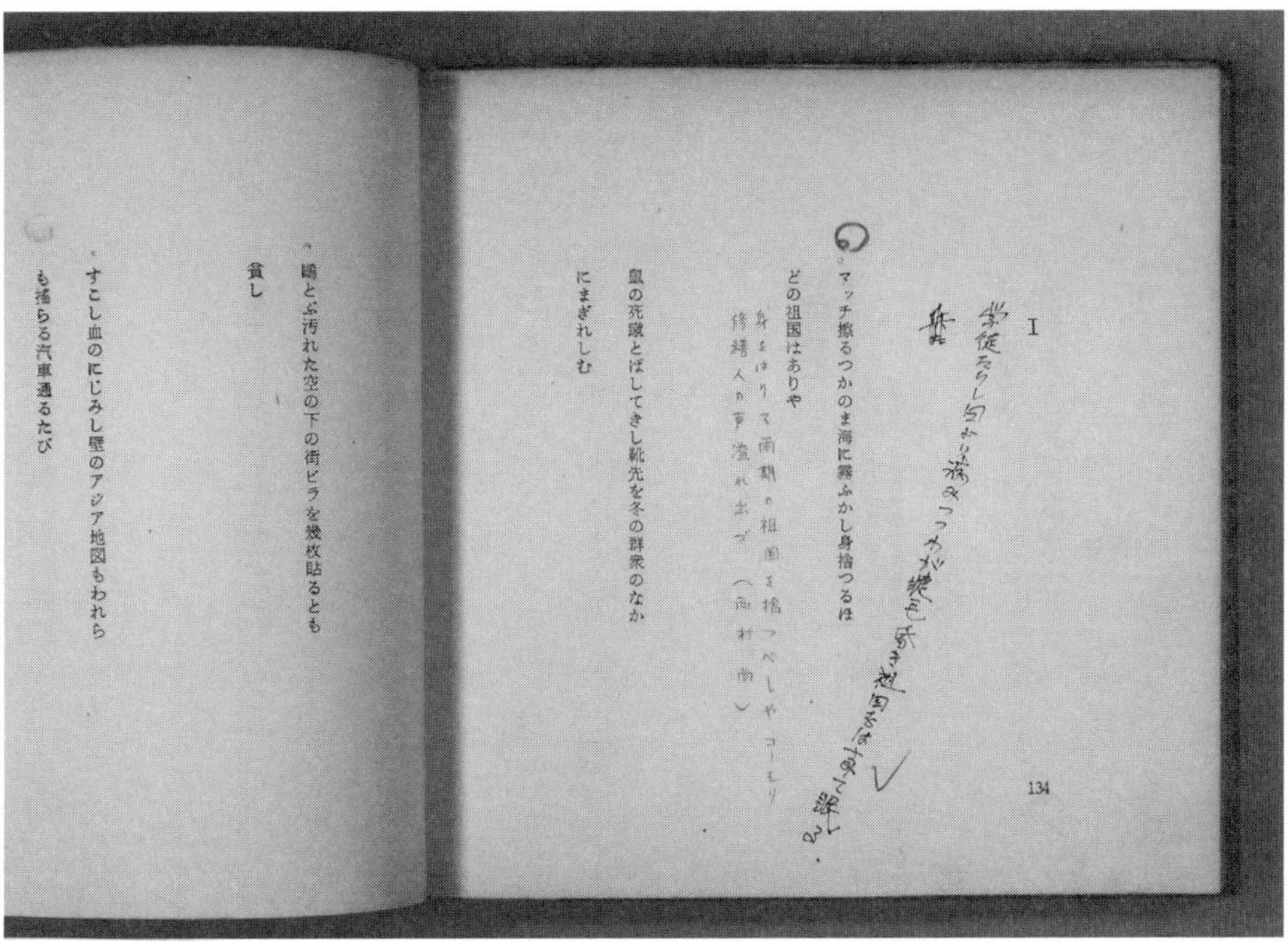

図2

国はありや

②、学徒たりし日より病みつつわが睫毛昏き祖国をはさみて眠る

乗た（見せ消ち）

③、身をはりて雨期の祖国を拾つべしやコーモリ修繕人の声溢れ出づ（西村尚）

並べればすぐに気づくことだが、三首は「祖国」という単語で繋がっている。

③の歌はカッコ内に歌人名が書かれているから、この一首から見ていくことにする。

西村尚は舞鶴市出身で、國學院大學の学生時代に岸上大作と活動をともにしていた歌人である。のちに飛聲短歌会を主宰しながら、白峯神宮や朝代神社で宮司をつとめた。岸上大作の死後、高瀬隆和と岸上大作作品集『意志表示』出版のために奔走した学友でもある。『意志表示』は一九六一年六月、白玉書房から刊行された。白玉書房は、一九六二年七月に寺山修司の第二歌集『血と麦』を、一九六五年八月に同じく寺山の第三歌集『田園に死す』を刊行している。『意志表示』の編集委員としては、岩田正、岡井隆、小野茂樹、篠弘、冨士田元彦、武川忠一の六名が名を連ねた。

西村尚「本の後の話『意志表示』について」[18]を参照しておこう。

その岸上の最初の出版物は、彼の自殺の翌年、昭和36年（一九六一）の『意志表示』で版元の白玉書房の鎌田敬止さんが「この種の本は売れません」と云いつつ、自費出版が当然の歌壇でありながら、出版の自己資金を持たない私たちを哀れんでか、恩に着せるでもなく出版してくれたのだった。調布嶺町の鎌田さんの暗い家が忘れられない。

出版元については、実は「短歌新聞社」に依頼する予定で、個人的にはすでに内諾を得ていた。しかし岡井氏やその周辺からの声は「白玉の方がいいよ」というので、急遽、蒲田さんを紹介してもらい、頼んだのだった。という話はもう以前済んでいるか？（略）

『意志表示』出版のころ、私は大学院博士課程に在籍しつつ、週のうち何日かは、都内から千葉市（西千葉下車）の千葉経済高校へ通い、非常勤講師のアルバイトをやっていた。

（傍線―筆者）

國學院大學の大学院生だった西村尚が非常勤講師のアル

バイトに勤しみつつ、名立たる編集委員たちの間で、実務的な仕事に骨を折っている様が見えてこよう。

西村尚は第一歌集『少し近き風』[19]を一九七〇年一月に出版した。二〇一二年十二月の『瑞歯』[20]までに計六冊の歌集を刊行し、没後の二〇一九年九月には遺歌集『言の葉』が青磁社から世に送り出されている。そこで、国立国会図書館に出向き所蔵された歌集を繰ってみたのだが、③の一首を見つけることができなかった。岸上大作が寺山歌集『空には本』を入手したのが一九五九年一月十四日で、自死する一九六〇年十二月五日までのどこかで田島邦彦に歌集を手渡したとして、所持していたその短い期間に岸上が西村尚の歌を書き入れたと推察するならば、この一首は一九七〇年の第一歌集刊行以前に西村尚が詠んだ歌だと思われる。第一歌集『少し近き風』には収めなかった歌なのかもしれないが、岸上大作の心には強く残っていたのであろう。歌の出自の調査は継続しなければならない。[21]しかし、寺山修司の代表歌と並べるとき、二首の詩語が描く像に響き合うものがあることは指摘できる。

西村尚の「身をはりて雨期の祖国を捨つべしや」が、寺山修司の「身捨つるほどの祖国はありや」といった詩語の選ばれ方に似ているだけでなく、比喩としての「雨期の祖国」のなかにあって「コーモリ（雨傘）」を修繕すべきかどうかと逡巡する短歌上の〈私〉の姿が、深い霧に閉ざされた海を前にして「マッチ」の火のように揺れる信念を「つかのま」顧みる寺山修司短歌の〈私〉の姿に重なってこよう。ただし、西村尚の歌は事後的な場面であり、「身をはりて」に事を成し遂げられなかった倦怠感が漂う。挫折後の身の処し方を詠んでいるのではないか。

それでは、②の歌に移ろう。③の歌と比べてすぐに気づくのは、明らかに筆跡が違うことである。これはどういうことか。

第四章　書き入れたのは誰か

図3―ア、イは、寺山修司歌集『空には本』（図2）に書き入れられた②の歌から切り取った文字である。図4―ア、イの文字と比較すると、はらいや丸を書く時の運筆、縦線と横線のバランスなどが似ており、ほぼ同じ人物による筆跡ではないかと思われる。

図5は、姫路文学館に所蔵されている田島邦彦の直筆歌稿[22]である。図4―ア、イの文字は右側の歌「十二月の死者とわが魂駆ける傷を負ひたるものの如くに」から切り取った。

ここから推察するに、②の歌を書き入れたのは田島邦彦

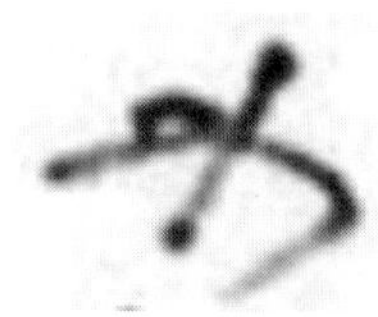

図3―ア

図4―ア

図3―イ

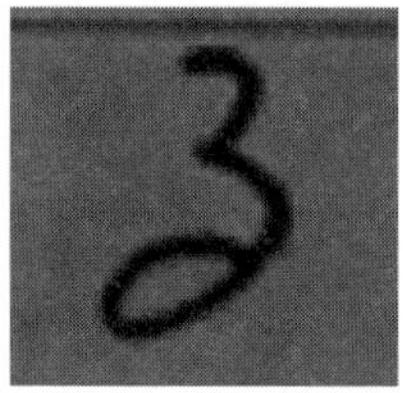

図4―イ

ではないだろうか。岸上大作旧蔵の寺山修司歌集『空には本』が、岸上から田島邦彦に手渡され、その後、古書目録に並ぶまで他の人を経由していないとするならば、書き入れをしたのは田島邦彦であると判断してよいと思う。(23) ただし、田島邦彦の書き入れだと仮定しても、今度は、それがいつの書き入れなのかが不明である。岸上大作から手渡された時期かもしれないし、晩年になってから書き入れたのかもしれない。それでも、この勢いのある筆跡を見ると、寺山修司に傾倒していた若き日に歌集『空には本』を運よく手にし、その迸る感受性で思わず書き付けてしまったと

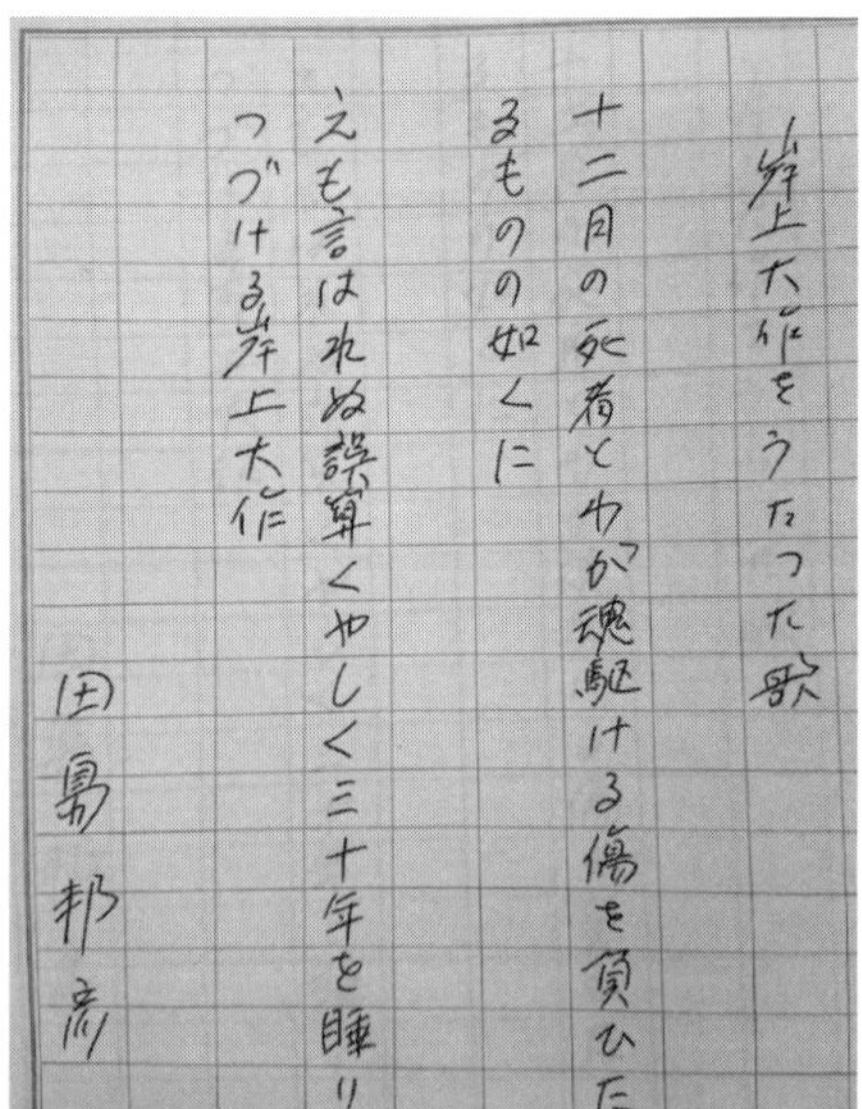
岸上大作をうたった歌
十二月の死者とわが魂駆ける傷を負ひた
るものの如くに
えも言はれぬ誤算くやしく三十年を睡り
つづける岸上大作
田島邦彦

図5

想像したくなる。また、②の一首が田島邦彦自身の歌なのか、誰かの歌を田島邦彦が書き入れたのかについても、現在、調査中である。(24)

ここで岸上大作の歌を一首、参照しておきたい。

④、学徒兵の苦悶訴う手記あれど父は祖国を信じて逝けり

高校生の岸上大作が詠んだ歌である。短歌結社誌『まひる野』一九五七年一月号に掲載された。(25) この頃、岸上は日

記に「今の十代は全く音なしだ。俺はこれを何とかしたいのだ。現在の十代が以前の寺山修司とはちがったものを持っていることを俺は、自分で知り得る。狭い範囲内の見識でわかる。俺は、この仲間を集めて、十代歌人の城が築きたい」(一九五七年一月二十七日)と書いている。

④の「学徒兵」は、②の「学徒」とその横に見せ消ちされた「兵」とに、用語の発想が重なってこよう。また、寺山修司の代表歌は、一九五六年の『短歌研究』四月号が初出であるから、この時期に高校生だった岸上大作が詠んだ歌と比較すると、まるで連作のようにして響き合う。

④の歌に「父は祖国を信じて逝けり」とあるが、寺山の代表歌は「祖国」に対する世代間差を詠んでいると一般的には解釈される。寺山修司自身は戦争によって父を亡くした。一九五四年十一月、『短歌研究』「第二回五十首応募作品」の特選を受賞し、歌壇デビューを果たした寺山修司「チェホフ祭」の応募原稿の元々の表題は「父還せ」であった。それを当時の『短歌研究』編集長の中井英夫が改題したことは知られている。「父還せ」という叫びは、戦争で父を亡くした寺山修司世代の多くの子供たちの声である。(26)そして、「祖国」を信じて身を捨てた父親の世代に対して、寺山修司の世代は「見捨つるほどの祖国はありや」と問うたのだ。命を懸けてまで守るべき「祖国」はあるのだろうか、と。寺山の歌に詠まれた「祖国」への思いやイメージは、暗い影をもっている。④の岸上大作の歌を経由させると、暗い影をより具体的に描くことができるだろう。

改めて、田島邦彦が書き入れた②の歌に戻ろう。②の歌で詠まれた「昏き祖国」をイメージするならば、寺山修司の代表歌を受け継ぐようにして暗い影を抱えていると解釈できるだろう。ただし、ここでの「学徒」は、一九六〇年の日米安全保障条約改定に反対する闘争での学生を指しているのではないのか。なぜなら、横に並べて書かれた「兵」が見せ消ちされている。第二次世界大戦下を想い起こす「兵」という語は選ばれなかったのである。これが、歌集『空には本』に、歌を書き入れたことから発生する意味であろう。

では、「昏き祖国」を「わが睫毛」に「はさみて眠る」はどのように解釈すればよいのだろうか。

第五章　田中冬二の詩「幻の艦隊」

久松健一の評論(27)が気になる。久松健一も寺山修司の代表歌を分析し、岸上大作の歌に言及しながら「マッチ擦る」所作の系譜を次のように辿っている。少々長くなるが指摘箇所を引く。

寺山に噛みつき、やがてみずから命を絶った国学院大学の岸上大作でさえ、歌集『意志表示』の冒頭にこの一首に刺激をうけたことを隠さないこんな歌（岸上「意思表示―」―筆者注）を置いている。（略）

ところで、この歌（寺山「マッチ擦る―」―筆者注）を俎上に載せたのは、織りなすイメージのふくらみについて云々したいからではない。数多の賛辞を浴び、秀逸と評されながら、この歌には明らかな下敷きがある。その点を問題にしたいのだ。田中冬二の詩「幻の艦隊」の最後の二行がそれである。

一本のマッチを擦れば
海峡は目睫の間に迫る（『晩春の日に』昭和三十六年）

さらには、富澤赤黄男のつぎのふたつの句。

一本のマッチをすれば湖は霧
めつむれば祖國は蒼き海の上（『天の狼』昭和十六年）

「マッチ（を）擦」「海（湖の読みも［うみ］である）」「霧」「祖国」という語がぴたりと重なる。さらには、西東三鬼の初の句集『旗』（昭和十五年）に載っている「夜の湖あゝ白い手に燐寸の火」も下敷きだと堂本正樹は指摘している（「現代詩手帖」一九八三年十一月）。（略）

ただし、田中の詩にも、富澤の句にも、西東のそれにも「つかの間」はない。「目睫の〈間〉」という言葉は見つかるが、「あいだ」と「ま」は類語ではあっても同じではない。前者は差異を空間に広げるのに対して、後者はそれを時間の軸に沿って見つめる語であるからだ。寺山の出だしが時間的で、それが空間へと転じ、「祖国はありや」と訴えかける七音に収束するのに「つかの間」は大きな効果をあげている。また、「（霧）深し（ママ）」も「見捨つる」も登場してこない。

（傍線―筆者）

斎藤茂吉の「あなあはれ寂しき人ゐ浅草のくらき小路にマッチ擦りたり」（歌集『あらたま』一九二一年）にも言及し、詩句「マッチ擦る」の「共鳴はどうとらえるべきなのか」と久松健一は問う。久松は今西幹一が指摘した石川啄木の歌に触れていないが、寺山修司の「マッチ擦る―」一首における発想の起源を探る近年の研究史を振り返れば、俳句や短歌に留まらず映画にまで及んでいる。「マッチ擦るつかのまに「カサブランカ」を読む寺山修司」というしゃれたタイトルの論考もある。[28] 寺山は中学二年生のとき、母の叔父・坂本勇三が青森市に再建した映画館・歌舞伎座に居候していた。母と離れて暮らさなければならなかった孤独な少年の胸の内を映画フィルムが夢のリボンようにして彩っていたのかもしれない。さらに映画だけでなく、寒い冬の夜空のもとでマッチの小さな火に心をあたためる夢を見たアンデルセンの童話『マッチ売りの少女』の影響がなかったとも言い切れないだろう。

　影響関係を探る研究において、久松の評論で言及される堂本正樹の論考や、富澤赤黄男、西東三鬼といった名は早くから知られていた。しかし、田中冬二の詩は、久松健一に指摘されるまで取り上げられてこなかったのではないか。一九六一年十二月二十日、昭森社から詩集『晩春の日』は刊行される。詩「幻の艦隊」の全容を確認しておく。

　　　幻の艦隊

海峡を艦隊通過
星の美しい夜の海峡を艦隊通過
黒鯛よ　河豚よ　烏賊よ
記憶してゐるか
かつての日の　あの重厚なる艦隊の威容を

それはかなしくも幻の艦隊
蜃気楼のやうに消えた

一本のマッチを擦れば
海峡は目睫の間に迫る

　田中冬二の詩「幻の艦隊」の初出は、一九五七年五月『現代詩入門』である。[29] 寺山修司の第一歌集『空には本』(的場書房)は、一九五八年六月の刊行であるが、その歌集に収録された代表歌「マッチ擦る――」一首の初出は、一九五六年の『短歌研究』四月号であるので、久松健一が問うように、寺山修司が田中冬二の詩「幻の艦隊」を創作の「下敷き」にしたとは、初出の年月日からみても考えられない。逆に、寺山修司の代表歌が田中冬二に影響を与えたと想像することもできようか。だが、「マッチ擦る」はそれほど独創的な詩句ではないだろう。もっと庶民の生活に近い日常語であり、その日常語をそれぞれのジャンルの作家たちが、創作のために自らの「空想・思考の捻出力」[30]で鍛え上げた詩句だと考えた方がよい。

　創作の影響関係についてはここまでにして、田中冬二の詩「幻の艦隊」の背景を理解することにしよう。参照するのは、和田利夫の『郷愁の詩人　田中冬二』[31]「(3) 艦たてまつれ」の一節である。

日本文学報告会の主催、大政翼賛会の後援で、詩部会発案による建艦献金運動としての「艦たてまつれ」詩の夕が開催されたのは、昭和十八年（一九四三）五月二十一日のことだった。会場は神田区一ツ橋の共立講堂。田中冬二は、はるばる諏訪から上京、これに出席している。

冬二が上京したのは、自作詩の朗読を会から要請されていたためだった。（略）では、日本文学報告会詩部会の最大のイベントともいうべき「艦たてまつれ」は、どういう空気の中で進行していったのだろうか。戦局は昭和十八年に入ると、緒戦の華やかさは消え、ただならぬ様相を呈してきていた。（略）

今なら言える、ということで言うならば、常識をはたらかせて考えてみると、制海権や制空権がアメリカの掌中に帰している状況下の建艦献金にどれほどの意味があったろうか。大将機の遭難は、暗号が解読されていたためだとは戦後判明した事実だが、前年（昭和一七年）六月のミッドウェー海戦を境に日本は劣勢に立ち、以来、押されっぱなしだったのである。たてまつられた軍艦を、どこの海に浮かべるつもりだったのだろう。

今から思うと、「艦たてまつれ」は、詩人たちの共同幻想による一場の祭典でしかなかった。冬二は戦後になって、こんな詩（「幻の艦隊」—筆者注）を書いている。（傍線—筆者）

一九四三（昭和十八）年五月二十一日に、日本文学報告会の主催で、大政翼賛会の後援による詩部会発案の建艦献金運動として「艦たてまつれ」詩の夕が開催されている。戦時下における軍艦建設のための勧進帳のようなイベントだと考えられよう。しかし、前年のミッドウェー海戦で空母四隻すべてを撃沈されるといった大敗後、戦局の劣勢は明らかだった。和田利夫は「たてまつられた軍艦を、どこの海に浮かべるつもりだったのだろう」と問うているが、現在から振り返れば誰もが同じように抱く疑問である。

「今から思うと、「艦たてまつれ」は、詩人たちの共同幻想による一場の祭典でしかなかった」との断言は、まさにその通りで、国家の共同幻想に与する詩の祭典が、いかにゆらゆらと揺らめく幽霊船を頼りにして開催されていたのかは明白である。戦争協力としての詩の夕べに参列した国民が、今になって都合よくその共同幻想を忘れようとも、北川冬彦は「黒鯛よ　河豚よ　烏賊よ／記憶してゐるか」と詰め寄る。「蜃気楼のやうに消えた」「幻の艦隊」を、かつて称え祭り上げていたことを。

幻影に幻惑されてはならぬ、といった北川冬彦の詩精神（ポエジー）が詩「幻の艦隊」に見事に表出される。

「一本のマッチを擦れば／海峡は目睫の間に迫る」とは、一息つくために擦ったマッチであろうと、その火に照らし出されるのは隠しておきたい遠い記憶であり、目を伏せようとも昨日のことのようにして迫りくる幻を穿つ表現なのだ。

第六章　イマージュの源泉

北川冬彦の詩「幻の艦隊」を経由して、②の「学徒たりし日より病みつつわが睫毛昏き祖国をはさみて眠る」に戻ろう。北川冬彦の詩に近接しているのは、寺山修司の代表歌「マッチ擦る―」一首ではなく、②の歌なのではないのか。

『具象』創刊号に寄せた岸上大作の評論タイトルが「ぼくらの戦争体験」とあるように、一九六〇年の安保闘争を進めた「学徒」たちは、当時の学生運動を、第二次世界大戦下の日本国家の状況に擬えて捉えようとしていた。「睫毛昏き祖国をはさみて眠る」は、学生運動の見えない出口を前に疲弊し、高らかな夢が蜃気楼のように幻影へと姿を変えるなか、それでも覚めない眠りにひと時の安らぎを求めているかのように読める。病んでいるのは国家なのか、それとも〈われ〉なのか。

田島邦彦の書き入れた歌は、寺山修司の代表歌に引き付けられ、寄り添っていくようにして並ぶ。一九五六年初出の寺山修司「マッチ擦る―」一首は、戦後であって、一九六〇年を詠んだ歌ではない。しかし、一九六〇年学生運動のイマージュの源泉であった。岸上大作世代は、以上見てきたようにして、寺山修司の歌を次の時代に再生産したのだ。

注

(1)「岸上大作の寺山修司　Ⅰ　―歌句「マッチ擦る」の所作をめぐって―」（『立正大学文学部論叢』一三七号　二〇一四・三）、「岸上大作の寺山修司　Ⅱ　―「寺山修司論」、その多様な状況への「われ」の設定―」（『立正大学國語國文』五十三号　二〇一五・三）、ともに拙著『文学における〈隣人〉―寺山修司への入口―』（KADOKAWA、二〇一八・三）に所収。

(2)『國學院短歌』三十一号（一九六〇・五）に「意思表示抄―四月二六日」七首を発表。その後、この一首を冒頭に置いた「意思表示」四十首が、第三回『短歌研究』（一九六〇）の新人賞「推薦」に選ばれた。
(3) 『短歌研究』(一九五六・四)に「猟銃音」三十首を発表、その冒頭に置かれた。その後、第一作品集『われに五月を』(作品社、一九五七・一)の「祖国喪失」三十四首の冒頭に置かれ、第一歌集『空には本』(的場書房、一九五八・六)の「祖国喪失」Ⅰの十二首、Ⅱの十二首の冒頭に置かれる。
(4) 「岸上大作の『意志表示』論ノート—〈壁〉について—」(『山梨英和短期大学紀要』一九八八・一)で、今西幹一は石川啄木「マチ擦れば/二尺ばかりの明るさの/中をよぎれる白き蛾のあり」(『一握の砂』一九一〇・十二)を挙げ、「現代における本歌取りのような、発想の重層性がある」とし、「まちがいなく寺山においては、啄木歌は受容され、寺山的世界の中で呼吸している。この岸上—寺山—啄木の系譜の中に、岸上短歌の特質解明の鍵が潜んでいる」と指摘する。
(5) 『短歌』十一月号(一九六〇・九)
(6) 『岸上大作全集』(思潮社、一九七〇・十二)の付録「岸上大作考」への依頼原稿。
(7) 冨士田元彦は「岸上への愛情の逆表現だろう」と捉えている(「岸上大作と清原日出夫—そして同人誌の作家たち」、『冨士田元彦短歌論集』国文社、一九七九・十二)
(8) (923)『空には本』(岸上大作旧蔵本)、石神井書林目録104号(2019・1)
(9) 「安静にしていなかった寺山修司はついに、体があまりに辛くなり、立川に母を訪ねた。昼夜働いていた母は、夜の仕事までのひとときを定食屋で夕食をとっていた。そこへ、修司が無塩醤油の瓶を抱えて憔悴しきった姿で現れた。驚いた母は立川市錦町の川野病院に緊急入院させた。川野病院には記録がなく、手紙などから、入院は昭和三十年の三月初めのことだったと推測される。」(小川太郎『寺山修司その知られざる青春—歌の源流をさぐって—』三一書房、一九九七・一)
(10) 小川太郎は中野トク宛ての寺山修司の手紙を調査しているなかで、次のように書いている。「私(小川太郎)が病院に残っていた資料から調べてもらったところによると、寺山修司が東京都新宿区の社会保険中央病院に入院したのは、昭和三十年六月二十日のことだからだ。今回は生活保護法の適用を受けての入院だった。下宿先の石川が福祉事務所の所長で手続きなどを教えてくれたと、寺山の母・はつから筆者は直接聞いたことがある。」(同注9)
(11) 「私の行先は、退院の二、三日前に外出許可をもらって、学徒援護会の紹介で契約した新宿区諏訪町の六畳一間のアパートである。窓にカーテンもついていない、がらんとした空室で、私は「これからどうしたらいいものか」と途方にくれた」(「消しゴム」—自伝抄、『黄金時代』九藝出版、一九七八・七所収)
(12) 大和書房、一九七三・十二
(13) 第3巻 第5号、弘隆社、一九八七・四・二五
(14) 図録『歌人 岸上大作 60年ある青春の軌跡』(姫路文学館、一九九九・十・八)
(15) 『具象』第一号(一九六〇・七・十五、東京都杉並区久我山

3ノ174 新開方)
具象グループ 角口芳子・岸上大作・沢口千鶴子・高瀬隆和・田島邦彦・津田正義・林安一・平田浩二・山口礼子

(16) 同注(15)に掲載

(17) 嶋岡晨「空間への執着」(『短歌研究』一九五八・七)
のちに、寺山修司と嶋岡晨との「様式論争」と呼ばれる前衛短歌論争の最初の批評。「その傾向(私小説性の否定―筆者注)はおおよそ感じとれるが、多様な状況の設定のなかに選ばれた〝われ〟なるものが、フィクションの機能のもとにどれだけ真実の自我を生かしているかは疑問に思われる。」(嶋岡晨)

(18) 同注(14)

(19) 短歌新聞社、一九七〇・一・一

(20) 短歌研究社、二〇一二・十二・八

(21) 見落としている場合もあるので、ご教示願えれば嬉しい。

(22) 姫路文学館学芸員の竹廣裕子氏にご協力いただいたことを感謝いたします。

(23) 古書店店主の内堀弘氏に確認した。ご助言を感謝いたします。内堀氏は古書をめぐる情報誌『彷書月刊』(注13)の執筆人にも名を連ねている。

(24) 西村尚の歌と同様、国立国会図書館所蔵の歌集を確認したが、歌の出自は不明であった。

(25) 『まひる野』は戦時下、早稲田大学教授の窪田章一郎のもとに国文科の学生が集まって指導を受けた会合が母体となってできた短歌結社。

(26) 小菅麻起子は、「父還せ」の叫びはいわば「戦争の傷痕」そのものであり、同じ表題の「父還へせ」という作品が『短歌研究』(一九五〇・十)に既に発表されていることを指摘している(『初期寺山修司研究―「チェホフ祭」から『空には本』』翰林書房、二〇一三・三)

(27) 『原爆の下に隠されしもの―遠藤周作から寺山修司まで―』(笠間書院、二〇一七・七)

(28) スティーブン・リジリー(『短歌研究』特集・映画と短歌、二〇一三・十一)

(29) 『田中冬二全集』第二巻(筑摩書房、一九八五・四)の詩編索引による。

(30) 田島邦彦「現代短歌論」同注(15)に掲載

(31) 筑摩書房、一九九一・十一

(はなじり りゅういち 立正大学文学部准教授)

寺山修司のグロテスク（3）

石原　康臣

はじめに

「寺山修司研究10」（二〇一七年）に『寺山修司とグロテスク（1）』を、「寺山修司研究11」（二〇一九年）に『寺山修司とグロテスク（2）』を発表してきた。今回はその続稿となる。この論文の目的を簡単に振り返ると、以下の二点の命題を中心に、寺山修司のグロテスク表現について、新たな視点から定義していくことであった。

① 重永さゆり氏の著書『寺山修司の映像表現』[1]より、寺山修司が作品中に奇形や障害者などを多く扱うこと、また性を描写することで表現したかったことは何であったか。

② 二〇一二年二月二〇日にｙａｈｏｏ知恵袋に投稿された中学二年生の、寺山修司の作品がグロテスクで難解であるという質問[2]

これらの点を、グロテスクの起源を紐解き再定義することで作品分析し、新たな意味を導くことを目的としてきた。また、作品分析する対象作品を、重永さゆり氏がその著書で取り上げた三作の劇映画「田園に死す」、「書を捨てよ、町へでよう」、「さらば箱舟」とし、『寺山修司とグロテスク（1）』にて「田園に死す」を、『寺山修司とグロテスク（2）』にて「書を捨てよ、町へでよう」を分析してきた。

そこで本稿においては「さらば箱舟」を同様に分析し、劇映画三作についての分析の一段落とすることを目的とする。またその劇映画三作を分析し終えたとき、どのような結論が出るのかを目的としたい。

グロテスクの定義

前稿までの分析でグロテスクの歴史を紐解き、新たな定義を行って来た。今回もその定義を踏まえ分析するにあたって、簡潔に定義をまとめておく。詳しくは『寺山修司とグロテスク（1）』を参照されたい。

グロテスクはイタリア語の〝ｇｒｏｔｔｏ〟に由来し、それは紀元後六四年から六八年にかけて建設されたドムス・アウレアに施されていた装飾の特徴や、空間の作り方に由来していた。その特徴は大きく分けて次の二点である。1つ目に、プライベート空間とパブリック空間が連続している空間であったこと。2つ目に、描かれていた絵は写実的ではあるが、デフォルメされ、鉱物、植物、動物、人物が混じりあった形態で、植物と動物や、魚と植物など本来繋がらないはずのモチーフが連続して変化する奇妙な曲線模様となっていたことである。[3]

この特徴をさらに西洋美術史家の諸川春樹氏や、[4] 武末祐子氏の指摘[5]に照らし合わせ、グロテスクの定義を試みることで、次の5点のグロテスクを定義した。

1．パブリックとプライベートや人工と自然を分け隔てず、街全体として連続する空間であったこと。

2．表現の特徴として、本来の大きさなどを無視し、動物と植物、自然と人工など繋がらないはずのモチーフが芸術家の知識と想像力によって新たな形へ表現されるものであること。

3．想像力によって衝突や葛藤を好まず、過去と現在といった時間も結び付けられること。そして現在が歴史に変わる手段として機能すること。

4．それまでの絵画の解釈や教訓を伝えるという目的から、新たに制作者と鑑賞者の間に行われる対話となるような、今までの絵画のありかたを大きく変えたこと。

5．空想力として形の無いものに形を与えることが出来るグロテスクの作家は詩人であるということ。

「さらば箱舟」のあらすじでは前稿、前前稿同様に、まずは物語内容を引用しておく。

老人と、少年・本家の時任大作が村中の柱時計を盗んで穴に埋めている。数年後、大作は本家の主人となっていた。ある日、いとこ同士である分家の捨吉とスエが結婚した。村には、そうした血統の二人が交じわると犬の顔をした子供が生まれるので、結婚を禁じるというタブーがあった。それを犯そうとする娘のことを案じたスエの父は、彼女に蟹の形の貞操帯をつけ、性生活を持つことができぬようにしてしまう。捨吉とスエは、何とかしてそれを外そうと焦るが外れない。夫婦生活が持てぬことから、村では捨吉が不能だという噂が広まる。大作は捨吉に女中テマリを抱くのを見せつけたりする。ある朝、皆の前で大作に不能と嘲け、笑われた捨吉は、カッとして彼を刺し殺してしまう。捨吉は、スエを連れて村を逃げ出す。しかし、一晩中彷徨い、歩いてようやく見つけた空き家に泊まった翌朝、二人はそこが同じ我が家であったことに気づいた。やがて捨吉は大作の亡霊を見るようになる。そして、徐々に彼は、物の名前を忘れていく。狂気が兆してきたのだ。本家に先代の双子の兄弟の娘だというツバナが、子供・ダイを連れて住みついた。ある日、村の空地にある穴にダイが落ちた。そして、這いあがってきた時には大人になっていた。彼はテマリを姦す。スエが鋳掛屋から買った時計を見つけた村人たちは、時計をこわしにきた。襲いかかった捨吉は、頭を一撃され死んだ。その夜、スエの貞操帯が外れた。村に、急激に文明の波が入り込んできた。村を出て行く者が増え、ダイもテマリと一緒に隣町に移って行った。ある朝、二年前に本家のお金を盗んで逃げた分家の米太郎が車に乗って戻って来た。彼は本家の壁から金貨を見つけた。それを作男ズンムが、村中にふれまわるがどの家も空き家となっていた。誰もいなくなった村で、スエが花嫁衣装を着て空地の穴へ投身した。百年後、かつて空地だったところに、鋳掛屋が三脚付写真機を組み立てている。穴はなくなっている。そして、現代の服装をした下男アダの呼びかけに皆が記念撮影をしに集まってくる。(6)

「さらば箱舟」のグロテスク

それでは「さらば箱舟」のグロテスク表現について見ていきたい。本作は非常にカメラワークや編集のモンタージュにおけるメタファーが多く使用されている。また、「時計」が重要なキーとなっていることから、時間の表現が重要なものとなっている。

冒頭は少年の時任大作が老人と海岸にて穴を掘り、本家以外の村中の時計を埋めているシーンから始まる。その後大作は本家の主人となるのだが、その表現方法を取り上げる。少年の大作が本家の畳の上で寝ているショットからパンアップすると時計が現れる。時計は十一時十一分を指している。そしてそのままパンダウンすると同じ場所に成長した大作が寝ているのである。時計は止まることなく時間は進んでいくが、その数十年の時間の表現をわずかなパンのみという映画的なカメラワークによって表現することは、過去と現在といった時間を結びつける非常に映画的な第三のグロテスク表現となっている。パンアップした際に見えなくなる大作だが、映画では写っていなくてもそこにいると暗黙の了解が成り立つ。写っていない時に役者が入れ替わるのであるが、これは演劇以上に映画によって成り立つ観客への裏切りによって表現できる時間経過の表現となっている。

また、少年時代の大作が本家で寝ている冒頭は、映画のオープニングのクレジット部となっている。本家正面の画に「さらば箱舟」とタイトルが入った後、本家の中を八カットにて写しながら同時に演者などのクレジットが入る。これは一般的な映画の構成である大きな視点から徐々に小さな視点へと、引き、寄り、寄りで舞台となる場所への導入のシーンとなっている。そこでは木造の古い本家の中には沢山の絵画が飾ってあることがタイトル後の二カット目、そして三カット目で表現されている。家の中に絵画があること自体はさほど珍しいことではないが、しかしここではその数の多さによって異質な空間となって観客に印象づけられる。そしてその異質な空間のイメージを認識したまま、六カット目では屋根の上のシーサーのような黒い犬の象にズームアップする。そして続く八カット目が室内の暗い闇の画なのであるが、屋根の上の黒犬と画の明るさでは対比しつつ、同様にカメラワークはズームアップする。するとそこには微動だにしない老婆が現れてくる。これはあたかも闇の中の絵画のように見える。本家の一番暗い闇の中には、絵画化した老婆がいるのである。本家の絵画は、過去からの教訓である。それは現在を縛る力を有しており、それによってこの村の共同体が成り立っている。その絵画（過去）と、生きているが全く微動だにしない老婆（現在）は対比の意味を持ちながら、幻想的な共同体を維持するものとして同じ物として描かれているのである。ゆえに老婆は、微動だにしないのだ。つまりここでは生きているはずの人間が絵画化されており、生と死という、相反するものが混交されているのである。そしてここでの映像表現は絵画と人間という本来つながらないはずのモチーフをあわせてもおり、それらの意味においてダブルで第二のグロテスク表現となっているのである。

その後、大作が寝ているシーンからカメラは下手へパンしていく。寝ている空間は大作のみでありプライベートな空間といえる。カメラがパンするうちに大きな柱を跨ぎ、画面が一瞬真っ暗になる。それに併せて複数の人間の声が聞こえてくる。そのままパンが進んでいくと別の部屋で八人の男女が酒盛りをしている空間へとつながっていく。これはパンという映画的な表現において、大作のいるプライベートな空間と村人が酒盛りしているパブリックな空間を繋げていく第一のグロテスク表現となっている。

そして酒盛りの話題は分家の捨吉とスエのいとこ同士での結婚についての話である。村では近い親戚での結婚は忌み嫌っており、もしそうなれば犬の顔をした子が生まれるという。その村人の台詞の上に、本家の中の絵画がカットインしてくる。それは人間の男性の顔をしながら体が犬の絵画、同様に人間の女性の顔をしながら下半身が獣の絵画、椅子に座る男性の足が3本ある絵画である。これはそのまま、本家に伝わる禁忌の戒めのための言い伝えでありながら、人間と動物という本来繋がらないものを繋げていく第二のグロテスク表現である。

翌日、庭で捨吉が顔を洗い水浴びをしている。そのシーンは朝であろうが、画面は緑や紫や青が混じった画となっている。これは前稿の「書を捨てよ、町へでよう」の作品分析でも言及したが、色による心情の演出である。「書を捨てよ、町へでよう」では主人公の北村英明の心情が反映していた。本来、木や森など自然を表すことから安定や安心を意味する緑が、逆に安定せずに崩壊していく家族のシーンに使用されていた。また通常のカラーシーンが逆に理想の世界を表していたりした。ピンク色のシーンは妄想の世界としての表現であり、しかしながら総てのシーンはどれもリアルに描かれており、それらの区別をつけることが困難となっていた。それゆえに命題の2である中学生の意見にある寺山修司作品の難解さの発生原因となっていることを指摘した。

しかしこの捨吉の水浴びのシーンでの色味は「書を捨てよ、町へでよう」と違って単色ではない。様々な色が混じり合っているが、現実にある朝日の色味でもない。しかし「書を捨てよ、町へでよう」の北村英名と同様にここでは捨吉の心情を表しているのである。それは前夜のスエとの性交が貞操帯により不可能であったことの心の葛藤である。が、それだけではない。それだけであればここも単色の表現で良かったであろう。ここではさらに外部からの思い、つまり村人からの偏見や蔑みの思いが入っているのである。画面上には写されない村人の捨吉への憎悪や嫌悪などといった感情が、捨吉の周りに様々な色として描かれているのである。それゆえ朝の水浴びをする捨吉は、何かスッキリとしない表情、感情をして辺りを見渡している。これは前夜のスエとの性交不能の失望だけではなく、村八分にされていることの認識の芽生えに繋がっている。それにより単色で捨吉の世界を表現できず、様々な色味が混じり合った画となっているのである。様々な人の思いが色として表現されるという点はまさに映画であるからこそ出来る表現であり、思いという形の無いものに形を与え視覚化するという第五のグロテスク表現がなされているのである。

同様に、捨吉のシーンの次にスエが村を歩くシーンがある。スエは瓜を持って歩いているのであるが、貞操帯を気にしながら歩いている。そんなスエの前には大きな木が二本、重なり合って生えている。木の幹はそれぞれ左右に曲がっており、ちょうど空洞のように見える。それを画面の奥からをスエが歩いてくる。これは木の空洞が女性器のメタファーとなっている。そして手に持つ瓜は処女性のメタファーであり、まだ真新しい瓜であることはそのまま破瓜していないことの意味となる。ここにおいても処女性という形の無いものに形を与え視覚化するという第五のグロテスク表現がなされている。

その後スエは鍛冶屋に着く。手に持っていた瓜は鍛冶屋への供物だ。それと引き換えに貞操帯を取ってもらいたいと頼むのだが、そのシーンはメタファーの連続となる。鍛冶屋が作業をする導入のショットには、水が滴り落ちる水場であり、その形からして男性器を表している。台の上に寝るスエに鍛冶屋は力強く貞操帯を削る。鍛冶屋の妻はスエの左手を握りながら押さえている。苦しそうに声を漏らすスエ。この一連のシーンは処女でありながら出産をするというイメージであり、いわば受胎告知を受けた聖マリアのようにも意味づけられる。

物語は少し先に進む。捨吉は夜中に目が覚めるとスエがいないことに気付く。村を探し回っていると、本家の大作とテマリが納屋で抱き合っているところを目にする。大作はテマリに捨吉が見ていることを教える。そして捨吉に見せてやれと言い、交わり始める。これは寺山作品に多く共通して表現される覗きのシーンとなる。ここでは、性交をするという本来プライベートな場として行われるはずの空間と、覗くという外部からの公の空間が存在することが必要である。そしてその両方の空間が重なり合うことが必要となってくる。このようにして覗きはパブリックとプライベートの両方の空間を一つに繋げて成り立つ行為なのである。そこではまさに第一のグロテスクが成立するのである。

次に祭りの日のシーンとなる。闘鶏にて連戦連勝の大作のところに捨吉が挑む。結果として捨吉の鳥が勝つのだが、大作は捨吉を不能として馬鹿にする。それに怒った捨吉は本家の大作を刺し殺してしまう。そして家に帰ってくるとスエに逃げるように話しをするのだが、そこでも非常に効果的な映像的なグロテスク表現が行われている。スエは赤、青、オレンジの布を編んでいる。スエの後ろにかかっている網は黄色である。非常に色味が鮮やかなシーンである。そこに返り血を右手に浴びた捨吉が帰ってくる。捨吉は大作を殺したのですぐに村を出るという。それを聞いたスエの表情のアップから、カメラは室内を三六〇度パンするのである。家の中をゆっくりとパンしながら、そしてふたたびスエの表情のアップに戻るのだが、その間に画面はそれまで色鮮やかであった色味がすっかり抜け落ち、モノクロの画になるのである。しかし竈で燃える炎だけは赤く色がついているのである。

そもそも竈には神道では竈三神言われる神様がいる。それは奥津彦神（おきつひこのかみ）、奥津姫神（おきつひめのかみ）、迦具土神（かぐつちのかみ）の三柱である。奥津彦神と奥津姫神は竈を司る神であるのだが、迦具土神は火の神である。そして迦具土神はイザナミとイザナギとの間に生まれた神で、火の神であったために生まれてくる際にイザナミの陰部をやけどさせ、それが元でイザナミは死んでしまうのである。つまりこの竈は女性器の象徴であり、また子を生むという生と、その母が死ぬという死の両方を内包している。スエは必死に竈の火を消そうとするが、その火は消えない。それは女になれない、子もできないスエでは消すことができないのだ。

捨吉は竈の火とともに家も焼けてしまえと言い、急いで大八車に載せた荷物を引きながら家を出ていく。この逃げている間もずっと映像はモノクロである。しかしその間に見つける木にかかった布のみが火と同じく真っ赤な色をしている。さらにここで注目しておきたいのは、竈の火は色が付いていたが、捨吉が鋳掛屋に作ってもらった手動の電気ランプには色がついていないということである。そして三日かけて逃げ回り、やっと休めるとたどり着いた空き家には色のついた火が焚かれた竈がある。翌朝、空き家だと思っていたその家が、自分たちの家であったと気付くのだが、その時にはまた通常通りのカラーの画となるのである。この一連の色の演出がまた第五のグロテスク表現となっている。

その後、末吉は大作の幻を見るようになる。昼間は水瓶で刺された傷口を洗う大作を見て怯える。夜はスエと交わっているところを覗く大作を見る。これは以前、末吉が大作の交わりを覗いたことと逆の立場の覗きの表現となっている。そして次第に捨吉は物の名前を忘れ始める。するとと大作の亡霊との関係も徐々に変わってくる。いままでは憎むべき存在であった大作であるが、実の兄弟のような関係へと変わっていくのである。そして大作の亡霊が常にいることが当たり前のようになっていく。これは家の中の内と外という空間の繋がりとともに、現世と常世という相反しつながるはずのない空間同士を捨吉は繋いでしまっているのである。ここにまた異質な第五のグロテスク表現がされているのである。

そしてそこでの映像的表現はまた、冒頭の大作の成長という時間的経過の表現と似て、捨吉の横で寝る大作の亡霊からカメラはスエへパンアップする。その後パンダウンすると大作の亡霊が消えているといったカメラワークで表されている。これは時間経過の表現ではなく、捨吉とスエのいる現世と、大作のいる常世が同じ場に重なっていることの表現である。

そして夜、スエが作業をしている。カメラは下手へパンをする。間に一瞬画面が柱で遮られ真っ暗になるが、となりの部屋で末吉が大作と酒盛りをしている。このシーンは冒頭の本家のシーンと対になる。冒頭では一人で寝ている大作というプライベートな空間から、村人が大勢で酒盛りをしているパブリックな空間という繋がりの演出であったが、ここではスエのプライベートな空間から常世の空間へのつながりとなっているのである。このように捨吉とスエの家の空間は、特殊な第一のグロテスク表現方法として用いられている。

シーンが変わって翌日。捨吉とスエの家の側に鋳掛屋が時計を売りにくる。時計は本家に行けばあると言うスエに対し鋳掛屋は、「時計を持てば誰だって日を登らせたり、日を沈めたりすることが出来る」と言う。本作において時計は、冒頭に少年時代の大作が村中の時計を砂浜に埋めて本家だけで管理していたことから、唯一絶対の存在として描かれ、本家が村を統率するためのツールとなっている。本家が支配する村という形の共同体であり、非常に強力な父権の象徴である。それを分家の捨吉が手に入れるということは、分家が本家と同じ力を持つということになり、一つの幻想的な疑似家族としての村に、父親が二人存在することとなる。鋳掛屋が時計の針を進めていくと、ボーンボーンと時計は鳴りながら、次のカットでは夕日の画になっていく。鋳掛屋の「日を沈めるよ」という言葉とともに時間が過ぎていくのである。ここでは第三のグロテスクとしての表現が見て取れる。

同様に第三のグロテスクとして非常に顕著なシーンがある。それは捨吉が大作の亡霊を見、物の名を忘れてしまうようになった頃、突然村に出現する穴である。この穴は常世へ続いているようで、村人たちは死人に手紙を書いて穴の中に郵便配達夫を送り込む。死後の世界である常世は、現世の続きの様にも思える。だが、異なる時空である。繋がるはずのない空間であり、それらの空間を繋ぐということは第一のグロテスクとして機能している。そしてさらにこの穴に少年のダイが落ちるシーンがある。ダイは本家の先代の双子の兄妹の娘であるというツバナの息子である。つまり大作亡き後、本家の強い父権の象徴として取って代わる存在である。しかしそのダイはまだ幼い少年であり、大作のような強い父権はまだ持ち得ない。しかしそのダイが穴に落ち、穴から這い上がってくると大人に成長しているのである。それによりダイは自分の子を作ることが出来るようになり、大作と同等の強い父権を有することが出来るようになる。ここにおいては一瞬のうちに時間の経過を行わせる第三のグロテスク表現となっており、この穴の表現は第五と第三のグロテスク表現を併せ持つ機能を有しているのである。

そして鋳掛屋から時計を手に入れた捨吉は、本家と同等の力を手に入れたことになる。そこで村の秩序が成り立たなくなることを恐れた村人たちは、捨吉の家へ襲撃に行き時計を壊そうとするのであるが、ここで捨吉の家を見てみると、家は骨組みだけになっており、パブリックとプライベートを隔てるものはない状態になっている。さらに家の柱は赤く塗られていたり、逆立つ髪の毛がタコのようになっている人間の姿が描かれている。これはまさにタコと人間という、組み合わさるはずのないモチーフ同士が融合しており、ドムス・アウレアの壁画と全く同様の第三のグロテスク表現である。

捨吉は村人に襲われて、殴られ血だらけになって殺される。倒れた捨吉をスエは嘆くのだが、カメラが捨吉から下手へゆっくりとパンをすると、名前を忘れないようにと書いた捨吉の言葉が散らばっており、「俺」、「捨吉」、「無用の長物」、「男」、「夫」という順番で目に入ってくる。本来個々に書かれて貼られていた文字が襲撃の際に剥がれ落ち、カメラワークによって一つの繋がった文章として捉えられるように演出される。

捨吉の死後、スエの貞操帯が外れる。夜にスエが水浴びをし、寂しさから自ら体を慰めていると、そこをダイに覗かれる。これは大作とテマリの交わりを覗いた捨吉との対であり、その後の大作の亡霊に捨吉とスエの行為を覗かれるシーンとオーバーラップする。そしてスエはダイに襲われるのだが、すると舞台は急に昼間の海辺になる。砂浜には何本もの木が立っており、スエの下には家の床が一部敷かれている。捨吉とスエの家を彷彿とさせるパブリックとプライベートが混合した空間となっている。もしくは「田園に死す」の恐山を想起させる。それに加えて昼と夜がカットで繋がり一連のものとなっていることと、家だった場所が砂浜になるという場も超えてつながっており、ここでは第一と第三のグロテスク表現が合わさった表現がなされているのである。

その後、村には外灯や電話、写真機が入ってくる。これにより本家が強い父権で支配していた疑似家族的な村の形が変わってくる。本家の跡取りとして大作に代わり村の中心的存在となったダイは、真っ先に村を出てしまう。村人たちもそれに続くようにして村を後にし、村には誰もいなくなってしまう。ひとり残ったスエは化粧をし、花嫁衣装を着る。そして気が触れたように独り言を言いながら「百年経ったらその意味わかる。百年経ったら帰っておいで！」と叫び穴の中に落ちていくのである。ここではこの穴は常世の世界への入り口、つまりスエの死を意味するが、それと同時に先述したダイの成長の表現とともに第一と第三のグロテスクとして機能するため、死と時間の瞬間的経過の両方の意味がかかってくる。それにより映画内の舞台は急に百年後となる。村人たちはそれぞれに町で働いている。そしてそこでは死んだはずの大作も、捨吉も、そしてスエもおり、捨吉とスエの間には子どもも生まれているのである。そして鋳掛屋がカメラを構え、皆が村のあった場所に集合する。しかしそこにはもう穴はない。しかし鋳掛屋がカメラのシャッターを切ると、皆はまた百年前の姿になっていく。これは百年前の疑似家族としての本家による強い父権によって成立していた共同体であった村の死を意味している。百年後の世界と百年前の世界がカメラによって重ね合わせられることで表現され、時代を超える第三のグロテスク表現が有効的に使用されているのである。

まとめ

以上、「さらば箱舟」におけるグロテスク表現を見てきた。ここで「田園に死す」、「書を捨てよ、町へでよう」、「さらば箱舟」のグロテスク表現を振り返ってみると、次のようになる。

田園に死す

冒頭のかくれんぼのシーン（第三）、畳の下の恐山（第一）、恐山のお堂（第一）、少年の私と大人の私が将棋をさす田園（第一＋第三）、母との食事からの新宿の街並み（第一）のグロテスク表現。

書を捨てよ、町へでよう

冒頭の観客への問いかけ（第四）、終盤の白コマに「さいなら映画」のセリフ（第四）、崩壊していく家族の緑画面描写（第三）、娼婦のみどりのみどりの館（第一）、みどりとの交わり（第二）、般若心経とBGM、漏れる役者の声（第二）、みどりの部屋から冬田（第一）、物語中の自己紹介やインタビュー（第四）、「彼」の性交（第一）、「彼」の性交の部屋のオブジェ（第二）、丸山明宏の登場による他作品の挿入（第二）、少女たちの修学旅行（第二）、町でのドキュメンタリー手法による撮影（第二）、警察に捕まる際のカメラへの叫び（第四）、エンディングのさいなら（第二）のグロテスク表現。

さらば箱舟

パンアップ&ダウンによる大作の成長（第三）、絵画化した老婆（第二）、寝る大作からのパン（第一）、本家の獣人の絵画（第二）、水浴びをする捨吉の画（第五）、スエが瓜を持って村を歩く（第五）、大作とテマリの性交を覗く（第一）、大作殺しの後の色味（第五）、捨吉と対策の亡霊の関係（第五）、捨吉とスエの家（第一）、時計による時間の経過（第三）、村に突然あらわれた穴（第三＋第五）、捨吉とスエの家の柱の絵画（第三）、ダイに襲われるスエ（第一＋第三）、スエの穴への投身（第一＋第三）、百年後の写真撮影（第三）のグロテスク表現。

ここから見えてくるのが、同じ劇映画という括りでも、作品ごとにグロテスク表現の種類が全く違っているということである。「田園に死す」ではほとんどを第一のパブリックとプライベートの空間の連続と、第三の過去と現在の時間の結びつきという点で作品を構成している。しかし「書を捨てよ、町へでよう」では第三の時間の結びつきの点での使用はほとんど見当たらず、逆に映画の中と観客といった第二の繋がらないはずのモチーフをつなげることを多用した構成となっている。そして「さらば箱舟」では一つのシーンに複数のグロテスクをかけ合わせることも行いながら、第五の形のないものに形を与えていく構成を多用していることが分かる。

ではなぜそれぞれの作品によって全く異なる表現をしていながら、それでも劇映画三作が一括に出来るかというと、三作を総て見渡した時に初めて、第一から第五までのグロテスクが包括されているのである。これにより寺山修司の劇映画はグロテスクであると言うことが出来るのである。

注

(1) 重永さゆり『寺山修司の映像表現』（筑紫語文第一五号、二〇〇六）四一頁

(2) http://detail.chiebukuro.yahoo.co.jp/qa/question_detail/q1081914790

(3) 武末祐子『グロテスク装飾のインパクト』（西南学院大学フランス語フランス文学論集No.五五、二〇一二）七〇頁、七二頁、七三頁、七四頁

(4) 諸川春樹『洗練された悪趣味―グロテスク模様と静物画―』（日経アート九月号、一九九六）七八頁、七九頁

(5) 武末祐子『グロテスク装飾のインパクト』（西南学院大学フランス語フランス文学論集No.五五、二〇一二）九三頁、九四頁

(6) https://movie.walkerplus.com/mv17323/

参考文献

守安敏久『寺山修司の映画『さらば箱舟』―時の移ろい／時の無化』（宇都宮大学教育学部紀要五六号、二〇〇六）

清水義和『寺山修司とW．シェイクスピアとガルシア・マルケスの映像表現』（愛知学院大学語研紀要三九号、二〇一四）

佐藤忠男『寺山修司の遺作「さらば箱舟」―死についての考察』（シナリオ、四〇巻十一号、一九八四）

松田政男『「さらば箱舟」のためのレクイエム―寺山修司の一周忌に私的な追悼として』（キネマ旬報、一九八四）

石割透『芥川龍之介、１０の〈グロテスク〉』（國文學五三巻三号、二〇〇八）九〇頁

飯沢耕太郎『写真とグロテスク』（トレヴィル、一九九六）十一頁

（いしはら　やすおみ　大正大学地域構想研究所准教授）

少女たちに向けて――寺山修司の人形劇『人魚姫』論――

久保　陽子

1、はじめに

『人形のための音楽劇＝3幕　人魚姫』（一九六七年七月八日〜一三日・厚生年金小ホール）は、寺山修司が戯曲を書き、劇団人形の家第一回公演として初演された。初演時の主なスタッフとキャストは、演出＝清水浩二、人形と舞台美術デザイン＝宇野亞喜良（当時の表記＝亜喜良）、人形制作＝辻村ジュサブロー、作曲＝林光、マルドロールの声＝和泉雅子、ジークフリートの声＝石坂浩二等である。これは言わずと知れたアンデルセンの童話『人魚姫』を、人形劇へと作り換えた作品である。人形劇団ひとみ座に在籍していた清水浩二が演出をし、彼とともに新たに劇団を立ち上げ、その第一作品目として上演された。「人魚姫プログラム」で寺山は次のように書いている。

「人形の家」ができました。これはノラが出て行った人形の家の「人形の家」です。子どもたち、少女たち、そして若い母親たちがこのお芝居を見て、何か新しい世界に目を開き、べつの世界へ出ていければさいわいです。[1]

よく知られているように、日本でイプセン作『人形の家』（帝国劇場、一九一一年）が初演された際には、主人公ノラを演じた松井須磨子が脚光を浴びた。同年に平塚らいてうらによって発刊された女流文芸誌『青鞜』の第二巻第一号（一九一二年）ではさっそくノラの特集号が組まれ、そこでは妻や母の役割を捨てて一人の人間としての自覚に目覚めたノラの生き方が女性たちに支持されている。寺山はこの〈新しい女〉たちのアイコンとなったノラや『人形の家』を引き合いに出し、若い女性たちを「新しい世界」へいざなうことを企図している。とはいえ『人魚姫』は、王子の愛を得られなければ破滅してしまうという物語で、女性の生き方において結婚を一義としたいわば因習的な物語である。であるから、本稿ではいかにしてそれが若い女性を「新しい世界」へと後押しする物語に創作されたのかを考えていきたい。

また物語の改変とあわせて、ジャンル横断的に活動した寺山が、若い女性向けに書いた数多くの抒情的な作品群にも目を向けたい。とりわけ本作の戯曲が掲載されている新書館から刊行されたフォアレディース（For ladies）シリーズに注目したい。このシリーズは、一九六五年から一九八一年までの間に全一三一冊刊行され、当時新書館の編集者であった内藤三津子が企画し、第一冊目に寺山とイラストレーター―の宇野亞喜良を起用したことによってシリーズのイメージが確立し人気に先鞭をつけた。[2] これを皮切りに寺山と宇野のタッグで〈寺山修司抒情シリーズ〉として全八冊（一九六五年～一九七五年）が刊行されており、『人魚姫』の戯曲はこのシリーズの二冊目にあたる『はだしの恋唄』（新書館、一九六七年）に抄録されている。[3]『人魚姫』は既に人気を得ていた寺山＝言葉、宇野＝美術の盤石なタッグによって、フォアレディースシリーズの延長上に創作されたといえる。

この少女たちに向けた一連の作品群によって女性ファンを獲得し、交流会を開き、さらには天井桟敷の劇団創設資金のために、サロンも開催している。このように少女向け作品は、本格的な演劇活動が展開される天井桟敷創設の足掛かりとなっただけでなく、結論を先走って述べてしまえば、その後の活動において、とりわけ寺山のジェンダーへの批評意識を探る上で重要な意味を持つと考える。これらの少女向け作品について、新書館の編集者であった白石征は「『前衛』を期待され、『芸術』を意識した作風とは趣きを異」にした「もう一人の寺山修司の姿」をみており、[4] また高取英は寺山作品における「〈少女〉というテーマも大きいものがあった」と指摘している。[5] しかしながら一般的に文学研究がそうであるように、寺山研究においてもこれらの少女向け作品は等閑視されてきたように思う。とはいえ、近年では女性読者を想定した作品における文体や形式の特徴を分析する研究がなされており、[6] 本稿でもこれらの議論を踏まえながら、『人魚姫』における少女表象に着目したい。そしてアンデルセンの原作からいかに書き換えられたのかを、人形劇という表現媒体の特徴も考えながら、テクストの比較によって明らかにしたい。また少女に向けて書くという行為をめぐって、フォアレディースシリーズも視野に入れつつ考察し、少女向け作品が寺山の芸術活動においてどのような位置づけができるのかにも言及したい。

2、言葉を獲得すること―金魚キキと婚約者マリー

周知のとおりアンデルセンの『人魚姫』は人魚姫と王子の悲恋の物語で、王子に愛されることを望んだ人魚姫は人間の二本足の姿になることと引き換えに美しい声を失う。つまり、この悲恋の物語は、声を奪われることで、あらかじめコミュニケーションが不可能なところに立脚している。だからこそ真実―王子の命を救ったのは人魚姫であること―を伝えられずに、また愛の言葉も伝えられないところに焦点化しているため、ドラマが生じている。語り手は人魚姫に焦点化しているため、読者は人魚姫におのずと共感し言葉を話せないもどかしさを追体験することになる。

しかし、寺山の『人魚姫』では、マルドロールの内面に収斂することなく、幾層もの少女の声が響きあっている。悲恋のストーリーを概ね踏襲しながらも、人魚姫をマルドロールに、王子を若い船長ジークフリードに変え、また隣国の姫君に変えて許嫁マリーを、さらにマルドロールのお供として金魚キキを登場させるなど、オリジナルの登場人物の創作をはじめとして、随所に変更がなされている。(以下、『人魚姫』について、アンデルセンの『人魚姫』を原作とし、それに対して寺山版と呼称し区別する。)初演の劇評をみると、内田莉莎子は人形や音楽を評価しているものの婚約者マリーが「唐突に現われて結婚してしまうこと」が「納得でき」ないとし、また金魚キキが「後半じゃまに思えた」とし、このオリジナルの登場人物とその筋を批判している。(7)この批評を読む限り、婚約者マリーや金魚キキといったオリジナルの登場人物は功を奏さなかったと考えられるが、しかしながら、これらの登場人物は大きな改作部分であり、また声を喪失するという物語において重要であると考える。

登場人物の内面を語ることができる小説という媒体から、登場人物の対話で構成される演劇へと変換された際に、心の声をいかに扱うかは作者の力量が試されるものであろう。ナレーションを挿入することも可能だろうが、寺山は、声を失ったマルドロールの代弁者として金魚キキを登場させ、ジークフリードとのコミュニケーションをゆるやかに成立させた。そのことは作品を単に演劇という媒体に適応させるための便宜とはいえない。たしかに誤解によって悲劇が起こるため、意思疎通を可能にする代弁者の存在は、ドラマの強度を弱めることにもなりかねない。し

かし寺山版の悲劇は別のところにある。命の恩人を取り違えるのではなく、ジークフリードは命の恩人のことはさておき、マルドロールを「好き」なのである。しかし親の取り決めによって婚約者マリーと結婚するという「夢見る少女にも、現実的な視点を導入する」[8]手法によって、なんとも現実的でよりメロドラマティックな悲劇となっている。しかしマリーは単にマルドロールの恋敵というだけではない。「マリー」は、マルドロールが「生れてはじめて聞いた人間のことば」である。溺れたジークフリードの口から発せられたこの言葉は「意味は何だか知らないけど、とてもいいひびき」として認識され、マルドロールがジークフリードと人間の姿で再会した時には、既に声を失っていながらも唯一発することのできる言葉である。つまりジークフリードとの出会いは人間の言葉との出会いでもある。美しい容姿を持つ彼への「恋」は、同時に「マリーって一体、どんな意味なの？」というように、言葉への憧れでもあるのだ。

「人間の男性との間の愛と言語コミュニケーションの不可能性」[9]を描く原作と異なり、寺山版にあっては、代弁者である金魚キキの登場と、唯一のコミュニケーションの回路としての「マリー」という言葉によって、十全とはいえないまでもコミュニケーションの可能性を示すものである。寺山版の悲劇は、マルドロールが「(幸福そうに)そら、マリー……マリー……マリー……」と唱え、自ら希求していたその言葉の意味を知ることによって破滅するという皮肉な結末をむかえることである。しかし、この無知から知への転換によって身を亡ぼすことは、女性が言葉を獲得すること、つまり女性の知性の否定を意味するものではないことを、急いでつけ加えておきたい。なぜならマルドロールは最終的に「(心の声)」で言葉を語り始めるからである。詳しくは後述するとして、ここでは寺山版にあってはコミュニケーションの可能性にひらかれたまま、愛の獲得の物語と並走するように言葉の獲得の物語が新たに書き加えられていることを指摘しておく。

3、年長男性と少女―女の子とマルドロール

次にもう一人新たに創作された少女についてみていく。寺山版では物語の外側から劇を観る「客席の女の子」と「黒子の衣装をつけた人形使い」の「おじさん」の対話が物語の合間に挿入される。寺山演劇においてメタシアターは常套といえるが、ここでは年長男性と少女の関係性に着目したい。鈴木愛理は、寺山のエッセイ『青女論』(一九八一年)が、たびたび「女の子と会話する形式」が

とられていることを指摘し、女の子の話に耳を傾けながらもそれを否定し説得していく手法によって、読者は「納得されていく架空の女の子の存在を読むことで、自分もまた彼の論にうなずいてしまいそうになるのではないか」とし、寺山の文体や筆致の特徴を分析する。[10]『青女論』は、若者の生き方について書いたエッセイ『家出のすすめ』（原題は『現代の青春論』一九六三年）の姉妹編とされ、性や恋愛や結婚などを取り上げ、古い因習に縛られない女性の生き方を提示したエッセイである。むろん、現代の読者が読めば色褪せてはいるものの、その扇情的な語り口についつい読まされてしまうところもある。しかし、女性の生き方について男性が語るとき、男性中心主義の社会にあっては、それは時として抑圧的な言説にもなり得る。年長男性である寺山が少女たちを啓蒙することが内包する非対称性を抜きにはできない。もちろん、先の論で鈴木はすべての女の子が寺山の語りを首肯するわけではなく、そこに否定の余地が残されているところも魅力の一つとして留保しているが、それは個々の読みの姿勢によるところが大きく、架空の女の子が説得されていくストーリーを敷き、誘導的にしてあることは否めない。ところが、寺山版『人魚姫』における年長男性と少女のペアに目を転じると、いささか異なるものが見えてくる。女の子が人形使いのおじさんに質問をし、それに対して人形使いが答えるという対話は、最終的にはこの構図が逆転し、人形使いは女の子に凌駕される。

二幕

女の子　これからマルドロールはどうなるの？

（中略）

人形使い　そいつは、このおじさんの指先ひとつ、ってところだね。

三幕

人形使い　困ったことになってしまった。／この劇が終わってしまうまでは、マリーが旅から帰って来ないことになっていたのだ。

女の子　でも帰って来てしまったわ。

人形使い　避暑地が雨だったのだ。／舞台の外の出来事は、おじさんにどうすることもできない。

（中略）

女の子　海の魔女のことばでは、／もしも船長がだれか、ほかの女の人と結婚したら、／マルドロールは死んで……

人形使い　（それをさえぎって）やめろ、やめろ、なんて不吉なことを言うんだ。

初めのうちは、文字通り「指先ひとつ」で劇を操ってい た人形使いが、後半ではコントロールを失う（ように書かれている）。物語を操る人形使いは、物語に共感し一喜一憂する女の子の心情さえもその指先で操るものであったが、ひとたび劇の制御を失うと、厳しい現実である「死」を冷静に見つめる女の子とは打って変わって、その「不吉」さにたじろぎ、精神面でも逆転される。そしてここに戯曲を演じる人形劇及び演劇ならではの仕掛けが見いだせる。

本作の一つ前の人形劇『狂人教育』（一九六二年初演、劇団ひとみ座）の解題で寺山は「（人形も俳優も）かれらの自発性から成る台詞など禁じている」[11]とし、劇作家＝戯曲を頂点にした演劇のヒエラルキーを強く意識しそこに疑問を呈している。『狂人教育』では台詞が「戯曲通り」であることを意識している登場人物マユを登場させ、人形使いとの対話の中で「作者の寺山修司さん」ですら「奥さんとのやりとりだの、新聞記事だの、世の中の情勢だのによって、どんどん本を作り換えてゆく」ことを話す。もちろんそのすべてが「戯曲通り」であるとはいえ、戯曲の偶然性や可変性に言及させることで物語を作家の統制からゆるやかに逸脱させようと試みている。後に、俳優とその背後で彼らを見えない糸で操る黒子の拮抗を舞台上で見せた『邪宗門』（一九七一年初演）を創作しているように、人形使いと人形の関係性はそのまま現実と虚構、文学と上演、戯曲と俳優（人形）にずらすことができ、後者が前者を侵犯し凌いでいくさまを人形劇は視覚的に表象しうるものであった。『青女論』などのエッセイなどでは年長男性と少女というペアがはらんでしまう不均衡を自覚していたとしても、それを明示的に表現しうる手立てがなかったのかもしれない。しかしメタシアターという手段によって、演劇の約束事＝制度を揺るがしてみせることによって、知識や経験では敵うはずのない少女があたかも年長男性を凌駕していく様相を、方法として具現化することを可能にしたのではなかろうか。

さらに寺山版では、年長男性と少女のペアがもう一組登場する。原作では人魚姫を地上の世界へといざなうのは五人の姉またはおばあ様だが、寺山版では姉は一人になり、代わりに中年のクジラを登場させた。「人間たちの世界ってのは素晴らしい」という言葉に導かれるようにマルドロールは地上への憧れをいだくように、中年のクジラはマルドロールに知識を与える指南役である。そしてマルドロールの窮地に際して「こんなことになるのではないかと、案じていた」と、いかにも分別くさい言葉を放ちもする。しかし、姉たちの助言に従わずに己の意志を貫くストーリーはあまりに有名で、その筋を変えないままに、「さ、おまえを裏切ったジークフリートを刺して、早く帰っておいで。海じゃみんなが待っているよ。」と中年のクジラに言わせており、ここでも少女が乗り越えていくための制度を体現した年長男性が、敢えて設定されていることがわかる。

4、マルドロールが得た愛と言葉について

原作の物語のクライマックスは、人魚姫が王子の愛を得られないことを知ったのち、皆の前で足の激痛に耐えながらも「すばらしく踊った」場面であろう。人魚姫は歩く度に「とがったきりと、鋭いナイフの上を踏んでいるような」痛みを伴うが、その苦痛は内面化され、表面上は「可愛らしい、すべるような歩きかた」で王子や周囲のものを魅了する。一方、寺山版では、「ダンスどころか、歩くのがとても下手」で「心を動かされることはまずない」と思われるほどぎこちない。もちろん演劇の場合、痛みに耐えている内面を描写するよりは、視覚的にぎこちなさを表現した方がわかりやすいといえる。そしてそれにより、歩行すらおぼつかないマルドロールが周囲に賞賛されるダンスを踊るという成長が生じている。「捨て子」のマルドロールはジークフリードの庇護のもと暮らしているように、他者に依存し、一人では立てない少女であった。しかし踊りの場面では、最初こそフライに手をとられて踊りだすものの、「一人になって、狂ったように踊りだす」ように、介添えなしで一人立ち、つまり自律するのである。この彼女の変化は「夢にやぶれた」こと、つまり「マリー」という言葉の意味を知ったことでもたらされたが、この変化が何を意味するのかをさらに読み進めていきたい。

幕切れをみてみると、原作では恋に破れ海へ飛び込んだ人魚姫は「わたしはどこへ行くのでしょう?」と言い、自分の置かれた状況や先行きをわかっていない。一方、寺山版では、「海で生まれたのだから、海で死ぬことにしましょう」と自らの死を選びとっている。さらに「愛されることには失敗したけど、愛することなら/うまくゆくかも知れない」という彼女は、「愛される」という客体から「愛する」という主体へと移行している。そして憧れや自己の欲望を満たすために行動をしていた彼女が、「あたしが死んで水になってしまったら、/彼や、マリーや/みんなの役に立つこともあるでしょう」というように、他者の幸せを願い、相対的に自己を捉える視点も獲得しているのだ。

さらに注目すべきはこの声がマルドロール自身の「(心

の声）」として発せられていることだ。ジークフリードに憧れ、その口から発せられた「マリー」という言葉の意味を追い求めていたマルドロールは、言葉の意味を知り知性を得たことで、自分の言葉で主体性をもって語り始めるのだ。それは、もはや男性の口から発せられた言葉に追従する少女ではない。「ほんとはぼくは、おまえの方が、好きなのだが、／親の言いつけじゃ、仕方ない」と言い、親の言に従うジークフリードと対照的である。そもそもマルドロールという名前は、ロートレアモンの『マルドロールの歌』から取られており、「言葉とイメージの不意うち[12]」から成るこの散文詩の持つ言葉の自由な結びつきやその豊饒さが想起させられよう。「ふいにだれもいなくなった舞台のあちこちから噴水のように水が吹き上がると、家も道具もすべてのものがとびちり、あとは、素晴らしい水、水、水」で溢れるように、自らの意志で水となったマルドロールはあらゆるものを飲み込んで自由にたゆたう。その時、マルドロールの声は人形を媒体にしてそれを経由したものではなく、形を持たない「心の声」として直接的に観客へ届けられ、劇空間を満たしていく。

5、少女に向けて書くこと
―フォアレディースシリーズから先へ

このように寺山版にあっては言葉および主体性を獲得する物語へと改変がなされていたが、最後に物語の外側に踏み出し、少女をめぐって、フォアレディースシリーズにおける寺山の姿勢をみていきたい。〈寺山修司抒情シリーズ〉ではエッセイ、小説、詩、戯曲だけでなく、寺山や宇野の日記、往復書簡等、作り手側のプライベートな情報を掲載し親しみを与える工夫がほどこされている。またまえがきやあとがきには「この一冊をあなたに贈ります[13]」と二人称で読者に呼びかけるなど読者との距離を縮め作り手と受け手の垣根を越えていこうとする演出がなされている。

さらに読者からの投稿を募った〈あなたの詩集〉というフォアレディースシリーズでは、実際に作り手と受け手を逆転させた試みがなされる。これは編集を寺山、アートディレクトを宇野が担当したもので、全一六冊（一九六九年〜一九八〇年）が刊行されている。寺山から読者に向けて書く際に、どんなに親しみというレトリックが施されようが、そこには年長男性が教授するという一方向的な構造がある。しかし〈あなたの詩集〉では編集という立場にも権力が生じるという留保はあるものの、読者を作者に、作者を読者にするという逆転が試みられている。近代ナリコが指摘するように、「読むことによってその内面を培い、さらに自らも筆をとった書きたがりの女の子たちの表現を受け止め[14]」る一方、「女の子たちの発想に常にアンテナを張り巡らしていて、それで彼女たちの潜在的な欲望とか憧れといったものを探り当てようとしていた[15]」寺山との相互的な交流がここにはあった。加えて〈あなたの詩集〉から伊藤杏里と岸田理生の才能を見い出し、作家としてデビューさせ、自らの編集、監修の場から解放し、さらに広い世界へと活躍の場を与えている。[16]

さらに後には読者からイラストや漫画の投稿を募った〈あなたのファンタジィ〉（寺山修司・萩尾望都編、装幀＝宇野亜喜良）がフォアレディースシリーズから刊行されているが、共同編集を務めた萩尾望都は寺山について、「マッチョな男なら『だから女は……』とでも言いそうなことなのに、（中略）少女感覚のスタンスにスルリと立てるふしぎな人」とし、「誰に対しても公平」だったと述懐している。[17] 寺山と読者である少女の関係性は、先の年長男性と少女のペアを想起させ、ここに彼の思想の反映をみることもできよう。

寺山版『人魚姫』はフォアレディースシリーズでのこれらの試みより時間的には先になるが、とはいえ本作においても、少女の欲望に公平に寄り添おうとする姿勢が見てとれる。マルドロールは金魚キキに月の光を「半分分けてあげ」、魔女の薬を「おまえも飲む?」と勧め、また金魚キキは「そう言うあたしも、悲しくなりました」というように、マルドロールと体験や感情を共有する少女である。[18] また婚約者マリーは、ライバルであり敵対する少女である。そして劇の外側にいる「客席の女の子」は、観客の身近な存在として物語と観客をゆるやかに繋ぎ、少女の連帯を強める。このようにみていくと、少女小説や少女漫画などの常套である、親友、ライバルを登場させ、さらに少女同志の心情的な結びつきを強めようという仕掛けがほどこされていることがわかる。

また、一見すると少女たちのメルヘンチックな世界を打ち砕く婚約者マリーの登場には別の意味がある。原作にあっては王子にとって人魚姫は、「賢い、可愛らしい子供を可愛がるように、愛していたので、お妃にしようなどとは、すこしも思っていなかった」ように、恋愛対象ではなく愛玩の対象なのである。しかし、寺山版にあっては、マルドロールは婚約者マリーと対等に配置されることで、恋愛対象へと引き上げられている。それだけでなく、ジークフリードはマルドロールの前身である人魚をも愛するのである。ジークフリードは溺れた時に水の中で介抱してくれた女の子を「美しくてやさしい人」で「その時まで好きだった人を、みな忘れてしまった」ほど魅了されたことを語っているが、彼はその女の子が人魚であったことを認識している。そしてマルドロールと「よく似ている」ものの「その子は、人間でなくて／人魚だった」から別人であると言う。このように寺山版にあっても誤解は生じているが、人魚姫が隣国の姫君ととり違えられた原作と異なるのは、寺山版にあっては人魚の姿のままで十分愛されるということである。

そしてその命の恩人は「思い出」とした上で、ジークフリードはマルドロールに好意を寄せるが、彼女の歩行はぎこちなく、魚を食べず、「いつもはだし」で、「いつもからだがぬれている」ように、人魚としての性質をいまだとどめている。思えば人魚姫の物語では、人魚の姿のままでは愛されないという前提があった。異類に横たわる断絶はそのまま男女のそれへと置換されるが、寺山版にあっては、その前提が突き崩されている。「美しい人間」の姿へと同化する必要はなく、〈普通〉の人間の姿と違うことが肯定されているのである。

「狂ったように踊りだす」というダンスは「みんな、ドッと拍手をして、マルドロールの踊りを讃える」ように、賞賛の対象となったが、そのダンスが素晴らしいか否かは書かれていない。人形のダンスはある程度抽象化されることもあり、そのダンスがいかなるダンスだったのかは、観客の想像の中にしかない。ここではいかなる姿勢であれ自律して踊ることが肝要なのだ。このように、寺山版にあっては、人間＝男性という規範に一度は憧れ、または従いながらも、そこから逸脱する少女が肯定的に描出されている。そこでは少女が矯められることなく生きていく様相が描かれている。

6、おわりに

以上みてきたように、寺山版にあっては、人形劇という媒体への変換とともに、言葉および主体性の獲得の物語として再創造されていた。それは寺山がフォアレディースシリーズを手掛け、少女と向き合い、また自身が少女との向き合い方を試行錯誤していく中で、少女たちの抑圧や欲望に目を向けるきっかけとなったことと関連し、少女たちがより自由に生きられるよう規範からの解放を後押ししようと試みたものであった。そうした姿勢は後の天井桟敷の活動へとつながっていくものだろう。初期の天井桟敷は「見世物の復権」をスローガンに掲げ、因習的な家制度や性差をめぐって、それを〈普通〉ではない特徴的な身体を媒介に告発していく作品群を発表している。これらの作品に通底する規範への異議申し立てや〈普通〉とは何かという問いは、人間＝男性の規範に抗い、そして人魚の姿のままで愛される少女を描いた本作に、その端緒を見出せよう。

＊寺山版の本文の引用は、『寺山修司メルヘン全集8　人魚姫・裸の王様』（マガジンハウス、一九九四年）に拠った。引用中の／は改行を示し、またルビは省略した。
＊原作の本文の引用は、アンデルセン／大畑末吉訳『アンデルセン童話集』岩波文庫、一九九四年）に拠った。

付記　本稿は国際寺山修司学会第24回初夏大会（二〇一九年六月二二日、於：萩原朔太郎記念館・前橋文学館三Fホール）での口頭発表を踏まえて、それを大幅に加筆・修正したものである。

注

(1)　『詩のある舞台を』台本・寺山修司（劇団人形の家第1回公演「人魚姫プログラム」より転載）」http://ningyonoie.com/mermaid/interviews.html（二〇二〇年三月七日閲覧）
(2)　内藤三津子は「私の感性とぴったり合った著者の寺山修司と表紙と挿絵の宇野亜喜良によって、『フォア・レディース』のきれいなイメージは固まったと考えていますし、実際に売れ行きもよかった」と述べている。内藤三津子『薔薇十字社とその軌跡　出版人に聞く⑩』（論創社、二〇一三年）一五頁
(3)　戯曲は『はだしの恋唄』（新書館、一九六七年）に抄録され、後に『人魚姫・王様の耳はロバの耳』（新書館、一九六八年）に戯曲のすべてが掲載された。この二つにはわずかに異同がある。
(4)　白石征『望郷のソネット　寺山修司の原風景』（深夜叢書社、二〇一五年）六九頁
(5)　高取英「政治学としての少女」『寺山修司論　創造の魔人』（思潮社、一九九二年）一六五頁
(6)　鈴木愛理「教材として読む寺山修司『青女論』―第七章「情熱」を手がかりに―」『寺山修司という疑問符』（弘前大学出版、二〇一四年）、齊藤聖奈「研究ノート　フォアレディースシリーズにおける寺山修司の様式」『弘前大学国語国文学三七号』（二〇一六年三月）の論稿がある。
(7)　内田莉莎子「上演劇評　三つの児童劇を見て―人形が美しい「人魚姫」―」『テアトロ』（一九六七年九月）
(8)　注五に同じ。一七四頁
(9)　中丸禎子「人魚姫が浮かび上がるとき―アンデルセン『人魚姫』における主体的な女性とデンマークの人魚モチーフ文学作品における原型―」『ドイツ文学一四八巻』（二〇一四年）では、『人魚姫』を「人間の男性との間の愛と言語コミュニケーションの不可能性、ひいては文学の不可能性を示唆する典型例として論じられてきた」と先行論をまとめた上で、

人魚姫の語りの主体性や空気の精となり上昇する結末部の解釈から「主体的な女性という人魚姫の側面に着目」し読み直しを行っている。

(10) 注六の鈴木に同じ。二〇九頁

(11) 寺山修司「解題」『寺山修司著作集 3 戯曲』(クインテッセンス出版、二〇〇九年)。なお『狂人教育』の本文の引用もこれに拠る。

(12) 栗田勇「解説」ロートレアモン/栗田勇訳『マルドロールの歌』(角川文庫、一九八〇年)

(13) 寺山修司「ひどく短いまえがき」『はだしの恋唄』(新書館、一九六七年)。齋藤はフォアレディースシリーズの語りのパターンの一つに「『語り手』の前景化/読者への呼びかけ」を挙げている。注六の齋藤に同じ。

(14) 近代ナリコ『本と女の子 おもいでの一九六〇 - 七〇年代』(河出書房新社、二〇〇五年) 四八頁

(15) 注一四に同じ。フォアレディースシリーズの編集者であった白石征のインタビューでの発言。七〇頁

(16) 〈あなたの詩集〉『99粒のなみだ』(新書館、一九六九年)には伊藤杏里の「杏里と巴羅―ふたりの船」が掲載されている。後に伊藤はフォアレディースシリーズから『あんりとぱうろ=ふたりの船』(新書館、一九七〇年) 等を刊行する。また岸田理生は天井桟敷の後期の戯曲を寺山と共同執筆するが、〈あなたの詩集〉『恋なき子』(新書館、一九七三年) に作品が掲載され、「岸田理生さんは『あなたの詩集』ではめずらしい大型新人です」と紹介されている。

(17) 萩尾望都「寺山修司の少女感覚」『ユリイカ』(一九九三年一二月)

(18) 演出の清水浩二は、幕切れで金魚キキがマルドロールの後を追い、自殺を試みようとする演出について言及し、「マルドロールは船長に恋をし、金魚はマルドロールに恋をしているのかもしれない。同性愛であり、違う生物による愛であり恋であるのかもしれない。そう捉えた方が、寺山らしさと、作品の奥行きが深くなるのではないだろうか、と考えた」と述べ、少女同志のエスの関係性に言及している。清水浩二「『人魚姫』と寺山を振り返って―劇団人形の家のこと、寺山版『人魚姫』の演出ポイント―」http://ningyonoie.com/mermaid/directorsnote01.html (二〇二〇年三月七日閲覧)

(くぼ ようこ 富山高等専門学校専任講師)

寺山修司の映画『田園に死す』をユング心理学で読む

森岡　稔

はじめに

作家は自らの作品を精神分析されるのを嫌うという。たとえばフロイト派は、作品のモチーフを性欲やコンプレックスといった「個人的無意識」に分析したり還元したりする。そうすることによって、作品の個性や全体的な意味や味わいが見失われる心配があるにもかかわらずである。ところが同じ深層心理学でも、ユング派の場合、外から理論をあてはめるのではなく、内的な要素からも原因を追究し、個人的な意味だけでなく、人間全体として、ユング派の言葉で言えば、「集合的に」理解しようとするので作品の価値を損ねることはない。

また、作家が精神分析によって作品を分析されることを嫌うのは、精神分析によって作者自身が意識していない意味までも探り当てられてしまう可能性があるからであろう。だが、作者が否定しようとも、「無意識」のうちに作品に込めた意味があるかもしれない。作品を理解するということは、作者が気づいていない面をも引き出すことが必要であるように思われる。本稿は、ユング心理学の見地から『田園に死す』を具体的に見ていく。そのためのアプローチとしてユング心理学のユングの「元型論」（とくに「グレートマザー」）、「個性化理論」「能動的想像力」を論理の支柱として使い、映画『田園に死す』が伝えたかったメッセージを探っていくものである。

1　映画『田園に死す』

映画『田園に死す』は、一九七四年一二月二八日、人力飛行機プロ＝ＡＴＧ（アート・シアター・ギルド）制作、配給した映画（一〇二分 カラー）である。映画『田園に死す』は、詩人、作家、脚本家、映画監督、舞台作家、競馬評論家等のあらゆるジャンルで活躍した巨匠、寺山修司が二本目の長編映画として取り組んだものである。[1] いわゆるアングラ映画であるが、寺山修司の主宰する劇団「天井桟敷」のメンバーを中心に、それ以外にも、八千草薫や、原田芳雄、木村功等、当時の第一線級の俳優が出演しており、この映画に対する寺山修司の意気込みが感じられる。

1-1 映画『田園に死す』のあらすじ

舞台は青森県恐山。父親が戦争で亡くなったため、母親（高山千草）に溺愛されて育った少年（高野浩幸）は、母親を捨てて都会へ出たいと考えている。押し付けがましい強烈な母親の愛情のもとで、少年は隣家に嫁いできた化鳥（八千草薫）に憧れを抱く。そして、少年は化鳥に近づき歳の差も顧みず、化鳥に駆け落ちの相談をする。そしていったんは、二人は駆け落ちに成功しそうになるが、結局失敗する。母がいる限り少年の自由は無く、個人としての成長も無い。少年は貧しくて、猥雑で、因襲に縛られた東北の寒村に縛られ続ける。だが、ここまでが、「映画中の映画」であることが観客に知らされる。観客はいきなり「現実」に引き戻されるのである。

「映画中の映画」の最後の場面から二〇年が経った。少年の「わたし」は東京に出たが、大人（菅貫太郎）になっても、依然として母親と暮らしていて、母親からの拘束は続いている。「わたし」は自分の惨めで汚れた過去を変えることが出来ないかと思い、理想的な過去に改変した自伝映画を作ってみようとする。そうすれば、現在のみじめな自分が変われるのではないか。それが「映画中の映画」だったのである。だが、自分の過去を変えるには、もうひと工夫必要である。その工夫とは、現在の「わたし」が映画の世界の中に入っていくというものである。どうしてそんな方法を思いついたのか。

「わたし」と映画評論家（木村功）が屋台で「わたし」の未完成の自伝映画について語り合っている時、ふと、映画評論家が「わたし」に一つの問題を提示する。「もし、君がタイムマシンに乗って数百年をさかのぼり、君の三代前のおばあさんを殺したとしたら、現在の君はいなくなるか？」。現在の「わたし」がいなくなるというのは一種の自殺行為であったが、「わたし」は興味を覚えた。存在が無くならず「今」の現実を変えられる可能性はあるのではないかと。

こうして「わたし」の時空を越えた旅が始まる。そして「わたし」はおばあさんではなく、過去の自分の母親を殺そうと、二〇年前の自分の家に向かう途中、「わたし」は恐山で昔の自分と対面する。恐山は死者と生者、過去と未来が交差するいわば「賽の河原」である。「過去を改変するには二人の共同作業が必要だ」と、言葉巧みに「わたし」は昔の自分に「母殺し」をけしかける。だが、昔の自分は「母殺し」の決断ができない。そうしているうちに、東京帰りの女に童貞を奪われて汚れてしまい、女と東京へ駆け落ちしてしまいそうになる。変な風に過去が改変されてしまった。そこで、仕方なく「わたし」は、ひとりで「母殺し」を決意する。「わたし」が実家にいくと、母は何の疑念も見せず、未来の息子を受け容れる。母は息子のことなら何でも受容してしまう圧倒的な包容力を持っていた。結局「わたし」は母を殺せない。母と自分は一体のもので、血という呪縛は断ち切れないのだ。次の瞬間、時代は現代に戻る。二人は現代も未来も、一緒に生活を続けている。二人が、食事をするシーンが続く。つまり、母を否定しようとした「わたし」は「田園（過去の故郷）に死す」という結末を迎えるのである。

1－2　登場人物たち

恐山やその周辺の登場人物は次のような者たちである。父（てて）なし子を産む娘、間引きされる女、村はずれに来たサーカスの異形の者たち、白塗りの人々、共産党員として追われる男、兵隊馬鹿、イタコ。登場人物の中で、白粉（おしろい）をしている者たちは恐山（時空の交差する超空間）の住人であることを表している。反対に、原色によって描かれる思い出は、醜さ、美しさ、エロティシズム、少年らしいピュアな気持が混在した生々しい現実を表している。

2　母以外の三人の女性の象徴する「女性性」

登場人物の中で母以外の三人の女性は、母親から独立していく準備過程の対象となる女性の「女性性」を表している。ユング心理学の元型「アニマ」の類型とも言える。ユングは「女性性」を段階的に次のように四つの類型に分けている。①生物学的な段階（子供を産むという女性性）②ロマンチックな段階（自らが女性を人格として認め、選択と決断が強いられる女性性）③霊的（Spiritual）な段階（聖なるものとして女性を愛する女性性）④叡智（wisdom）の段階（知恵と慈愛をもつ女性像がもつ女性性）がその四つの類型である。[2] 母以外の三人はどれにあてはまるだろうか。

ア．「空気女」は村にやってきたサーカスの団員の女である。男性に着ている服に空気を入れてもらって風船のように膨らんで満足する。実は、空気は精液のメタファーであり、膨らむことは、妊娠を意味する。サーカス内では、男女が抱き合っている者もいる。主人公の少年が、空気を入れようとしても、うまくいかない。初体験の失敗のアナロジーである。少年にとってサーカスの団員たちは、日本中のあちこちでサーカスを興行する放浪のような生活スタイルをとっているように見える。その生活は、家出を夢見る少年にとってあこがれを抱くものである。「空気女」の夫は浮気をして「きっと帰ってくるから」と嘘を言って彼女を捨てていく。「空気女」は夫に嘲弄されても、誰かに殺されそうになっても許してしまう愚かな女である。その一方で、どんな状況でも空気のように生きていけるしぶとさを持っている。（生物学的な段階の女性性）

イ．「隣の人妻」の「化鳥（けちょう）」は、泉鏡花の同名の幻想小説から採られたものである。「化鳥」は貧しかったので、金銭のために愛なき結婚をしていた。少年は、「化鳥」と駆け落ちをし、線路を二人で歩いていく。駆け落ちは、少年にとってそれはそのまま「家出」であり、母親から自立し、個としての自己確立の絶好の機会であった。ところが「化鳥」は、少年を裏切り、昔の恋人の「嵐」と恐山で再会して心中する。この「化鳥」の死は、母殺しを象徴していると思われる。（ロマンチックな段階の女性性）

ウ．「間引き女」の「草衣（くさごろも）」は、赤い襦袢の「着た切り雀」だった。彼女は、父無し子（てなし子）を産んだ。それを非難する村の因襲に抗えず、子供を川流しにして失踪する悲しい女である。赤ん坊を流したとき、雛流しのイメージを思わせる雛壇が流れてくる。川を流れる雛壇は、赤ん坊が生きていたらひな祭りを祝うはずの雛壇であり、鎮魂の象徴である。そして村から追い出されるようにして、東京に出たあと、帰郷してきた間引き女は、モダンな黒のワンピースを着て登場し、少年と出会って、恐山の本堂で抵抗する少年を組み伏せて、少年と交わる。「化鳥」の死によって頓挫した「家出」は、図らずも「草衣」との初体験によって象徴的に達成されることになる。「草衣」が少年を犯したのは、間引きを村人から強要されたことへの村人に対する復讐である。したがって、外面的には、少年による精神的な「家出」と見えるが、母親の身代わりとして「草衣」の肉体が提供されたわけで、母親の拘束に対する復讐的な意味合いと同時に、近親相姦的な愛があり、本当の自立としての「家出」となっていない。少年は、女性に一方的に「所有」されたままである。（生物学的でもあり、ロマンチックな段階でもある女性性・グレートマザーの特徴も顕著）

3 「母殺し」のテーマ

『田園に死す』は、男の子が母親を乗り越えて、自立の道を探る映画である。映画の中の少年は、ユングの「個性化」の道をたどっていく。ユング心理学において、「個性化」＝「自己実現」は、「自我」を高次の段階に押し上げていき、人格の全体性の象徴である「自己」に近づいていくことを意味している。「個性化」の初期に「自我」は、「グレートマザー」[3]と向き合わなければならない。それをクローズアップしたのが、『田園に死す』である。「グレートマザー」と向き合って自立しなければならないとき、子は精神的な「母殺し」をする。

3-1 「胎内回帰」という「血の紐帯」

母親にすれば、おなかを痛めて産んだ子という「血の紐帯」が、息子は自分の物という「所有意識」を育む。「精神的母子相姦」と呼んでもよいような育てられ方をした息子は、「自我」に目覚めることになると、「胎内回帰願望」と母からの「自己解放」との間で苦しむ。「胎内回帰」とはユングが言うところの「ウロボロス」すなわち「自分の尻尾を飲みこむヘビ」のように、自己を消滅させかねない行為なのである。息子を「胎内回帰」へと誘う母性愛は、自らだけでは存在感が薄い息子に、母親に所属しているという存在感を与えるのである。だが、同時に、息子の自我の発達を阻止しようとする点では、息子を滅ぼしてしまっている。したがって、母親につながっている限り、自立は難しい。それを知った息子は象徴的かつ精神的な「母殺し」を計画するようになる。

少年には、母の暗い胎内へ還りたいという「胎内回帰願望」と母から離れて自立した存在になりたいという「自立願望」との葛藤が現れる。母に依存してきた息子は、母の延長としての存在感しか持たない。したがって、母がいなくなれば、自己の存在すら危なくなるのである。[4]母の胎内は暗闇であり、ユング心理学で言えば、「無意識の世界」にあたる。居心地のよい母の胎内である。だが子は、胎児の「まどろみ」に留まり続けるのではなく、責任と自立の試練を課される不安の中に飛び込んでいかなければ、成長はあり得ない。母からの解放なくして自立はありえないのである。ところが少年がこの自立への旅に出かけようとすると、少年は母からの引力が強すぎて離脱が難しいことに気づく。そこで少年は母を熱愛している一方で、しだいに母を「嫌悪」するようになる。内心、息子は優しい母性愛に包まれているといった満足感から抜け出せないでいる。[5]だが、抑圧的な母の「所有欲」の強い愛を重荷に感じているのも事実である。「草衣」の少年に対する肉体的誘惑も村人に対する復讐であることもさりながら、川に流した子どもを疑似的に少年に見立てた母の「所有欲」と同類の行為なのである。どのみち、少年は母からの呪縛から逃げ出せないのだ。どこまで行っても母の「所有欲」は息子の「自我」を支配しようとする。

3-2 グレートマザー

「グレートマザー」については、「無意識の女性像の現象学」という副題を持つエーリッヒ・ノイマンの著書『グレートマザー』に詳しい。その著書には、人間の歴史の原初から母がなぜ偉大であったのかを次のように説明している。

女性の基本的な機能——生命や栄養や温かさや保護を与える働き——の全容を考えたとき、我々は初めて、大いなる女性がなぜ人間の象徴の中で中心的位置を占め、なぜ初めから〈偉大な〉性格を帯びているかを理解できる。女性にまったく依存し、そのなすがままの状態にあるからこそ、女性が偉大に見えるのである。人間にとって母に対する体験ほどに〈偉大さ〉を感じさせる体験がないことは明らかである。幼児や児童を少しでもみればができよう。彼女のヌミナス（ヌミノース）的優越性は、〈グレートマザー〉としての女性の地位を確信すること人間の幼児に特有の状況を作り出している。それは、動物たちが、生まれた直後からはるかに自律的であることと対照的である。動物では、出産後ただちに一種の感覚、「意識」が動き出すが人間の「意識」は生後一年の間に生じる。それは乳児と集団との社会的絆によって、とくに社会の強力な代表者である母親との絆によって、作り上げられるのである。[6]

幼児は母の庇護のもとにあるかぎり、安心感を得る事ができる。しかし、母の庇護のもとにあるかぎり、一人の人間としての自立はない。母が息子を「愛する」というのも、「所有する」「支配する」という女性の意志を巧妙に言い換えているのかもしれない。この「所有欲」がグレートマザーのすべてではないが、多くの部分を示している。少年が「草衣」の誘惑に負けてしまうのも、男性は女性に性的に魅せられると、触れたいという欲望を持つからである。触れることによって安息が得られれば、さらに触れたいという欲望に駆り立てられる。しかし、一方で見方を変えれば、欲望に駆り立てられることは、すなわち、女性の影響下にあること、つまり女性の支配下に置かれていることである。そこで、触れることができてもできなくても男性は女性の肉体に所有されているのであり、そういう点からもグレートマザーの引力圏から離れることは困難である。[7]「胎内回帰願望」から逃れるのはこのように困難であるが、ユング心理学で言えば、「英雄の誕生」＝「胎内回帰願望からの脱却」を目指さなければ、「個性化」は成就しない。[8]グレートマザーの二面性＝「息子の存在を支える面」と「息子をのみ尽くす面」の性質をよく理解しなければならない。母はエロスであるとともにタナトスでもあるのだ。[9]

グレートマザーの二面性は、簡単に言ってしまえば、「優しい母」と「恐ろしい母」である。どちらであろうと、その意味するところは同じである。つまり、どちらも息子を所有し、支配することに変わりはない。というのは、「優しい母」は、息子を保護し、支える母なのであるが、同時に、その過剰な保護が息子の魂を吸い尽くし、自我の発達を阻むことになってしまうからである。

寺山修司はなんとしても「胎内回帰願望」を拒否し、自分を吸い尽くす「母」を克服しなければ、自分の存在が危うくなると強く感じた。「愛」とカモフラージュされる「グレートマザー的所有欲」に支配されないよう寺山は母からの離脱を試みて頑張り通した。だが、結局のところ母を愛するがゆえに、「田園＝母の引力」から逃れることができず「田園」＝「母の胎内」に回帰し死んだわけである。

3-2-1 「個性化」と結びついた「グレートマザー」からの離脱

「個性化」というのは、簡単に言えば、その人が持っている可能性を開花させてゆくこと、人格をより高次に完成させること、より全体的で完璧な人間になること＝自己実現を達成しようとすることを言う。この「個性化」の過程に深く関わるのが、「集合的無意識」の中心にある「自己」という概念である。[10]

種から芽が出るように、また土から新芽が顔を出すように、「集合的無意識」から可能性が萌芽する。その芽を育てる過程が、「個性化の過程」である。そして芽が育ってきたとき、「自我」は「高次の全体性」へと向かう。「個性化の過程」とは、人格に欠けた部分が補われ、全てを充足する「人格の完成形・高次の全体性」＝「自己」へと向かう旅である。

3-2-2 「母の胎内」からの脱出

これまで述べてきたように、母親の胎内から生まれ出た人間は、常に母親の胎内に回帰しようという願望をいだく。母と子の絆は切り離そうとしても、切り離しても簡単に切れることはなく、依然として暖かく包み込む母のイメージは消え去ることはない。だが自立のためには、その欲望と戦わなければならない。人間が一個人として、自分の足で大地を踏みしめてしっかりと立ち上がるためには、心の奥にある「暗くて強い母のイメージ」と戦って、その力を明るい意識の光で照らして（意識化して）いかなければならない。「暗くて強い母のイメージ」は、元型「グレートマザー」の一面である。自分の存在を「意識化」することは、すなわち「グレートマザー」を克服すること（いわば「母殺し」）である。「個性化過程」とは、「自我」が「無意識」の荒々しい形である魔女やドラゴンや妖怪たちと闘ったあとで、母性的な慈愛に満ちた力強い情愛（これも「グレートマザー」の一面）を獲得する過程を指して言う。この「グレートマザー」の二面性を、詳しく見て行こう。

3-2-3 グレートマザーの二面性

子どもは「無意識」の領域で、母なるもののイメージとしっかり結ばれている。子どもが成長する過程で、この母と子の絆は意識化され、自覚されて、母の持つ力を自分のものにして自分の存在感を確立しなければならない。神話やおとぎ話には、よく「迷路」が現れ、そこを探検するものが多いが、それは母なるものであるグレートマザーの胎内にもぐりこみ、その中のありさまを「意識化」する意味をもっている。つまり「無意識」の「意識化」である。「母の胎内」に戻ることとは、すなわち、生命の誕生前の暗い恐ろしい世界に自ら積極的に入っていくことである。母の胎内に戻ることとは、一度死んで再び生まれること、つまり「死と再生」をめぐる主題に他ならない。

このように「無意識」が表す世界は、新しい生命をはらむ「母の胎内」である。たとえば、寺山の演劇に登場する妖怪たちは「無意識」が生み出すイメージであり、主人公の意識を圧倒し（ときに妖怪に翻弄される場合がある）主人公は、一時的に我を失うこともあり、理性をくもらせることもある。その際、「無意識（妖怪）」はとても恐ろしく、手ごわいものである。この妖怪たちは「自我」を「無意識の世界」に押し込むおそろしいものであり、「無意識的」なものであるがゆえに、はっきりとその姿を確かめてみることができないので、いっそう手ごわく、こわい存在である。

しかし、この強くて、悪い奴がいるからこそ、それと戦って、「英雄」としての自分を築きあげることができるのである。このおそろしい「無意識の世界」を知らずに、また克服せずに、人は本当の自立を得ることはできない。「無意識の世界」を知ることで、人はさらに大きな人格へと成長する一歩を踏み出すのである。すなわち、「無意識」の「意識化」＝「個性化」である。寺山は常に、母親からの「自立」、すなわち、「無意識の世界」からの「脱出」と「自立」＝「意識化」を求めて戦った。このように映画『田園に死す』は、「母の胎内」への「回帰」と、そこからの「再生」を心理的に体験することで少年が大人の世界に入っていくことをあらわす映画である。秋山さと子氏は、「母の胎内」からの自立を次のように述べている。

母の胎内こそ、私たちの生命力の根源、人間の存在の本当の中心があるのかもしれない。そこから生まれる呪術的な力は、肯定的にはそれなくしては生きられないような生命力を表す。ところが、同時にその強大な力に支配されてしまったら、人間は母の胎内に再び飲み込まれてしまって、個としての自分を確立することができない。そこで、どうしても一度、この呪術的な力を退治し、克服して自分のものとしなければ一人前になれないのである。[11]

以上のように、「母親からの自立」は「個性化」の初期段階であり、その後、人は「影（シャドー）」、「アニマ・アニムス」、「自己」、「老賢者」、「ペルソナ」など多くの元型と戦ったり、調和したりして「個性化過程」を歩んでいく。

4 映画『田園に死す』における「能動的想像力」という手法

4-1 「メタシアター」・「メタフィクション」という構造

映画『田園に死す』において、ユングの「能動的想像力」との関連を述べる前に、映画『田園に死す』が「メタシアター」[12]の構造を持っていることを述べておかなければならない。映画を観ている人たちは、前半の少年の経験が描きだされているのを観て、その時空を「現実」と捉える。ところが、それは「映画中映画」なのである。つまり、映画『田園に死す』自体が「入れ子構造」になっているのである。便宜的に前半の「映画中映画の部分」を、「第1虚構」と名付け、「その他の映画の部分」を「第2虚構」と名付けたい。いわば映画がロシア人形のマトリョーシカの「入れ子」のような構造になっているわけだ。このような構造でも、裏側ではこの三つの世界（現実、第1虚構、第2虚構の三つ）はつながっていて、登場人物も観客も自由に行き来している。いわば領域がありながら領域を侵犯して「領域の境界」がないような構造になっている。領域を侵す演劇手法は、表面的には境界をなくしているように見えるが、逆に、境界を意識しなければ成り立たない逆説的な演劇手法である。「メタシアター」の具体的手法としては、「間テクスト性」、「引用」、「口上」、「ナレーション」などが挙げられる。映画『田園に死す』はこの方法を多く用いている。[13]

「第1虚構」、「第2虚構」の分類や、「間テクスト性」、「引用」、「口上」、「ナレーション」などの「メタシアター」の手法は、そのままパトリシア・ウォー（Patricia Waugh）の言う「メタフィクション」のカテゴリーに含まれている。[14]『田園に死す』の「メタフィクション」の構造に注目すると、観客はどの次元に自分が立っているのかを常に意識していなければならないことに気づく。つまり自分がいる次元は「現実」なのか、「第1虚構」なのか、「第2虚構」にいるのか。それを探っているうちに、何となく自分の今いる地点を見つけだす。「現実」「第1虚構」「第2虚構」の三つの次元は、映画では、混乱しないように分けているものの、「象徴さがし」をやっている間に、その区別はどうでもよくなってくるのは不思議である。つまり、ライオネル・エイベルが現代演劇の中に見出した考え、すなわち、①世界は舞台（The world is a stage）、②人生は夢（Life is a dream）」（Abel 一六三頁）という世界認識の境地にまでに、『田園に死す』という映画は観客をいざなうのである。

4-2 寺山修司と「能動的想像力」（アクティヴ・イマジネーション）

映画『田園に死す』の「メタシアター」の構造が分かったところで、ユング心理学理論である「能動的想像力」について考えてみたい。

4-2-1 「能動的想像力」とは何か

「能動的想像法」とは、「無意識」から立ち現われてくるイメージを相手に、「自我」が直接的な接触を持とうとするやり方である。[15] まるで「無意識からのイメージ」が自律的な人格をもっているかのように「自我」がその「イメージ」と対話・交渉をするのである。それでは、「能動的想像力」が劇の中で何の役に立つのだろうか。「能動的想像力」の効用として、次の三つが挙げられるであろう。①「能動的想像力」は、個人が一人で行う作業であり、分析医がいるわけではないので「転移・逆転移」が発生しない。②「能動的想像力」は、「自我」をしっかり持っていなければならない、と意識するので、破壊的なイマジネーションがあふれ出してくるのを防ぐ働きをする。「自我」は、無意識の洪水に押し流されないようなアンカーとなる。③「能動的想像力」をすることによって、②のように「自我」の強化が要請されるので、結果的には、「自我」が強化され、「自我」に落ち着きが生まれる。だが注意しなければならないのは、「能動的想像力」において、「自我」がイマジネーションをねじ伏せるのではなく、「自我」が無意識内容を解放しながら制御する、いわば相反する二通りの働きを担わなければならないことである

4-2-2　寺山修司と「能動的想像力」

寺山修司の作品にユング心理学の「能動的想像力」が実によくあてはまることに気づかされる。というのは、寺山修司の作品には、「元型イメージ」や「個性化過程」がその中に満載されていて、どの作品をとってもユング心理学のテーマに結びつくからである。たとえば、『田園に死す』と『草迷宮』は、「元型グレートマザー」と「個性化」に、『さらば箱舟』は、「元型影」(シャドー)」に、『身毒丸』は、「エディプス・コンプレクス」と「元型アニマ・アニムス」に、『レミング』及び『毛皮のマリー』は「元型アニマ・アニムス」と「元型グレートマザー」に関与していて、ユング心理学がよく当てはまる。さらに、『青ひげ公の城』には、「能動的想像力」がとくにあてはまると言ってよい。もちろん『青ひげ公の城』だけでなく「能動的想像力」は、多かれ少なかれ、寺山修司の全作品にあてはまるのであるが、それは「能動的想像力」の手法が「個性化過程」の象徴的表現に必要となるからである。

「能動的想像力」は、別名、「超越機能」といって、「個性化過程」には不可欠のものである。「超越機能」とは、「自我」と「無意識」が対話をすることによって、心的成長(人格の変容)がなされる心的機能のことをいう。「意識内容」と「無意識内容」とが連合しあって、新しい方向づけが獲得される場合、「意識」と「無意識」は、補完的に働き、統合することをめざす。そのことが、「自己」を目標とする「個性化過程」であることは言うまでもない。

ユングは、「無意識を理解すること」は「意識のはたらき」であるとし、「イメージがわくこと」は「無意識のはたらき」に他ならないとしている。だが、「意識「と「無意識」の相互作用が必要で、どちらか一方が欠けても不完全であるとしている。

この「意識」と「無意識」の二つの相互作用で言えることは、寺山作品の場合、「無意識」からくる「イメージ」が過剰となったとき、寺山は劇を中断し、現実に観客を引き戻して、「意識」を呼び覚ます手法をとっている。簡単に言えば「頭を冷やす」のである。現実に呼び戻しては、再び劇の世界に観客を没頭させ、「無意識内容」を活発にさせる。なぜ、寺山が劇を中断させるかということを考えると、「超越機能」の「超越」という言葉がヒントになる。「超越」というのは、「意識」も「無意識」も含めて、全体を上から見通すことだと考えられるので、「超越機能」が働くことによって、自分のおかれた状況がはっきりと見えるし、これからどのようなことが起こるかという、先のことも予想される。「超越機能」が活発に働く「夢」を見る時が、ふだんの「意識の世界」で考えているときよりも、自分の現在や未来がよく見える場合があるのは、そのためである。したがって寺山の劇は、「覚醒夢」であるとも言えよう。「能動的想像力」の作用はまさに「覚醒夢」である。

ユングは対立するものを、たとえば男女関係においても、アニマ・アニムスを考察したり、光と影、男性と女性、天と地、善と悪、といった二項対立するものの先にあるものを見据えたりする思考方法をとった。同様に、「個性化過程」でのゴールは「自己」であり、それは「意識」と「無意識」といった対立するものを統合するといったイメージを持っている。

4-2-3 「個性化」と「能動的想像力」

「能動的想像力」は、ときに「意識」に対して阻害的な影響を及ぼす「無意識」に対して、どのように対処するかの方法である。「自我」がイニシアティブを握って「このイメージ（無意識）は私に対してどういう働きかけをしているのだろうか」と、おそってくるイメージの意味と目的を自問することなのである。これは、「内なる他者」と対話をするといったイメージを想像するとわかりやすい。つまり、「自己受容」と「他者受容」が相関しあっている状況なのである。「受容」とは、正しいか正しくないかの判断をするのではなく、その対象を深く理解し、その対象の可能性を受け入れる姿勢があることを言う。人は、いったん「それは正しくない」と思い始めるとなかなか耳を傾けることさえ難しくなる。しかし、「他者」を「自己」の中に取り込み、「自己受容」をすることによって同時に「他者受容」を努力することは可能である。「自己受容」により「他者受容」を積極的にすることによって、自己理解がより深まり、新たなる視点が生まれてくる。「能動的想像力」の場合、「他者」とは、「無意識からイメージ」である。この開発能力こそ、一面的になりがちな「意識」を「無意識」から創造的にかつ想像力的なエネルギーをもらって、豊かな新しい人格形成に役立てる能力なのだと言える。

おわりに

寺山修司の映画『田園に死す』にユング心理学の「元型」、「個性化」、「能動的想像力」をあてはめてみた。寺山修司の作品に限らず、多くの文芸作品に精神分析を適用することができる。ただし、「はじめに」書いたとおり、これまでフロイトは援用してもユングはあまり援用されてこなかった。D・H・ロレンスやナサニエル・ホーソーン、ヴァージニア・ウルフなどの作品の他にも、私はユング心理学を援用してきたが、寺山修司の作品ほどユング心理学があてはまる作家を寡聞にして知らない。これまで、寺山の作品の『草迷宮』、『身毒丸』、『青ひげ公の城』、『さらば箱舟』、『レミング』、『毛皮のマリー』にユング心理学がまさに適合するのを如実に感じてきた。

寺山修司の映画『田園に死す』もその例外ではない。英文学では、D・H・ロレンスの『息子と恋人』はまさに、グレートマザーの関係で、母からの自立に苦しむ青年の話であり、『田園に死す』と同じテーマを扱っている。今回、「能動的想像力」や「メタフィクション」の考察が映画『田園に死す』の理解に役立った。

紙面の関係で、「能動的想像力」の具体的手法が映画『田園に死す』の個々の箇所にどのように当てはまるのか、また映画に登場する「短歌」群の意味分析にユング心理学がどのように適用されるのかを割愛せざるを得なかった。今回は、「能動的想像力」とは何かに的を絞った。「能動的想像力」が映画『田園に死す』に有効な装置として働くことを『寺山修司研究12号』に示すことができただけでも感謝しなければならない。

注

(1) 長編映画は、順に『書を捨てよ町へ出よう（1971年）』『田園に死す（1974年）』『ボクサー（1977年）』『草迷宮（1978年）』『上海異人娼館／チャイナ・ドール（1980年）』『さらば箱舟（1982年―公開 1984年）』である。

(2)　河合隼雄『ユング心理学入門』（東京：培風館、1967年）、二〇五頁を参照した。

(3)　「グレートマザー」についての詳しい説明は、次項で行う。

(4)　山口哲生『D．H．ロレンスにおける「母」』、（東京：弓書房、1989年）、七－九頁を参考にした。以下、この本からの引用・参考は（ロレンスにおける母、頁数）とする。

(5)　「子」を「母と息子」の場合の方が「母殺し」が顕著なので、「子」を「息子」とする。

(6)　エーリッヒ・ノイマン『グレートマザー』（東京：ナツメ社、一九八二年）五八頁を引用した。

(7)　（ロレンスにおける母、八二頁）を参照した。

(8)　「個性化」については、次項以下詳しく説明する。

(9)　フロイトによると、「エロス」を「生の本能」、「タナトス」を「死の本能」としている。

(10)　心の表層にある「意識」の中心が「自我」、深層にある「集合的無意識」の中心が「自己」である。「意識」に関わる「無意識」を「個人的無意識」、人類全体に関わる無意識を「集合的無意識」と呼ぶ。

(11)　秋山さと子『ユング心理学へのいざない』、（東京：サイエンス社、一九八二年）、一一八頁を引用した。

(12)　劇作家ライオネル・エイベル（Lionel Abel）は演劇の分野のエッセイ集『メタシアター』（*Metatheatre*, 一九六三年）を著した。その中でメタフィクション的な構造を持つ劇を「メタシアター」と名付けた。以下、この本からの引用を（Abel 頁数とする）

(13)　批評家リチャード・ホーンビー（Richard Hornby）は『ドラマ、メタドラマ、認識』（*Drama, Metadrama, and Perception*, 一九八六年）において、エイベルが「メタシアター」と呼んだものを世界演劇史的な視座から「メタドラマ（meta-drama）」（Hornby 三一頁）と言い換えた。「メタシアター」の具体的手法の「間テクスト性」、「引用」、「口上」、「ナレーション」はホーンビーのこの本に詳しい。

(14)　Patricia Waugh, *Metafiction: The Theory and Practice of Self-conscious Fiction*（一九八四年：London: Routledge, 一九八八年）一－四頁．パトリシア・ウォー著『メタフィクション：自意識のフィクションの理論と実際』結城英雄訳、泰流社、一九八六年、一一－一五頁において、①世界認識が言語によって成り立っている②ハイゼルベルグの不確定性原理に代表されるような、観察される客体は、観察する主体と相互関係にあり、客観性とはフィクションであるという認識の影響下にあることを述べている。

(15)　老松克博『アクティヴ・イマジネーション』（東京：誠信書房、二〇〇〇年）、ii頁を参考にした。

（もりおか　みのる　名城大学非常勤講師　英語担当）

寺山修司と天野天街論

清水　義和

天野天街と松本雄吉の共同脚本『レミング』

01．まえおき

天野天街と松本雄吉の共同脚本による『レミング』が、東京渋谷・パルコ劇場で二〇一三年に上演された。台本のどこからかが、天野の担当で、どこからかが、松本の担当であったかよく分からないまま観劇した。脚本は共同であったが、演出は松本だったので、天野が脚色した『田園に死す』（東京ザ・スズナリ、二〇〇九）のように、天野が主体となって脚本・演出するというわけにはいかなかったようである。しかしながら、天野特有な芝居作りは、『レミング』にも反映しているはずだと考えていた。ところが、劇場では、天野独特な芝居空間は微塵にも見られなかった。では、天野固有な芝居作りは、寺山原作・天野と松本共同台本『レミング』では消えてしまったのだろうか。

『レミング』公演のあと、天野は流山児祥と共同演出した『地球空洞説』（東京中池袋公園および豊島公会堂、二〇一二）で、脚本・演出を担当した。公演のコンセプトが『田園に死す』の上演の時と比べて新鮮さに欠けていた。

その後、天野は、澁澤龍彦原作の人形劇『高丘親王航海記』（二〇一八年四月、ザ・スズナリ東京公演）の脚本・演出を担当したとき、他の如何なる追随も許さない、驚異的な大変身を遂げた。

天野のクロニクル（Chronicles）〈編年史〉を紐解いてみると、二〇一二年の結城座で、ジョン・ロメリル原作『ミス・タナカ』公演があり、天野は脚本と演出を担当した。日本の真珠産業が戦前西オーストラリア州のブルーム（Broome）に進出し、海外での南方進出を奇想天外に繰り広げるドラマであった。そこには、やがて『高丘親王航海記』の演出で、唐、ベトナム、カンボジア、ミャンマー、フィリッピンなど南方進出の冒険譚が語られることになるがその素地ができていた。

『レミング』でも、既に、中国大陸へ日本軍の進出がテーマになっていた。天野自身、一九九八年「少年王者館KUDAN Project」をひっさげて、台北、香港、北京、広州、釜山等で上演活動をしている。現地で中国語を学び、その体験から『レミング』のなかでは中国語の台詞が使われることになったものと思われる。

それにしても、いったい『田園に死す』の結末で成し遂げた『般若心経』の読経を合唱する、小気味のよいドラマチックなリズムはどこへ行ってしまったのであろうか。本稿では天野脚色の『レミング』を解読しながらその痕跡を検証することにする。

02．英語訳『レミング』による検証

今度、天野が担当した部分の『レミング』七・八・十二シーンの英訳をして気がついたことが幾つかあった。先ず、天野脚色の良いところは、寺山が『レミング』を最晩年に演出した演目であるせいか、生の欲動と死の欲動とのせめぎ合いが、鬼気迫り、嵐のように押し寄せ、生と死が核となってドラマを構成し、臨場感があふれる躍動感が、脈々と伝わってくるところだ。

殊に影山影子が生と死の狭間で変容していくところは『レミング』の白眉であり、寺山自身が最晩年に書き、演出した生死の瀬戸際で疾走する劇的なクライマックスを形成していたところでもあった。

天野は、脚色・演出した『田園に死す』（一九七四）の最後の部分を、『般若心経』のリズムに乗せて、ドラマチックな効果を盛り上げ、成功裡に終わる。だが、更に大合唱によって躍動感あふれた「読経」のリズムの盛り上がりや、殊にその律動感だけでも、役者の演技を圧倒するものであり、エポックメイキングな大団円となったのが記憶に新しい。

天野が担当した『レミング』のなかでは、殊に十二シーンで、影山影子が映画のフレームの間に挟まって悶え苦しむ個所をドラマの焦点にしている。マルセル・エーメ原作の『壁抜け男』（一九四三）で、主人公のデユテイユルが壁に挟まれ慌てふためき藻掻き苦しむ以上に迫真性で漲っていた。

この壁は、『身毒丸』（一九七八）で、しんとくが、魔法の穴を抜けて亡き母に会いに行く冥界を髣髴とさせた。寺山は『身毒丸』で黄泉の国に通じる穴を描いたとき、『壁

抜け男』が当然念頭にあった筈である。

壁抜け男のデユテイユルは、ある日突然、「壁」を通り抜けることができる超能力がある自分に気がつく。ところが、突然、或る日、壁の間に挟まってしまい、その時以来、壁を永遠に抜け出すことができなくなる。

けれども、寺山は、その壁を黄泉の国（死の国）に通じる穴と解読し、しんとくは穴の壁を潜り抜け、穴を通り抜けて黄泉の国へ行き、死んだ母に会うために旅をする。

今度、天野がそのモチーフを『レミング』上演のときに使った。最初、影山影子の躰が、カメラのフレームという壁を越えようとして、そのフレームに体を押し付けているうちに、その枠の中に挟まってしまう。ところが、次の瞬間、映像フィルムという永遠に死なない「不死の世界」に同化してしまい、瞬く間に、フレームを越え、スクリーンに弾ける光の微粒子と同化し黄泉の国へ変容していく姿を描いた。

影山影子の死の変容は、天野が『レミング』に示した特異性に現れている。天野がユニークなのは、既に、『田園に死す』で大団円へと滑走していく最中に、寺山が臨終を迎えるシーンに発揮されていた。そのとき『般若心経』の読経のリズムに乗せて、若き日の寺山を「東京」へと駆り立てていくのであるが、言葉以上に読経のリズムが勝っていた。

影山影子の死をドラマ化する場合、天野が得意とする「分身の術」によって、影山影子の生の声のほか、影山影子の録音声、コック1・2に分けて数を増やし、更に、エキストラをa、b、c、d、wに分割して使い分け、同じような台詞にヴァリュエーションを加えコーラスの効果を高めた。とはいえ、『田園に死す』の群読の時のように、強烈なリズムが躍動する迫力には及ばなかった。

それに、松本のアンサンブルによる舞踏重視の演出のせいか、群読の効果が控えめになり、大劇場では、影を潜め、あまり目立たなかった。これに対して、下北沢ザ・スズナリは小劇場演劇専用の劇場だったので、群読の響きは耳にガンガンと叩きつけるように迫ってきた。けれども、渋谷パルコの大劇場での公演は反復のコーラスは霞んで、さざ波のように聞こえてきた。

幾何学的なダンスを主体とする松本演出では、主眼は、第一にメカニックな舞踊にあった。だが、同等に、合唱やコーラスの効果を狙っていたようには見えなかった。

どうしてそのような違和感を覚えたのか。その理由は、同じ渋谷パルコ劇場で、観劇した『中国の不思議な役人』（二〇〇九）で、中国の役人を演じた平幹二郎が実に朗々とした音声を響かせて、大劇場の隅々まで割れんばかりの大音響を轟かせたからだ。それに加え、観客の涙をふり絞るほどの神がかった演技を披露し、手に汗を握る躍動感を劇場の隅々にまで打ち込んで、その上、音楽や合唱の効果を存分に発揮し、アンサンブル効果を際立たせた。

いっぽう、松本は、舞踏演出によって、ダンサーのメカニックな動きの効果を存分に発揮したうえに、視覚的な効果を引き出して、垢抜けした都会的センスが醸し出した。ところが、天野が担当した『レミング』の脚本箇所では、天野が得意とする草の根的で土着的な土臭い昭和のレトロ風でアマチュア式の個性は控えめになってしまった。

天野は、体質的に、松本と似通ったマスゲームのような舞踏のスタイルがある。特に、ソフィスティケート化された都会的な雰囲気を、松本演出によって舞台化されると、天野の鄙びた昭和のレトロで時代遅れな雰囲気は素人っぽくみえた。

今度、松本と天野による共同台本『レミング』を英訳して、両者の筆の勢いの違いを検証することができた。両者の共通するところは、寺山の原作のプロットを忠実に追いかけているところだ。松本は、寺山の原作を舞踏によって深化させるのに成功していた。従って、天野が寺山の台本に基づいて、独創性を発揮することもなく、書き換えているところは、松本の演出によってソフィストケートされてしまった。だが、せっかく天野が独創的な解釈によって、寺山の『レミング』を深化させた部分でさえも、ドラマツルギーではなく、主として、舞踏による振り付けによって強調されてしまった。

したがって、松本が舞踊を重視した『レミング』の演出からは、天野のドラマツルギーばかりでなく、寺山のドラマツルギーさえも感じられなくなってしまった。

かつて、吉本隆明は、寺山に向かって、演劇活動の場を、小劇場から大劇場に移ったことに対して異議を唱えたことがあった。というのは、大劇場では大ぶりな舞踏が目立つが、小劇場のように細かいところにも手が行き渡るような演技を深化させて見せることが難しいからだ。

松本演出による『レミング』はダンスや舞踏によって、寺山の小劇場向きに出来ている作品を大劇場で見せるのには効果的であった。何よりも、寺山の原作にある素人風なドラマツルギーは、大劇場で如何に見せるか、課題は多く、まだ解決すべき問題が残っている。シェイクスピア研究家で演出家の安西徹雄は、「寺山は一九六〇年代に小劇場運動を推し進めた演劇人である」と認識していた。

それを、大劇場にふさわしく見せる為には、大きなステージに合った振り付けが必要である。例えば、ガーシュウィンの『パリのアメリカ人』（一九二八）にはエレガントでボヘミアン風な感覚が洗練され、研ぎ澄まされた舞踏があり、センスの良さを心行くまで発揮する。パリの町には、若者の野心が渦巻き、しかも、若者の野望の裏側には、悲哀がぴったりと張り付いている。松本演出では、庶民の衣服を着たダンサーが切れの鋭い所作を群舞で巧みに披露し、むしろ、その鋭い振り付けのおかげで、かえって彼らの悲哀を払拭するエネルギーを発揮していた。

松本演出の乾いた都会の空気とは裏腹に、天野の脚本は、最初、野暮ったく、垢抜けがしないやり取りが淡々と続くだけであった。天野の脚色した『レミング』は、台本を読み進んでいっても、どこまでも群読と輪唱風な動きが繰り返されるだけであった。だが、その途中から後半にかけて、漸く、次第に、少しずつ、大都会で生きる下層階級のコック見習いの湿った悲哀が泥臭く、通奏低音のように、ゆっくりと立ち上がってくるようなエネルギーが込められるようになってきた。

天野が『田園に死す』の演出で見せた田舎出の演劇青年には泥臭い鄙びた野望が見られた。それと引き換えに、成功よりも、むしろその代償として、切迫し、瀕死患者の病が強調されていた。東京での成功よりも先に、死に神が寺山青年の命を追いかけ、命を奪いとり、つむじ風のように、情け容赦もなく追い抜いていく。

寺山のラジオドラマ『まんだら』（一九六七）では、死神を演じたオートバイに乗った東京の男1・2たちが、忽ちロマンチックなヒロインのチサに追いつき、轢き殺してしまう。

天野が脚色した『レミング』の場合はどうか。死神は、往年の銀幕スター影山影子であり、コック2は影山影子が放つ弾丸の餌食となり、滑稽にも、独虫に変身させられたザムザのように犬死する。

寺山は劇場公演として最後になった『レミング』と前後して、遺作となった映画『さらば箱舟』（一九八二）を撮っている。映画の終わり近くには村人たちとの記念撮影場面があり、写真に映っている筈のキャストは、現代人の服装ではなく、百年前にいた百年村住民の古ぼけた身なりに忽然と変わり、「永遠の百年の中の死を生きてゆくのである」(1)と脚本に書いている。

『さらば箱舟』では分身術を使って、現代の人間と百年前の住民を、フィルムと写真で表した。先ず、同じキャストが現代人と百年前の服装をした村民とをダブルに演じている。映画に仕掛けたトリックは、フィルムの上に写真を一枚一枚貼り付けるようにして記念撮影写真を撮り、そうしてフィルムと写真とを使い分けて、フィルムには現代人を撮り、そして写真には百年前の村民を貼り付けて、フィルムと写真との分身術によって双方の相違を表したように見えた。

天野は『レミング』の影山影子とコックの最後の場面を、『さらば箱舟』（一九八二）の記念撮影を念頭に置きながら、それぞれのキャスト達を、分身術を使い、バラバラに解体し、共同台本に書いている。

寺山が『レミング』で間接的に暗示していた終末的な結末を、天野流の解釈によってまとめている。つまり、天野は、影山影子を、次元の異なるフィルムのフレームという棺の中に閉じ込めてしまい、それを現実の社会に生きるコック2が、異次元の夢か幻覚を見て魘されているという風に設定した。この舞台設定は、天野が『田園に死す』公演で寺山の臨終場面を自ら脚色して小劇場で公演したのに続いて、今度は大劇場で天野脚色『レミング』をドラマ化してみせた。

天野が脚色した『レミング』の中で、影山影子によって殺されるコック2は、影山の分身でもある録音された声や、コック1の分身であるコック2や録音の声や、エキストラa、b、c、d、w達の声によって増幅されて、一層、無機化して非現実化する。

にもかかわらず、天野脚色台本を読んで英訳していると、一九八二年当時に影山影子を演じた新高恵子やそれを見て演出した寺山修司の姿が心に入り込んで胸にヒシヒシと迫ってくる。それは、天野が脚色した『レミング』の台本の筆力によって、深化したためである。

だが、天野の劇的深化を松本演出の『レミング』からは渋谷パルコ劇場では感じることができなかった。あれから、六年あまり時間が過ぎ去ったが、改めて、天野が脚色した『レミング』の台本に巡り合い、再読して、英訳すると、文字と文字の間からも、天野が丹精込めて描いた原稿の行間からも、忽ち寺山が命を愛しむように劇芸術に身をささげた魂の叫びが伝わってくるのであった。

二〇一九年五月、朝日新聞に掲載された、大笹吉雄批評では、天野脚色の『1001』（2019年5月14日〜26日、新国立劇場）は松本に追随しているようだと書かれていた。そこで天野にその真意を問うた。その時、天野は激怒して新聞批評を否定した。次いで、天野から貸していただいた『レミング』の台本を読み、英語に訳したり、台本に書かれた中国語の台詞を英語に訳したりしていくうちに、天野によって、原作の『レミング』の台詞に肉付けされ、そこから魂の叫びとなってたち現れてくる言霊を理解することができた。

03．名古屋伏見のG/pit公演検証

名古屋伏見のG/pit劇場で上演された、鹿目由紀演出『青森県のせむし男』の公演が二〇二〇年二月十六日に終わった後で、天野脚色の『レミング』を読み始めた。『青森県のせむし男』上演の余韻が残っていて、『レミング』の台本を英訳していると、寺山が生涯抱き続け、台本に書き記した死者の声、そして、誰とも判定しがたい分裂した魂、幽霊、分身たちが、アントナン・アルトーの『演劇とその分身』（一九三八）を介して、寺山一流の解釈によって書かれた作品であることが次第にわかってきた。

天野は、得意とする分身の術を使って、寺山の『レミング』を過激に破壊し、再構築しはじめた。しかし、その技法は、既に、他の戯曲『田園に死す』で披露していて、その手法を、『レミング』で繰り返して見せたに過ぎなかった。

ところが、『レミング』の十二場『行過ぎよ、影』に至ると、影山影子とコック2のメカニックな言葉のやり取りに急激な変化が生じ始める。その変化は、デビュー作の『青森県のせむし男』にある母マツと幽霊となった息子の松吉のやり取りにも既に見られた。

鹿目が演出した『青森県のせむし男』では、せむし男は、何処かに隠れていて姿を現さない。せむし男は三十年前に既に死んでいて、舞台にいるせむし男は別人である。だから、舞台には二人のせむし男がいることになる。

寺山のオムニバス映画作品『草迷宮』（一九七八）にも、二人の明が登場する。少年時代の明と青年時代の明が同時に一つのスクリーンに映っている。

「42明の家」で、母の情事の相手をする男は明（青年）である。それを縁側からその濡れ場を見ている明（少年）がいるという同じ場面がある。

また『田園に死す』の「43田圃の中の屋敷」でも、青年の私と、二十年前の少年の私が同じスクリーンの中で話し合っている。

これはルイス・ブニュエルの映画『アンダルシアの犬』（一九二九）の影響がみられる。つまり、同じ人間が一つの映画のスクリーンに映っている。即ち、一方の自分が他方の自分をピストルで打ち殺すのである。こうして、夢の中では無意識の力に逆らえず、不可抗力からも逃れることができず、自我が囚われの身になってしまい、暴発してしまうように、自分がもう一人の自分を射殺する。実際、ブニュエルの映画スクリプトにあたって、同じ場面を読んでみると、同じ人間が相手の自分をピストルで射殺するとト書きに書かれている。

画家フランシス・ベーコンはタブローの上に扉に挟まった人物を描いている。その表情はヒステリックになり、ま

るで、化け物の顔のように歪んでいる。

マルグリット・デュラスは、「二十世紀の作家は、バルザックやマルセル・プルーストが描かなかった小説を書かねばならない」と言って、無意識の世界にある心の病をデフォルメした描写で、今まで見たこともない小説『アガタ』を描き、しかも、最晩年の八十一歳の時の一九八一年に、苦悩し分裂した心の懊悩を映像化したのである。

寺山はデュラスとカンヌ映画祭やツーロン映画祭で会い、映画や小説を通じて、今までかって表現されたことがなかった心の領域にまで踏み込んで話した。映画『ル・キャメロン』（トラック）（一九七七）を鑑賞したときに、スクリーンでは、トラックが只ひたすら走り続けるだけである。そのフィルムを観た後で、寺山はデュラスに「この世で一番遠い場所はどこだと思いますか？」[2]と尋ねた。すると、デュラスは「自分自身の心」（二四七）と答えている。そのとき、寺山は、デュラスの孤独を知ったと書いている。

寺山は『壁抜け男』の幕切れ「16．死都」で、キャストの王が「世界の涯とは、てめえ自身の夢のことだ」[3]と独白する。寺山が王の独白を書いたとき、寺山自身の孤独を表したのであるが、同時にデュラスの孤独を思い出して綴ったのかもしれない。

また、寺山脚色『青ひげ公の城』の終幕で、ナレーションと少女の長い独白とが続いた後で、少女は「月よりも、もっと遠い場所…それは、劇場！」[4]と絶叫する。この独白は、デュラスが『ル・キャメロン』（トラック）で描いたトラックがひたすら世界の涯へと走り続ける彼方、即ち、デュラスの孤独な心と同じ心の病を表している。

寺山の場合、心の病は、立ちはだかる壁であり、その壁を潜り抜けようとすると、壁に挟まれてしまう、そのように分裂し苦悩する人物を映画やドラマで描いた。

寺山版『阿呆船』（一九七六）では影の男と昼間起きている眠り男が二人いて、起きている眠り男は眠っている影の男が、母を奪うのを知って殺す。すると、とうの眠り男は、マクベスのように、「俺は眠れなくなってしまうのか」[5]と狂って叫び、気がふれる。

寺山の全戯曲・シナリオ作品を顧みると、影山影子が、せむし男や明や中国の不思議な役人や青髭公のように、もう一人の自分の姿をした幽霊であることが鮮明になる。

だが、松本演出の『レミング』を渋谷パルコ劇場で見たときには、そのような精神の分裂は感じられず、また、影山影子からも、アルトーが『演劇とその分身』で論じた「分身」も感じられなかった。

アルトーは『演劇とその分身』の中で「分身」を論じて

いる。だが、寺山によれば、アルトー自身は、自作の戯曲『チェンチ一族』(*Les Cenci*, 1935) で「分身」を必ずしも表したとは言えないという。そこで、寺山は、その「分身」を自身の映画やドラマの中で、幽霊として表し、自作の演劇作品の中に次々と表して論じた。

実験映画では、映像作家の安藤紘平早稲田大学名誉教授が、自作の映画『オーマイマザー』(一九七〇) 作品で、小暮美千代、ドイツ人のおかま、レスビアンの三種類の写真をフィルムに一枚一枚貼り付けてから、映写機を回した。すると、音でいう、一種のハウリングのような現象が起こり、その結果、スクリーン上に映っている筈の三人以外の映像、即ち、お化けが現れるのを見せた(6)。天野は、映像作家でもあるが、自主実験映画作品『トワイライツ』(一九九四) で、黄昏になると幽霊が現れるという、ケルト神話を髣髴させるような映像を表して見せた。映画に出てくる、遠山トウヤ少年は、映画『ニューヨーク・イン・ゴースト』(一九九〇) のような幽霊である。だが幽霊となった男の温厚誠実な銀行員サム・ウィートは、同時に同じスクリーンの画面に分身 (ダブル) となって姿を現さない。

天野が脚色した『レミング』に現れる影山影子が象徴しているのは、映像であり、フィルムであり、光ファイバーであり、「幻」であって、現実にはいない幽霊である。

天野が自主制作した映画『トワイライツ』で、下敷きとしているのは、アルトーの「分身」であるが、死んで遺影写真となったトウヤ少年と、幽霊となったトウヤ少年の二人がダブルとなって同じスクリーンに写っている。

『レミング』の影山影子を劇化する場合、天野がオリジナリティーを発揮するには好都合であった。天野は、キャストの映画監督を使って、頻繁に映画のスクリーンに閉じ込めようとする影山影子と、映画のフレームから必死に逃れようとする影山影子とのせめぎ合いを劇化している。しかも、コック2は夢を見ている映画の中で影山影子に撃たれて死に、恍惚としている。

寺山のオリジナル作品『レミング』にも、また、天野の脚色版『レミング』にも、ルイス・ブニュエルの『アンダルシアの犬』からの影響が見られる。

実際に、松本演出の『レミング』からは、天野が脚色した『レミング』に描いた、分身としての影山影子から、或いはまた、分身としてのコック2からも、強い印象を感じることはできなかった。

松本自身は市街劇として『高丘親王航海記』(一九九二) で高岡親王を演じ、また『トワイライツ』を演出しているのだから、天野のいう「分身」のアイディアは分かっていたはずである。

04. 元維新派のメンバーが上演したRIPの『W2X（World War X）』

元維新派のメンバーが上演したRIPの役者たちは、『W2X（World War X）』（名古屋伏見G/pit地下劇場、二〇一九）で、身体表現により、言葉に代わって、人間の躰で文字を表わすアイディアを示し、しかも、仮にそれがたとえ極めて抽象的なアイディアであったとしても、そのコンセプトを組み立てることが可能なことを、衝撃的で破壊的なパフォーマンスで表した。

映画『ターミネーター』（一九八四）や『アルマゲドン』（一九九六）を思わせる地球爆発という未曽有な危機を、役者の肉体だけで構築するパフォーマンスは、松本雄吉が率いた維新派の演劇の本質を彷彿とさせた。

しかしながら、松本演出の『レミング』は、RIPのパフォーマンス『W2X（World War X）』と違っていた。それにもかかわらず、RIPの『W2X（World War X）』は、維新派の演劇であり、松本雄吉の本質を十分に見せてくれた。それに、維新派のドラマは、元々寺山の演劇に近い。というのは、寺山の演劇は、役者が肉体を使い身体文字で造形するもので、「台本はドラマの半分を表し、役者がもう半分を構築する」という考え方を示しているからである。しかも、元維新派のメンバーRIPは天井桟敷の演劇を最も正当に受け継ぐ後継者であることを、彼らの肉体を使って証明した。殊に役者たちの躰が、ひと纏まりになって集団文字に変身し、蟻の集団のようなオブジェ化した肉体文字を造形し、ぎりぎりの極限にしか有り得ない迫真的な塊となって、肉体のオブジェが構築するアートを顕わにした。

05. まとめ

維新派の松本雄吉が演出した『レミング』からは、寺山原作の『レミング』を印象深く感じられなかった。

むしろ、天野の脚色した『レミング』の台本によって、寺山のオリジナリティーを感じたのである。その理由は、松本が演出した『レミング』を、俳優を間近な距離から見たら、感じたはずの肉体表現を、渋谷パルコ劇場の遠い観客席から、パノラマのように見たので、舞台から遠く離れた座席には、その真髄となっているエッセンスの〈俳優が文字に変身する人体文字〉によって沸騰するパワーが届かなかったからである。

大劇場の遠い座席から、『百人芝居◎弥二さん喜多さん』（愛知県勤労会館、二〇〇五）を見たときも、ガリバーが小人の国のパフォーマンスを見ているのと同じ印象を受けた。けれども、もしも等寸大の役者の演技を、ステージの間近で見たら、その迫力に圧倒されたに違いない。

天野が担当した『レミング』のうち七・八・十二場の各場面のパフォーマンスも、台本を手掛かりにして比較してみると、目の前で演じる役者を見る小劇場の芝居と異なり、大劇場の観客席の遠くから見たときには、迫力が欠けた。

結論として、天野の担当した箇所を、台本に沿って、文字を追い、読みすすんでいくと、やはり、天野担当の『レミング』は、名古屋伏見にあるG/pitのような小劇場劇場で展開する狭い空間に合った芝居であることが明らかになってくる。

注

(1) 寺山修司『さらば箱舟』（新書館、一九八四）、一六四頁。
(2) 寺山修司「デュラスはこの世で一番遠いところへ」（『風見鶏がまわるよ、あの日のように』立風書房、一九九三）、二四七頁。同書から引用は頁数のみを記す。
(3) 寺山修司『壁抜け男』（『寺山修司の劇』5思潮社，一九八六）、一五五頁。
(4) 寺山修司『青ひげ公の城』（『寺山修司の劇』9思潮社，一九八七）、六十八頁。
(5) 寺山修司『阿呆船』（『寺山修司の劇』5思潮社，一九八六）、一九五頁。寺山修司『壁抜け男』（『寺山修司の劇』5思潮社，一九八六）、一五五頁。
(6) 寺山修司『迷路と死海-わが演劇』（白水社、一九九三）、一七七頁参照。

寺山修司と天野天街 ―『地球空洞説』から『レミング』まで

01. はじめに

馬場駿吉氏は、原智彦の市街劇『お熊空唄』（二〇一三年六月〜七月）を見て、『日本経済新聞』紙上に「劇場から始まって市街劇になり、やがて、劇場に戻って終わる」と独自の野外劇論を展開している。(1)

寺山修司没二十五年記念特別公演で市街劇『人力飛行機ソロモン 松山篇』（二〇〇八年十一月二四月十二日）が、松山と道後温泉で同時多発的に市街劇が大規模に上演された。(2)

寺山が亡くなって三十数年経た後でも尚も市街劇は大変な盛り上がり振りであった。

天野天街は、一九九二年に『高丘親王航海記』の野外劇を上演した。(3) 会場は白川公園（名古屋・伏見）で両翼五十メートル、奥行き百メートルの巨大なセットを構築して、出演者は五十名を超えた大掛かりな公演であった。また、天野は愛知県勤労会館で「百人芝居◎真夜中の弥次さん喜多さん」（二〇〇五年八月一〇日～十三日）を上演している。[4]

寺山や原や天野の市街劇は、街そのものを劇場化したものであり、劇場は等身大の俳優を間近に見る役者中心の芝居である。

原は名古屋大須演芸場でロック歌舞スタイル風にシェイクスピアからギルバート&サリバンのサヴォイ・オペラや歌舞伎までこなし、海外公演でもシェイクスピアから歌舞伎まで公演した。一九七〇年代、海外公演中だった寺山の天井桟敷と大須歌舞伎は欧州で同時多発的に公演した。舞踏家の麿赤児は「原は日本を代表するダンサーだ」と語ったが、前衛舞踏アーチストとして、土方巽の暗黒舞踏の系譜を引き継ぎ、田中泯の舞踏と並ぶ双璧である。寺山が土方巽を敬愛したように、天野も原を敬愛している。

寺山没後三十年にあたる二〇一三年、寺山や土方亡きあと、天野や原が市街劇空間や劇場空間に舞台芸術の新機軸を拓こうとしている。これまで天野は寺山の『田園に死す』（一九七四）の劇場空間と『地球空洞説』（一九七三）の市街劇空間を演出する体験をしてきた。

その後、天野は『ハニカム狂』（二〇一三年八月十日）を七ツ寺共同スタジオで公演し、自身のコアにある反復と舞踏に立ち返ろうとした。なかでも天野の新機軸は演出家として劇中客席から舞台に向い「劇を中断せよ」と罵声を浴びせかけ、劇を最初からやり直させたことだ。天野の態度は、寺山の映画『田園に死す』の中断を単に模倣したのではなく、演劇を根底から再構築しているように見えた。つまり、『ハニカム狂』で同じ台詞を何度も繰り返すことによって、あの世とこの世の狭間に切り込みを入れようとしたが、それが不可能であり、結局舞台には何もないことを実証するドラマとなった。

フランシス・ベーコンは絵画で、この世からあの世に入り込もうと、苦しみの表情を浮かべながら模索する人物の画像を描いている。ベーコンの人物画を見ていると、『ハニカム狂』で同じ台詞を役者たちが何度も繰り返しているうちに、あの世とこの世の狭間に切り込みを入れようとして、結局舞台には何もないという異次元空間を創りだしたのと似ていた。

安藤紘平早稲田大学名誉教授の実験映画『アインシュタインは黄昏の向こうからやってくる』（一九九四）では、少年が鋏で空に切り込みを入れようとする。すると、亡き父が「あっ」と叫ぶ。その声が一瞬響き渡って、創りだした透明な異次元空間との違いを思わせた。

天野は寺山劇を幾つか演出したが、寺山体験とは何だったのか、それを『田園に死す』、『地球空洞説』、『レミングー世界の涯まで連れって』（一九七九）を通して検証する。

02. 地球空洞説

寺山の『地球空洞説』（街頭劇）の初演は一九七三年八月一日から四日まで、高円寺東公園で上演された。その後、二〇一二年十一月、流山児祥と天野天街、村井雄のチームが、原作とは異なるスタイルの音楽劇として構成し、東京の豊島公会堂で公演した。劇の中では原作通り、風呂帰りの男が〝蒸発〟するのではなく、一人余分な人間が〝勃発〟するという現象を舞台に出現させた。[5]

流山児は、生前の寺山を知る演劇人で、『新・邪宗門』[6]から始まって寺山の演劇を破壊し脱構築を続けてきた。また、寺山没後の三十年間、間断なく寺山演劇の再演を続けた。だが、同時に、寺山の演劇をブレヒト的に修正して上演しようとした。つまり、流山児は映画『無頼漢』をブレヒトの『三文オペラ』風に仕立てたり、更に芝居『花札伝綺』をブレヒトの『三文オペラ』に一層近づけようとしたりした。けれども、寺山の演劇はそもそも一枚岩ではなくて多面的である。

それにまた、演劇は生ものである。二〇一〇年代、ブレヒトの異化効果は、一九六〇年代から二千年代初頭頃までヨーロッパの市民革命の最中、全世界中で流行し続けた。だが、その流行が続いていた頃と比較して、今日その影響力は影を薄めてきた。それればかりではない。元々、ブレヒトの異化効果と同様に、クルト・ワイルの音楽『三文オペラ』が媚薬的な効果を発揮していた。世界中の観客は哲学もイデオロギーもない、ワイルの音楽『三文オペラ』の麻薬に酔いしれていた。だがその間に、時が過ぎ去り一時の狂乱的な活気が次第に影を薄めてきた。ベルリンの壁が崩壊し、共産主義の衰退に伴って、一時代は終わろうとしていた。恐らく、時代の流れに敏感な流山児はこのブレヒトの衰退に危機感を募らせたかもしれない。

流山児は『花札伝綺』を二〇一二年以来再演してきたが、その後、『無頼漢』を二〇一三年以降、公演した後にブレヒトの衰退を看取したのか、二〇一四年、流山児は天野天街に『田園に死す』の演出を任せた。それでも、流山児は、天野演出の『田園に死す』公演の劇中自ら役者として出演し、芝居を破壊する役割をかってでて、ブレヒトの異化効果が健在であることを実証して見せた。

『地球空洞説』は『田園に死す』と同様にブレヒト劇とは似ていない。先ず、流山児の演出する『地球空洞説』は、街頭劇ではなくて、戸外の豊島公園の敷地内から劇場の室内へと逆転させた。つまり、『地球空洞説』を、本来寺山の逆転手法をもう一度逆転して、街頭劇ではなく室内劇に変えてしまった。

元来寺山の街頭劇台本は室内劇と殆ど同じ構成で出来ている。だから、流山児の『地球空洞説』は劇場に入った瞬間、街頭劇のコンセプトが消えてしまい、ある種の自家撞着に陥ってしまった。譬えるなら、光線の加減で、突出しているように見える凸面も、光線の角度を変えれば、凹んで見えるのと同様に、街頭空間と劇場空間とは別物なのである。だから、『地球空洞説』の劇が終わって観客が劇場から外にでた時、外で待ち受けていた流山児がマイクロホンの拡声器を使って観客に向かい、「豊島公会堂上空の夜空に浮かぶ地球を描いた気球を見上げるように」と、促しても、劇場と野外とは空間が全く異なり、その結果、寺山の街頭劇は有耶無耶になって掻き消えて、焦点の合わないパフォーマンスになってしまった。

劇場内に移して、今一度『地球空洞説』に戻ると、この劇を演出した天野は、劇場内の舞台いっぱいに鏡を張り巡らして、虚像空間を生み出し、銭湯帰りの男が蒸発したのではなくて、勃発した空間を生み出そうとした。

天野が使った鏡版によって産み出した劇場内の虚像空間は、既に、ケネス・ブラナウが一九九六年に映画『ハムレット』で使った鏡面であり、ミュージカル『コーラスライン』（一九七五）で舞台の背景に張り巡らされた鏡面でもあった。

寺山の鏡の使い方は全く異なる。むしろ、そうした効果ではなくて、既に、三十年前に、寺山が『中国の不思議な役人』（一九七七）で使った魔法の鏡は、ジャン・ジュネの『女中達』（一九四九）やコクトーの『オルフェ』（一九二六）やグリムの『白雪姫』（一八一二）から着想をえて鏡の魔術を産み出す摩訶不思議な幻想の世界であり、寺山のオリジナルと流山児演出の鏡の世界は全く異質なのであった。

流山児が演出した『地球空洞説』は寺山の持っていた深遠な迷路の手掛かりを見いだそうとして、逆に、見失ってしまった。言い換えれば、流山児が手をこまねいている間に、安藤紘平名誉教授の『アインシュタインは黄昏の向こうからやってくる』（一九九四）や村上春樹の『海辺のカフカ』（二〇〇二）などが、寺山の抱えていた問題を発展させ進化させてしまい、流山児の頭上を軽々と飛び越えてしまったようである。

『海辺のカフカ』では、突然少年が東京の中野から「蒸発」し、四国に「勃発」する。『地球空洞説』のように、中野から少年が忽然と消失して、四国に失踪し忽然と勃発するのである。

だが『地球空洞説』の場合は、『海辺のカフカ』と少々事情が違うのも事実である。寺山の場合、劇の中から居なくなった登場人物は、決して姿を劇に現さないのが特徴である。これはどういうことか。つまり、小劇場の中では、役者の全身像が観客の身近に見える。ところが、『地球空洞説』の街頭劇では、観客が一歩劇場から外に出たら、遠方の方角からでも、ビルの上からでも、ヘリコプターの上空からでも、役者の姿は芥子粒のように小さくなり遂には見えなくなる。ヘリコプターの場合、上空からみると眼下のビルの建物さえも盤上の一升に収まってしまう。ところが、豆粒ほどのビルの中にある小劇場は、盤上の一升に収まってしまう空間しかないのに、実際には、遠近法で見ると極少空間の中を、遠近法を無視した東洲斎写楽が描いた浮世絵のように巨大な人間が悠々と歩きまわっている。

もう一度この遠近法で舞台を見ると、劇場にいる等身大の主人公は、存在している筈であるが、その姿は、ビルの上空からは小さくて見えない。

一例を他に挙げると、『レミングー世界の涯まで連れって』(一九七九)では、下宿人が自分の部屋の有無を大家に尋ねる場面がある。すると、大家は碁盤の升目のように小さな空間に、生の人間がどうして住めるかと反論している。大家の発言は、見る人がいる位置によって生ずる遠近の間に生じる空間の違いを念頭にした言い分である。(7)

現在、高感度カメラでは高度数千メーターの位置から地上の原寸大の姿を捉える事が出来るようになり、三十年前、寺山の時代には裸眼で見えなかった人物が高感度カメラで実物大になって見えるようになった。そればかりではない。地球から遠く離れた月や惑星から地球を眺めた場合でも、地球の等身大の姿を捉える事が近い将来不可能ではなくなってきた。

アインシュタインが『相対性理論』(一九一五―一九一六)で論じているように、遠い惑星から地球を眺めた場合、時空を超えた姿を見る事が出来るようになれば、遂には寺山の『さらば箱舟』(一九八二)のラストシーンの記念撮影のような百年前の祖父母の若き姿が映っているかもしれない。(8) それを映画化したのが安藤紘平名誉教授の『アインシュタインは黄昏の向こうからやってくる』である。従って、寺山が『地球空洞説』で描いた「勃発」は時空を超えた異次元の存在を意味している。(116-7)

実際、『地球空洞説』には『田園に死す』の少年のように、同一人物の風呂帰りの男が子供時代(120)と青年時代になった姿(106)で現れる。

流山児は『地球空洞説』の前に、『田園に死す』を上演したのだから、アインシュタインの『相対性理論』を『地球空洞説』に応用してもよかった。或いは、アントナン・アルトーの『演劇とその分身』（一九三六）にあるダブルの意味を『地球空洞説』に使ってもよかった。けれども、流山児は、アインシュタインの『相対性理論』でもなく、アルトーの『演劇とその分身』でもない、新しいコンセプトを『地球空洞説』に求めようとしていた。つまり、天井桟敷の初期には素人の集団を目指した時期があり、後期にはワークショップで極めて複雑な技術を習得する時期があったが、流山児の場合、若い役者を養成しなければならないという要請に答えようとしていた。その為、天井桟敷の後期を知る人には流山児演出に不満が残った。

流山児が新機軸を目指したにもかかわらず、流山児演出の『地球空洞説』は不評であった。何故か、その理由のひとつは、一九七五年に公開された映画『田園に死す』の再上映会が「帰って来た寺山修司」であり、二〇一三年五月十一日に早稲田大学大隈講堂で行われた。だが、最近の寺山演劇の再演は、映画『田園に死す』を一歩も超えていないことにあるようだ。

演劇は、生き物でその場限りのものである。いっぽう、映画は生き物ではなくある一瞬をスクリーンに閉じ込めて、昆虫採集の標本のように、スクリーンの中で永遠の死を生き続けている。しかも、四百年前のシェイクスピア劇と違って、『田園に死す』は四十年前の映像を通して見る事が出来る。

寺山の初期の芝居『書を捨てよ、町へ出よう』（一九六八）は玄人から見れば素人ぽくて鑑賞に堪えない。それは厳然とした事実である。先に挙げたアルトーは舞台俳優としては二流であったが、映画『裁かる々ジャンヌ』（一九二七）で牧師を演じたとき、迫真の演技を見せた。舞台は長距離ランナーのようなもので耐久力が欠かせない。映画は短距離競走のように集中力を要求される。アルトーは舞台よりも映画向きの俳優であったといわれる。寺山の演劇と映画を軽々に論ずることはできない。だが、少なくとも、寺山を再演する演出家はオリジナルの映画『田園に死す』から学ぶものが豊富にある。

村上の『海辺のカフカ』は、寺山の映画『田園に死す』式に考えると、ある意味では、誰が父を殺したのかということよりも、どうしたら死んだ父に会えるかが問題である。厳密には、はっきりとは断言出来ないが、『海辺のカフカ』の中で少年の他我であるようなナカタさんが、少年の父が猫殺しのマニアであることを寓意的に表し、問題のナカタさんが少年の父を殺害してから、動物と話すようなるところに鍵があるようだ。

そして少年が謎の疾走を遂げた後、ナカタさんも疾走する。少年は直接父を殺害しないが、父が殺害された事も知らずに、或いは父を殺したのは自分かもしれないと思い違いをして疾走する。そして、少年の母親を想わせる女性と会い、思慕の念で、女性の若い頃の分身に恋心を懐く。少年と父親の関係をオイディプスの母殺しの悲劇に重ねていくと、何故、少年が父を殺し、心に苦しみを抱き続けるのかが分かる。

寺山の『身毒丸』(一九七八)でしんとくが継母に向って「かあさん、ぼくをもう一度妊娠してください」という場面がある。これは、しんとくが、現在の自分が、将来の自分の再生を願っていることを意味するのであり、寓意的には、しんとくが自分を生んだ父を殺し、母が自分を愛し自分の分身を欲しいと願望する事であり、自分が父にとって代わることであろう。或いは、継母の子供にとって代わることとであろう。

『海辺のカフカ』で、少年が母親を想わせる女性と会い、思慕し女性の若い頃の分身に恋心を懐く件と、しんとくは幾分似ている。

寺山の『地球空洞説』では地球の内側は空洞になっていて、全く同じ人間がそこに住んでいる。その空洞から地表に勃発した人が風呂帰りの男で、まるで、浦島太郎のように、見かけはそっくりの場所で、自分が住むアパートの部屋を見つける事が出来ない。(一〇六)

村上の『海辺のカフカ』では、少年の父を殺したナカタさんが死ぬと、ナカタさんの口から得体のしれない化物がでてくる。この化物はどこか羊の皮を被った羊男に似ている。村上の羊男は、寺山が描いた『地球空洞説』の中で銭湯帰りの男のように異次元から突如三次元の世界に姿を現す。

二〇〇九年ザ・スズナリで上演した『田園に死す』で、天野にとって赤の他人である寺山の葬儀をデュシャンの墓碑銘「死ぬのは他人ばかり」をもじって舞台化した。にもかかわらず、天野は『地球空洞説』で鏡板を多用して虚像の勃発を強調したけれども、寺山がいう「この世には生と死があるのではなく、死と死がある」というアナグラムを、鏡版では十分に表わせなかったようだ。

天野の舞台装置はどこかしら村上の描く世界を思いだす。天野は『真夜中の弥次さん喜多さん』(二〇〇二)では、結末で、舞台に弥次さんも喜多さんも居なくなる。芝居が終わったから、弥次さんも喜多さんも姿を消してしまったのではない。弥次さんも喜多さんも舞台から「蒸発」したのではなく、三次元の世界から異次元に紛れ込んで、その異次元空間の方に「勃発」したのである。

何故、天野は『真夜中の弥次さん喜多さん』で見せた「勃発」を『地球空洞説』に活かすことが出来なかったのか。映画ではモンタージュによって時空間を容易に飛び越える事が出来るが、それとは異なって、舞台では時空間を飛び越えることは難しい。

舞台であっても、生の人間とは異なって、人形劇では、人形は時空を自由自在に飛び超えることが出来る。天野の糸操り人形劇『平太郎化物日記』（二〇〇四）では森羅万象が狭い舞台空間を自由に飛び回っていた。

天野から『田園に死す』と『ミス・タナカ』（二〇一二）の上演台本を見せてもらい英訳をした事がある。天野台本の特徴は、特に場面転換で、映画の場合は容易であっても、舞台の場合は極めて綿密な舞台転換を瞬時に行わなくてはならない。例えば、天野が演出した『田園に死す』の結末では一種の読経の合唱を男女の俳優がしりとりゲームのように唱え、しかもカノンのように、男女が交互に発話する。しかも、そのしりとりゲームが〝東京〟で終わって、あがるように構成されている。しかし、文字媒体だけの台本を見ると、そのしりとりの台詞を男女別々に見ていても、一語一語の意味は全くその意味が理解出来ない。しかし、男女がコーラスで交互に支離滅裂な台詞を交互に発話するのを聞いていると、確かに、しりとりゲームと同じ仕組みになっていて、言葉に矛盾は起こらない。しばしば天野の台詞は一種の謎解きのようにできている。

映画ではワンシーンを撮るのに何日もかけたり、何回も撮り直したり出来るが、映画とは異なり、舞台は少なくとも二時間の間に芝居を完結しなければならない。そこで、天野のアイディアを実現するには、映画では可能であっても、舞台で実現するには極めて短い上演時間の制限問題が生じる。

天野の芝居は映画を舞台に再現する仕組みで出来ている場合が多い。だから、寺山の『田園に死す』のように、いっぱいアイディアが詰まっている作品を舞台化するのは殆ど不可能に近い。

すると、からくりはどうなっているのだろうか。『田園に死す』と『ミス・タナカ』を英訳していると分かるが、イメージした舞台と実際の劇場で見た舞台とはまるで異なっていた。恐らく、天野の台本を実現する為には、先ず、限られた時間制限があり、また予算の余裕もないと、多くのプランが縮小されるという問題があった。

ロンドンのミドルセクス大学レオン・ルビン教授が語っていたことであるが、「役者は一つの作品にのみ参加して、かけ持ちをしてはいけない」また、「一つの芝居に一年かけて何度も稽古の練習をする必要がある」。

日本の大学と異なって、外国では演劇だけの国立大学が幾つもある。モスクワやロンドンに比較して日本では、役者の訓練の時間が欠乏している、また、大抵の役者は芝居をかけ持ちしている。大劇場公演で、殆ど台本もないようなエンターテイメントなミュージカルならばある程度許されるかもしれないが、天野の台本のように、映画『インセプション』を舞台化した様な『田園に死す』や『地球空洞説』では、出来る事が限られてくる。しかも、流山児は、素人をオーディションで選び、トレイニングをして『地球空洞説』を上演しようとするのであり、予め時間制限があるのだから、寺山の芝居を見に来た観客に失望感を与えたのは当然と言ってよいかもしれない。

天野の台本は、映画台本のように出来ている。もしも、天野の台本を舞台用に替えて上演したら、天野の台本は未完成で、唐十郎の台本のような完成品ではない。天野は舞台よりも映画に才能があるとよく言われる。そこが寺山と も似ているところでもある。げんに、寺山の芝居は素人芝居に近い場合が多い。だが、素人っぽい役者も映画の被写体になれば高性能なカメラのおかげで大変身を遂げる。しかし、映画ではなく、時間と空間が制限された『地球空洞説』の芝居を、豊島公会堂で上演しなければならなかったのである。

03.『レミング—世界の涯まで連れって』

二〇一三年四月、パルコ劇場で松本雄吉演出『レミング—世界の涯まで連れって』を観た。だが、オリジナルとは違うという違和感をえた。(9) その理由は、もはや寺山の演劇は生の寺山世代を知らない人に移ったことを印象付けたからであろう。

けれども、現在最も世界でも日本でも注目されている村上春樹の小説の世界は、寺山的なコンセプトがいっぱいにあふれている。例えば、『海辺のカフカ』では心に問題を抱えた少年を描いた。いっぽう、寺山の劇は心が病む人で満ち溢れている。特に寺山は役者をシャーマンと考えていた。シャーマンは医学のなかった古代社会では医者に相当する。或いは、寺山が翻訳した『マザーグース』(一九七七)は魔術に満ちた世界である。寺山の実験映画『ジャンケンポン戦争』(一九七一)は、柳田國男の『遠野物語』(一九一〇)にある子供風土記の「ジャンケンポン」の呪術を現している。また、『奴婢訓』(一九七八)はマルセル・モースが『供犠』(一八九九)で表した原住民が祭儀で催す呪術の世界を展開している。

寺山は一九七二年ミュンヘンのオリンピック大会開催中行われたイベントで、『走れメロス』を上演して、メキシコオリンピックでテロの犠牲になった民衆たちを鎮魂した。だが、ミュンヘンオリンピック開催中に起きたテロ事件に抗議したデモに、寺山は参加せず、デモでは社会を変えられないと考え、むしろ演劇での芸術革命を望んだ。(10)

いっぽう、村上は一歩前進してオーム真理教が引き起こしたサリン事件をドキュメンタリー『アンダーグラウンド』（一九九七）に纏めた。

村上はカウンターカルチャー（反体制的な文化）に介入したドキュメンタリー『アンダーグラウンド』を描いた。もしかしたら、村上はトマス・ピンチョンがＳＦ小説『ヴァインランド』（一九九〇）で展開したアメリカ政府のアーティストに対する厳しい取り締まりを知ったうえで、『アンダーグラウンド』を描いたのかもしれない。トマス・ピンチョンはオカルトや呪術や鏡の虚像世界や科学の謎を小説の中でダイナミックに展開している。

寺山は最晩年にピンチョンの『V.』（一九六三）を読んで影響を受け、エントロピー理論に基づいて、近未来世界で、人類が滅び、やがて、鼠さえも滅びる結末を暗示した『レミング―世界の涯まで連れって』（一九七九）を作劇したと思われる。

村上の『水辺のカフカ』（二〇〇二）の少年のように、『レミング―世界の涯まで連れって』の登場人物たちは皆心の病を抱えている。

けれども、松本雄吉演出の『レミング―世界の涯まで連れって』（一九二八）のカウンターカルチャーでさえもなく、登場人物たちが、ジョン・ケリーの『雨に唄えば』（一九五二）を想い出す大都会の市民達のきびきびした生活が繰り拡げられ、オッヘンバックの喜歌劇『こうもり』（一八七四）を彷彿とさせる明るいアウトローのギャグが観客を笑わせた。寺山がよく引用するように、マルクスが『ルイ・ボナパルトのブリュメール１８日』（一八五二）で「ヘーゲルは言った。『歴史は繰り返す』と。『一度目は悲劇として、二度目は喜劇として』と」(11)を、松本演出に触れたとき思いだした。

０４．『田園に死す』

天野が脚色演出した『田園に死す』は寺山の世界を脱構築している。とはいえ、かつて、安藤紘平名誉教授が『田園に死す』（一九七四）のアイディアに従って、再映像化し『アインシュタインは黄昏の向こうからやってくる』（一九九四）の中でアインシュタインの『相対性理論』（一九一五―一九一六）を使っている。けれども、天野が公演に関わった『田園に死す』にも『地球空洞説』にも『レミング―世界の涯まで連れって』さえも、『相対性理論』が欠落していた。

天野演出の『田園に死す』は、カフカの『流刑地にて』（一九一四）の自殺装置のコンセプトやマルセル・デュシャンの『彼女の独身者たちによって裸にされた花嫁、さえも』（一九一五―一九二三）、通称「大ガラス」やアナグラム「死ぬのは他人ばかり」や、ラカンの「虚像論」を駆使して、現在最もトレンディなサブカル（＝サブカルチャー）を浮き彫りにした。言い換えれば、寺山が『奴婢訓』（一九七八）で舞台に構築した「自殺装置」を、天野は脚色・演出した『田園に死す』の臨終場面で使ったのである。寺山自身は自作の『奴婢訓』で聖主人を奴婢によって食い殺される場面を、『流刑地にて』の自殺装置のコンセプトを使って劇化した。

村上が『海辺のカフカ』に引用しているが、天野は、カフカの『流刑地にて』にでてくる「自殺装置」と寺山の描いた『遊戯装置』（一九八八）所収の「自殺装置」とを重ねて、原作の『田園に死す』にはない寺山の臨終場面を挿入した。

天野はあの世とこの世の行き来を『真夜中の弥次さん喜多さん』（二〇〇二）で表した。寺山の『花札伝綺』もあの世とこの世の行き来を描いている。『真夜中の弥次さん喜多さん』でも『花札伝綺』でも殺人装置がある。天野は、『真夜中の弥次さん喜多さん』では舌を噛み切ってあの世に行く。『花札伝綺』では団十郎が殺し屋の葬儀屋を演じている。

『海辺のカフカ』には『流刑地にて』を思わせる「自殺装置」がでてくる。天野は脚色演出した『田園に死す』では寺山が明確に描きこまなかった「自殺装置」を書き込んだ。ところが、観客はあくまでも寺山原作として『田園に死す』を見るので、天野演出の『田園に死す』は、デュシャンのアナグラム「死ぬのは他人ばかり」のコンセプトはなくなってしまった。

『田園に死す』にはアインシュタインの『相対性理論』が使われているので、少年のように二十年前の時空から二十年後の青年のところに戻ってくる。天野は『真夜中の弥次さん喜多さん』であの世とこの世の行き来を現したが、脚色演出を任された『田園に死す』では、中途半端にして、父と少年があの世とこの世の行き来を描きながら、寺山の臨終場面を描いてしまい、あの世とこの世の行き来のコンセプトを最後に取り外してしまった。その理由は天野が、寺山のオリジナル映画『田園に死す』からアインシュタインの『相対性理論』を省いてしまったところに原因がある。

天野の映画『トワイライツ』（一九九四）と比較すれば明らかなように、天野はトウヤ少年の葬式を描いているのであり、あくまでも天野自身の葬式を描いているのではなかった。だから、天野は自分の葬式ではなく、寺山の葬式を描くのであれば『田園に死す』をもっと脱構築が出来ると考えたかもしれない。アインシュタインの『相対性理論』の問題を未解決に残したまま『田園に死す』を演出したが、天野は更に寺山の『地球空洞説』でも流山児と共同演出して再びアインシュタインの『相対性理論』の問題を未解決に残してしまった。

天野演出の『田園に死す』は寺山の『田園に死す』ではなくて、むしろ『海辺のカフカ』に似た世界を脚色したと言った方がよいかもしれない。事実、天野演出の『田園に死す』では少年が幾人にも分裂して分身を表している。『海辺のカフカ』でも少年の人格が幾人にも分裂している。『海辺のカフカ』の少年の性格は、アントナン・アルトーの『演劇とその分身』を思わせるように人格が幾つかに分裂している。因みに、寺山はアルトーの『演劇とその分身』を読んで自作に自在に応用した。

しかし、寺山は多面的な観点で『田園に死す』や『地球空洞説』や『レミング—世界の涯まで連れって』などの芝居を劇作しているので、うっかりすると寺山の創作意図を見落としてしまうことになりかねない。

05. おわりに

一九八三年に亡くなった寺山修司を知らない世代が、松本雄吉演出の『レミング—世界の涯まで連れって』を見て、「これまでに見られなかった寺山演劇を見せてくれた」と称賛した。けれども、影山影子役を、新高恵子に変わって常盤貴子が演じた時、ある感慨が胸をよぎった。譬えるなら、文学座で公演した『女の一生』（一九四五）のヒロイン布引けい役を杉村春子に変わって平淑恵が演じるようになってから、観劇していると、舞台そのものが全体的に何かが変わり、それと共に何かが終わってしまった感じがした。かつて、宇野重吉が役者一代論を掲げたように、影山影子役は新高恵子のイメージがあまりにも強烈なので、新高のイメージを無視して上演するのは問題があるのではないだろうかという感じが残った。

寺山没後三十数年の現在、悲観論ばかりがあるのではない。安藤紘平名誉教授が寺山の映画『田園に死す』をアインシュタインの相対性理論をひっさげて撮った『アインシュタインは黄昏の向こうからやってくる』は、寺山が『田園に死す』で成しえなかった映像をスクリーンに蘇らせた。

天野は『田園に死す』を演出したけれども、安藤名誉教授が『アインシュタインは黄昏の向こうからやってくる』

で作りあげた映画理念から未だ吸収できる要素が多分にある筈である。

天野は松本と共同台本で『レミング—世界の涯まで連れって』に参加した。実際の舞台で、天野が執筆した『レミング—世界の涯まで連れって』の場面を厳密に描くことは難しい。だが、これまで述べたように、松本演出の『レミング—世界の涯まで連れって』は、寺山原作の『レミング—世界の涯まで連れって』でもなく、天野が『田園に死す』で脱構築し、『地球空洞説』で展開したドラマツルギーで構成したものでもなかった。けれども、松本演出の『レミング—世界の涯まで連れって』は日経新聞や週刊朝日などの雑誌での評価が好意的であった。

いっぽう、早稲田大学大隈講堂で二〇一三年五月十二日「帰って来た寺山修司（早稲田篇）」のイベントがあり、同時に上映された映画『田園に死す』は四〇数年経た後でも寺山の真髄を伝える映像であった。

注

（1）馬場駿吉『日本経済新聞』（二〇一三年八月一日の夕刊）、原智彦の芝居大須（ＨＡＩＫＡＩ劇場「お熊空唄（おくまそらうた）」二〇一三年六月二十八日（金）～七月七日（日）まで、大須の七ツ寺共同スタジオで開催）

（2）寺山修司没二十五年記念特別公演市街劇『人力飛行機ソロモン 松山篇』作：寺山修司（二〇〇八年十一月二四月十二日：正午～十八：〇〇）

（3）原作：澁澤龍彦、脚本・演出：天野天街『高丘親王航海記』、一九九二年少年王者舘結成十周年を記念して野外劇（会場：白川公園（名古屋・伏見）共催：七ッ寺共同スタジオ）

（4）天野天街『百人芝居◎真夜中の弥次さん喜多さん』（二〇〇五年八月一〇日～十三日）

（5）寺山修司『地球空洞説』（新書館、１９７５）、１８３頁。

（6）寺山修司、流山児祥、岸田理生、高取英共同台本『新・邪宗門』（『新劇』Ｎｏ．３６２．白水社，1983.6），110-127頁。

（7）寺山修司『レミング—世界の涯まで連れって』（寺山修司記念館2、２０００）、２６頁

（8）寺山修司『さらば箱舟』（新書館、１９８４）、１６４頁。

（9）寺山修司原作：松本雄吉演出『レミング—世界の涯まで連れって』（パルコ劇場、二〇一三年四月二十一日（日）～二〇一三年五月一六日（木））

（10）寺山修司『走れメロス』（『地下演劇』６号、土曜美術社、１９７３．８）８５-１０４頁。

（11）「ヘーゲルはどこで「歴史は二度現われる」と言ったか?」www.miyamoto-net.net/column/talk/1213108629.html

寺山修司の『花札伝綺』と天野天街の『真夜中の弥次さん喜多さん』

01．まえおき

ハムレットは、「旅立った者は二度と戻ってこない未知の国」（『ハムレット』第三幕第一場、松岡和子訳）と言う。その場所とは〝未知の国〟[1]であり、死者の国でもある。寺山修司の『花札伝綺』（一九六七）では葬儀屋の団十郎が死の国への案内人である。やがて、劇の終わりでは皆死んでしまうと、この世には誰もいなくなる。あの世とは、鏡の反射のように、空洞で中身がないから、この世に誰もいなくなれば、あの世とこの世は、全く同じ空洞になってしまう。つまり、寺山にとって、この世はあの世と殆ど同じであるらしく、歌留多は「生まれた日に死んだのです」[2]という。けれども、無頼漢の鬼太郎だけは、唯一の例外であるらしく、あの世はこの世と異なり、何の規則も無いので、あの世で自由自在に窃盗を働くという。

マルセル・デュシャンは墓碑銘に「されど、死ぬのはいつも他人ばかり」と記した。寺山は、デュシャンを捩り、だから「人は皆死んで生まれ」、しかも、もうひと捻りして「その死んだ人は前世の死者の代理人である」と言っている。そうすると、寺山の芝居や映画のように「この世にもあの世にも死人ばかりがいる」ことになってしまう。それは天野天街が制作した『トワイライツ』（一九九四）で、トウヤ少年は死んだ直後、この世に戻ろうとする。また、天野の劇『真夜中の弥次さん喜多さん』（二〇〇二）は『トワイライツ』と逆に、死んであの世に旅立とうとする話である。しかし、天野の新機軸は『真夜中の弥次さん喜多さん』（以下、『真夜中』と記す）で、この世とあの世を往来する方法を一種のトリックを使って表わしている。それはキタが死んだ後、ヤジがすねて「フンダ」[3]と言うと、「フリダシに戻る」。つまり、キタが一度黄泉の国へ行って、そこからこの世に再び戻ってくる。しかもヤジが「フリダシ」に戻ったと気がつくと、雨が「降り出し」総てが停滞してしまう。

ヤジが「フンダ」と言って足で畳を「踏む」と、同時に「フンダ」が「くそったれ！(Goddamn)」に転換する。或いは「フンダ」は「トラの尾を踏む」「ふんだりけったり」「ふんだ＝ふみた（札）」等を連想させる言葉である。殊に「フンダ」（＝Goddamn）は、神を冒涜する言葉であり、ヤジが神を罵るとキタは天国から俗界に戻される。そのように解釈すると、キタが嫌なこの世を去ろうと自殺したが、ヤジが「フンダ」と言ったために、天国から追放され、願いを遂げられず俗界に戻ってきたと解釈できなくもない。

「フンダ」をヤジが、「フンダ（＝くそったれ！）」と罵って、床を「踏む」と、「ふりだしに戻り」、「やり直し」となる。更に「フンダ」が掛け言葉の連鎖反応を起こし、「ふりだし」に戻り、雨が「降り出す」の掛け言葉になっている。つまり、雨が降ると旅行はご破算になって、ヤジとキタは宿に止まり、旅は「やり直し」となる。

天野は、やり直しを、あの世へ行くことにも、やり直しを使った。つまり、あの世とこの世の往復をドラマ化して、ハムレットが「あの世に旅立って帰ってきた人が誰もいない」と語ったのを、引っ繰り返したことになる。ところで、劇の中で何度も「振り出しに戻る」のは、「人間は誰しも死への恐れがあるからだ」と天野は答えた。

〝未知の国〟（＝死者の国）とは、実はこの世（地球）であると考えたのは寺山である。寺山は脚色した『青ひげ公の城』で少女が「月よりも遠いところそれは劇場[4]」と述べている。ポアンカレ予想では、地球が丸いように、宇宙も丸いという。そうだとすると、この世の果ての涯は巡り巡って地球に戻ることになる。これは実は『真夜中』で「振り出しに戻る」という考え方と同じ事になる。つまり、天野はあの世とこの世が行き来可能だと考えた。殊に、ハムレットが「旅立った者は二度と戻ってこない未知の国」（『ハムレット』第三幕第一場、松岡和子訳）と語った台詞を引っ繰り返してしまった。しかも、そのトリックを夢という媒体を使って可能にしたのである。

夢をしばしば媒体にしたのも、寺山である。例えば『阿呆舟』（一九七六）で眠り男が影男を殺し自分自身の眠りを殺して狂死する。この眠り男と影男が同一人物という関係は、更に天野のヤジとキタが同一人物である関係の雛型になっている。しかも寺山と天野が描く夢は、ルイス・ブニュエルの『アンダルシアの犬』（一九二九）で同じ男が二人映画に出てくるシーンの影響である。寺山は『田園に死す』（一九七四）でも少年時代の私と大人の私を同じ画面に表わしている。天野は二〇〇九年東京・スズナリ劇場で『田園に死す』を演出し二〇一二年に同劇場で再演する。そこで、ここでは、寺山と天野氏がドラマに描いた〝未知の国〟とは一体どこにあるかを検証する。

『花札伝綺』

『花札伝綺』に出てくる葬儀屋一家の記録は、「死の家の記録」と題されているが、ドストエフスキーの同名の小説からそのコンセプトをとったものである。殊に、冒頭から、棺桶が出てくるのは『死の家の記録』（一八六〇―一八六二）からの影響と思われる。

葬儀屋の団十郎はとっくに死んでいる。ところが、娘の歌留多だけが生きている。しかし死者と生者とが普通の親子関係にあるのは、夢かシャーマンの世界以外では不可能であろう。しかも、この芝居は死者と生者の戦いで始まる。芝居の冒頭で、鬼太郎は生きている。「見たか？今のが墓場の鬼太郎だ」（八九）で始まって、驚いたことに、この同じ台詞で芝居は終わる。（一二二）すると、リアルな世界はあの世にもこの世にもないことになってしまう。従って劇全体の整合性から考えると、先ずこの芝居は夢の劇であるという事になる。

ドストエフスキー風に始まった芝居は、唐突に団十郎が二枚舌で「きれいはきたな、きたなはきれいは沙婆だ」（九一）と言ってのける。この台詞は『マクベス』（一六〇六）の魔女が二枚舌言う台詞と同じであるが（九二二）、寺山の芝居は異界ではなくこの世の出来事として展開する。

更に葬儀屋の団十郎は「二度死ぬのはジェームス・ボンド位のものです」（九一）という。この台詞は、人は、一度死んだら二度と生まれる事が出来ない事を強調しているようだ。反対に、天野の『真夜中』では、ヤジとキタは舞台で一度ではなく、何度も死んでは蘇る。

或いは団十郎は宮沢賢治の詩「雨にも負けず」（九一）を裏返しにする。寺山は賢治の世界に批判的で絶えずその意味を引っ繰り返している。『奴婢訓』（一九七八）でも、寺山は賢治を覆している。

団十郎は「殺人を手仕事にする」（九三）というが、近代戦争の大量殺戮を批判しておきながら、殺人を正当化しようとしている事に変わりはない。

ドストエフスキーは銃殺刑を免れた後に執筆した『死の家の記録』の中で、流刑地での暴行を詳細に書き記した。寺山も、殺害は手間暇かけて実行すべきだと加害者団十郎の立場から残忍な殺戮を書いている。だが、加害者の殺戮を通してその残忍さを批判もしているのである。

寺山は死者が生者と同様に息をして生きる事が出来るという考え方があった。団十郎は、死人は「夫婦生活」が出来る（九四）と奇妙なことを言っている。だが、例えば『死の家の記録』は時間軸を考えると、既に死んだ人達が彼らの生前の記録を表わしたものである。けれども、その叙述の中では死んだ人がかつて生きていた時の生活を表している。だから、寺山が考えたように、時間軸を無視してしまえば、死者と生者が夫婦生活するのに支障はないことになる。安藤紘平名誉教授の映画『アインシュタインは黄昏の向こうからやってくる』（一九九四）では、死んだ父と息子が時間軸を超えて話し合っている。事実、安藤名誉教授は「自作を寺山の考え方から無意識に影響を受けて制作した実験映画作品だ」と述べている。

「少年は死んでいるが、生きている人とそっくり。」(九四)

おはかは、竹下夢二が絵に描いたような少年が舞台に登場したのを見て驚く。少年は鉄道線路を歩いていて汽車に轢かれて死んだのである。寺山は死んだ少年を舞台では幽霊としてではなく、生の姿のまま描くことが出来ると考えた。つまり、寺山は舞台では死者を生者と同じ様に表現でき得ると考えた。その場合タイムマシーンに乗ってタイムスリップしなくても、死者と生者は一緒に生活出来るというのである。

次いで、按摩三人が再び登場して呪文を唱えるが、マクベスの魔女の呪文を想起させる。

「これで呪文が結ばれた」(九六)

と、寺山はマクベスの魔女の呪文を引用した。このコラージュをよく見ると、引用の仕方は、アンディ・ウォーホルが、マリリン・モンローが自殺した直後、当時レディメイドとなっていた映画『ナイアガラ』(一九五三)に出演したモンローのスチール写真をシルクスクリーンで刷った時と同じ技法が見受けられる。

やがて、鬼太郎は、歌留多との結婚式を葬儀屋で行う。(九七)これは、ブレヒトの『三文オペラ』(一九二八)で、マッキースがポリーと結婚する場面と極似している。

やがて、盲目の按摩は刑事西遠寺が通り過ぎるという。ここのところは『三文オペラ』でマッキースが警察の捜索を受ける場面と同じである。だが寺山には、盲目の人は眼明きより物がよく見えるという考え方があった。寺山はディドロの影響を受けた『盲人書簡』(一九七三)を劇化している。

鬼ごっこ(一〇一)

と、鬼太郎は、泥棒と警官の関係を鬼ごっこと言った。だが、また、鬼太郎は、歌留多と夫婦になれば、鬼は歌留多になるという。つまり、夫婦になれば、お互いに愛を盗みあうからである。

或いは、少年が「死人が年をとらないっていうのは、あれは迷信なんだよ」(一〇六)という。考えてみると、読者が、小説や映画やドラマに没入すると無意識に感情移入し、死者との距離が取れなくなる。やがて読者は死者と一緒に生活をし、一緒に年をとる。また、寺山は、他にも、脚色した『星の王子さま』(一九六八)や、同じく脚色した『盲人書簡』で、星の王子さまが年を取った姿や小林少年が年を取った姿をドラマに描いている。

「家がお墓、母がお墓」(一〇六)と言うのは、それが遠い国であり死の国であるからだ。そうすると、死の家とはお墓のことで、母が死者となれば、母はお墓にもなる。デュシャンは「遺作」でお墓を制作している。また、フランソワ・グレゴワールは、『死後の世界』（一九五八）の中で、「人間が死後の生活を最初に考え出したのである」と書いている。寺山は死後の世界観をグレゴワールから引用している。[5] 例えば、チンパンジーの母親は子供が死んでも、死の意味が分からず、子供の死体が干物になっても大事に抱擁し続ける。

寺山には子宮回帰のコンセプトがあったが、このコンセプトは、エリアーデの死からの再生のコンセプトから影響されたものである。

歌留多は、死者の少年に騙されて、夢遊病者になって死ぬ。（一〇七）ラフカデイオ・ハーンの怪談『雪女』では、雪女の妖術で茂作は死ぬが、歌留多は少年の呪術で死ぬ。

死者となった歌留多は、鬼太郎を殺しに来る。つまり、歌留多が鬼太郎の命を盗みに来るのである。また、歌留多が「涙を盗む」（一〇九）とか「想いでを盗む」というのは修辞的で詩的な表現である。さて、歌留多は鬼太郎に自分が「生まれ変わり」だと話す。

「あたしは生まれた日に死んだのです」（一一一）

「歌留多ではない藤しまです」（一一一）

「死んだ藤しまの青い歌留多の四枚目」（一一一）

「葬儀屋の娘じゃない、産婆の娘の藤しまだ！」（一一二）

右の歌留多の説明は、つまり歌留多と藤しまとは、よく見ると、二人はいわば命の入り口と出口のように繋がっている。例えば、職業から見ると、二人は、産婆（生）と葬儀（死）として繋がっている。こうして二人は生と死で繋がっているのである。エリアーデが言っているように、種が地上に落ちて死んでやがて芽を出して再生する。またオルフェウスの神話やイザナギとイザナミの日本神話に描かれているように、生と死は繋がっている。そうして、オルフェウスの妻エウリディケとイザナミは冥界にいるが、死んで膠着していなくて天界のオルフェウスとイザナギは互に繋がっているのである。

鬼太郎は歌留多を冥界から地上に連れ戻す事が出来ない。逆に歌留多が鬼太郎を「刺して殺す」。（一一三）

『まんだら』（一九六七）では、死者のチサがこの世に戻ってこようとするのだが、死に神である東京の男一・二に殺される。いっぽう、『花札伝綺』（一九六七）では、鬼太郎は死後膠着した死体とならないで、冥界で歌留多と母のおはかの二人と愛し合う。また鬼太郎とおはかのラブシーン（一一四）では、性が逆転して、鬼太郎が女に変わり、母のおはかは男に変わる。この墓場での密会は子宮回帰と関係がある様に思われる。

アントナン・アルトーの『ゴッホ論』（一九四六）によれば、母と子供の最初のセクシャルな関係は、子供が冥界である子宮を通ってこの世に出てくる途中に結ばれるという。[6]

また、アルトーの『ヘリオガバルス　または戴冠せるアナーキスト』（一九三四）によると、子はその父と母から生まれ、両親からは男の子と女の子が生まれる。アルトーが論じる分身術を念頭にして考えると、寺山はアルトーの「分身」（ルドゥーブル）から暗示を受けて、鬼太郎と義母おはかの性を逆転してしまい、女・鬼太郎と父・おはかに変えて描いたとしてもおかしくない。

鬼太郎は冥界に降りてから葬儀屋の団十郎とますます激しい戦いとなる。クリストファー・ノーランの映画『インセプション』（二〇一〇）では、ドム・コブは夢を介して死んだ妻モールに会いに、エレベーターに乗って冥界に降りて行く。すると忽ち夢の中の自分が本物なのか現実の自分が本物か分からなくなる。そして一体現実と夢とどちらが本物なのかという疑問が生じる。他方、『花札伝綺』では、現実と〝未知の国〟の境目が曖昧になっていく。

「みんな死人ばかりになってしまうと、死人の実存ってやつあ、生きてるやつと同じ事になってしまう」（一一七）と、団十郎は言う。おまけに、鬼太郎は、冥界に堕ちても、益々盗みを働く。だから、少年は歌留多をいつまで待っていても帰ってこない（一一七）。というのは、鬼太郎が歌留多を少年から盗んだからである。団十郎は妻おはかの結婚指輪を盗まれる。（一一九）更に、とうとう妻のおはか自身まで盗まれてしまう。

『花札伝綺』の舞台に現れる人は終幕では死んだ人ばかりになる。例えば、寺山は『さらば映画よ』（一九六八）でスクリーンは死者の隠れ場所だと言っている。[7]また、舞台でも、殆ど死んだ人が蘇って出てくる。

あれは日露戦争で死んだ男だ。（一一八）

舞台のステージを歩いているのは死者ばかりである。従って、寺山は団十郎を通して断言する。

死んでないやつが一人でもいたか？（一一八）

棺桶に納まっている死体を除いて、映画や舞台に登場する人間は何年も前に死んだが、生者と同じ様にスクリーンの中で日常生活をしている。しかも、逆説的にみると、鬼太郎は死んだので、もはや消す事が出来ない。つまり寺山の実験映画『消しゴム』のように、まるで、消しゴムで姿を消し去ったかのように、鬼太郎はいない。

髭の男爵　あいつを消す事は出来ない。
あいつは死んでしまったのだから！（一二〇）
団十郎　生が終われば死も終る。（一二一）

鬼太郎が生きていれば殺す事が出来るが、一旦死んだ鬼太郎を二度殺す事が出来ない。そもそも、死の世界は人間が考え出した虚構の世界である。寺山は鬼太郎を描くとき、エッシャーの『描く手』を想起したのかもしれない。『描く手』は存在に対する不信感を掻き立てる。

団十郎　誰かが生きているふりをすればいい（一二一）

団十郎はそう嘯く。もっとも、映画や演劇では、死んだ人も死んだ人としてではなく、生きているふりをして、スクリーンやステージで生きている。その滑稽さを寺山は描いている。

冒頭のところの「近代」の地獄絵とまったく同じ時間の中を、影がかすめて

按摩の笛　見たか？　今のが墓場の鬼太郎だ！（一二二）

このラストシーンの台詞を聞いて観客は、当然『花札伝綺』の冒頭の台詞と同じ事に気が付き、現実だと信じていたあのファースト・シーンは一体何だったのかという疑問が起こる。

この振り出しに戻るところは、天野天街の『真夜中』の〝振り出しに戻る〟と似ている。ポアンカレ予想のように、宇宙が丸いとすれば、宇宙の彼方、未知の国へ行っても振り出しの地球に戻る事になる。つまり、鬼太郎は死んで未知の国へ行っても、その未知の国とは地球である事を暗示している。

しかし、地球に戻るまでには無限の時間を想定しなければならない事も事実だ。或いは、安藤紘平名誉教授が『アインシュタインは黄昏の向こうからやってくる』（一九九四）で暗示しているように、観客がスクリーンという異空間に一旦入ってしまったら、そこから抜け出す事は出来なくて、そこで住むようになる。そこには死んだ父や母もいる。その場合、墓場は、スクリーンという事になる。しかも、寺山が指摘しているように、死者は生者と同

じ様に生活しているのである。

０２．『真夜中の弥次さん喜多さん』

天野天街の『真夜中』に出てくる、弥次と喜多の関係は、寺山の『さらば映画よ』（ファン篇、一九六八）に登場する中年男性二人の関係を想い起こさせる。寺山の『さらば映画よ』（ファン篇）は永井荷風の作とされる『四畳半襖の下張』（一九一七）をカリカチャーしたものである。

「０」シーンでは、ヤジが、ト書を読むように、台詞に直して話す。これは、ちょうど、寺山の『奴婢訓』で、キャストがト書を台詞として話すのと似ている。[8]

夢の中で、キタが「ケシゴム」（一一五）になるのは、寺山の実験映画『消しゴム』を想起させる。寺山偏陸によれば、寺山は消しゴムを集めるのが趣味だったという。

また、『真夜中』で言葉が意味も無く噴出し、とめどもなく流れるさまは、ジョイスが意識の流れのスタイルで描いた『ユリシーズ』の言葉の横溢を感じさせる。

『真夜中』の「リアル」（一一八）とは一体何なのか。例えば、キタの望むリアルは、江戸の非現実的な生活の対極にあるようだ。ヤジとキタはそれを求めて旅に出る。

キタは、内緒で麻薬（ドラッグ）を飲む。（一一八）キタは幻覚が生じるように服用するのだが、それは江戸の非現実的な日常を超えたリアルな生活を求めたからである。幻覚症状で「キタの手が箒になる」（一二一）。やがて、「トンカチとホーキ消える。」（一二三）

これはドラッグによる副作用である。寺山の『書を捨て、町へ出よう』にも、役者たちがマリファナを吸う場面がある。だが、薬を飲んで、しかも、飲みすぎると死ぬ。つまり、旅は死への旅立ちでもある。それを、天野は「タビ」を「死」へと文字を解体して構築していく。

「二」シーンで、ヤジがキタと口論になり自暴自棄になって、ヤジがすねて「フンダ」（一二七）と言う。すると、罵りの言葉「フンダ」が、足で床を「踏む」と雨が「降り出した」に掛かっていく。雨が降ると、ヤジとキタが宿に閉じ込められ閉塞状況が生まれる。こうして、ヤジが「フンダ」と言って、「振り出し」に戻るパターンとなって、同じシーンが何度も繰り返される。

また、水さしを横にし、ヤジが「フンダ」というと、水さしが起きあがる。（一三〇）この時点で、この芝居は夢の世界を描いている事が分かってくる。

ヤジが「フンダ」というと、キタは、また、元の現世に戻るカラクリを知って、死んでも、また、「フンダ」と言えば、この世に戻る事が出来るのではないかと考え、それを実行する。

キタは、舌を噛み切り、三途の川を渡る。（一三一）

ところが、ヤジがキタに取りすがり好きだといってても、キタが取り合わないので、ヤジはすねて「フンダ」（一三一）と言ってしまう。すると、死んだ筈のキタがこの世に戻ってくる。こうして、このドラマのカラクリは、一種の夢から目覚めた夢芝居となっている。

そこでキタは「死後の世界を見て帰って来られるゼ」（一三二）といって、また舌を噛み切る。

ハムレットは「死後の世界から戻った者はいない」と語っている。少なくとも、天野はハムレットの〝未知の国〟へ行っても帰って来られるカラクリをドラマにしたのである。また、ここに、天野の〝未知の国〟に対する脱構築が見られる。

キタはヤジに「ユビは何本だい」（一三八）と聞く。いっぽう、キタの手はスルメになっている。これは幻覚である。天野は〝未知の国〟からこの世への帰還にＬＳＤを用いている。

「二」のシーンでは、ヤジが「ちっとも前に進めねえ」（一四一）という。この一種の停滞はサミュエル・ベケットの『ゴドーを待ちながら』を思い出す。しかも、一見して意味のない事を延々と喋り続けるところもベケットの芝居と類似している。別役実の芝居はベケットに似ているが、天野の『真夜中』は、言葉の崩壊が徹底され、しかも意味が全くなくなっていく。

さて、雨のため、ヤジキタは宿に七日間足止めをくらっている。（一四一）

やがて、「タビ」の説明が加わる。（一四二）「タビ」という文字の上に一本線を引くと「死」になる。つまり、「タビ」は「死」を表す。「タビ」→「死」を天野は文字の解体で劇化している。

ところで、時代は、江戸時代の設定だが、携帯電話が出てくる。（一四二）

「こーめにみえねくれえのちっちゃな飛脚がわんさとできてよ」（一四二）

と、キタは、携帯電話をアヴァンギャルド風な道具として表現をする。また、無意味な言葉を連発すると、一種の文字変換を起こす。キタが「クスリ」を連発すると、何かの拍子に、言葉の転換が起こり、「リスク」（一四四）に言葉が変換する。

或いは、ヤジとキタがごちゃまぜになる。（一四五）劇の冒頭では、ヤジとキタがホモセクシャルな関係を表していた。しかし、場面「二」の時点で、キタはヤジが作り上げた幻影で、本物のキタはどこかに行ってしまった事が判明する。また、『真夜中』のドラマ構造は、ある意味でハロルド・ピンターの『昔の日々』に出てくるケイトとアナの関係に似通っている。お房とヤジとキタの三角関係はヤジキタがお房を排除し、漸く、ヤジとキタの旅が始まる。一方、『昔の日々』のアナとケイト夫婦の三角関係は、逆にアナの排除によって夫婦仲が戻って終わる。(9)

本物のキタは「七日前からいない」（百四十六）という。幻影のキタはヤジがクスリをやっていると頻発する。すると幻覚の中でヤジはキタに「オメエは、オイラの「キタさんへの想い」が作った幻なんだ〔よ〕」（一四六）と言う。この時点で本物のキタは不在であることが分かる。

幻覚から巨大なうどんが一本上手の障子から出てくる。（一四五）次いでヤジとキタは注文した架空のうどんを食べる。（一四六）恐らく、うどんはヤジの空腹が募りうどんが夢になって現われたと思われる。こうしてうどんは空腹と「物忘れが悪い」と繋がっていく。

キタが「物忘れが悪い」と言って台本を出して見る（一四七）。そこでヤジが「それやっちゃおしまいだぜ」と非難する。ところが、キタは（一四七）「オメェがつくった幻影」と台本に「書いてある」という。実は、この場面は、寺山が自作の『青ひげ公の城』（一九七九）で、少女が舞台裏に入って来て舞台監督と話す言葉も、既に、台本に既に書いてあるという一節と似ている。

やがてキタにはヤジが見えなくなる。（一四八）キタの頭が、五面の立方体になっている（一四八）。

これは、イヨネスコ作『犀』（一九六〇）の変身を思わせる。『犀』では、人間が消え、人間は動物の犀に変身する。いっぽう、キタは動物でなく観音様に変身する。

「立方体は消えている。」（一四九）

また、これは映画『アンダルシアの犬』（一九二八）の中で、スクリーンに、今までいた人が突然消えるのと似ている。映画『田園に死す』の冒頭では鞍馬天狗がスクリーンに映っていたのが直ぐに溶暗して消えてなくなる。

キタは「オメェがヒトリでバタバタやってただけだろが」（一四九）と説明する。

次いでキタとヤジが「あれ何」と指をさす。それが、舞台の照明器具や、観客の顔だったりする。これは芝居の虚構世界の解体である。

このシーンは寺山の『田園に死す』（一九七四）のラストシーンでセットが解体し新宿の街が剥き出しになる設定と似ている。或いは、川島雄三の『幕末太陽傳』

（一九五七）や、今村昌平の『人間蒸発』（一九六七）のセットの解体を想起させる。

「三」のシーンで、本物のうどんの出前が来て前の場面と同じ場面を繰り返す。また「ハナシカ」（一五二）や「台本を出してみる」（一五二）や「かいてある」（一五三）の場面が何度も繰り返される。或いは、キタによく似たダミーが消えた後に、舞台には幻影はいなくなる。するとヤジはリアルなのものを求めて、ステージから実際にリアルなものがあるようにと願って、それを求め続ける。こうして舞台の出来事が夢の世界ではなくて、事実である証を求めようとする。しかし、結局このやり取りも前の場面の繰り返しである。

ここで、気がつくと、舞台の後ろの壁に貼ってあった「タビ」の文字の上に一本線を引くと、「死」に変換する。（一五六）つまり、「タビ」は「死」を表しているのである。こうして、「タビ」→「死」となる。

ここのところで、突然キタが包丁をもって、ヤジに、「お房と切れるか自分と死ぬか」と迫る。（一五六）

こうして、包丁は「タビ」の上に引いた一本の線を象徴している事が分かる。キタはヤジがお房と切れる事が分かると包丁が消える。（一五七）ところが、お房は三途の川の向こう岸にいる。だから、お房はずっと以前から死んでいた事になる。ちょうど、この場面は、映画『インセプション』（二〇一〇）で、コブの妻モールは死んでいるが、まるで生きているようにコブを苦しめ続けるのと似ている。

しかし、ヤジが「行くべきか、留まるべきか」と独白する。これは、ハムレットが「生きてとどまるか、消えてなくなるか」（『ハムレット』第三幕第一場、松岡和子訳（To be or not to be））の独白をコラージュしたものである事が分かる。

こうして、死は避けられ、旅が始まる。しかし二人の旅はレジャーではなく日常世界を捨てる出家僧の修行の旅を明確に表していく。

続く場面で、「梅雨（つゆ）」とうどんの「汁（つゆ）」が掛け言葉になっていて、キタが汁を飲み干すと「汁」が無くなり、「梅雨」も終わる。意味が「なく」夏が来るの場面で、蝉が「ミーン」と鳴く。意味が「ミーン」(mean)で、「なく」でミーンと蝉が「意味もなく」鳴く。

同時に、状況は「もう時間がない。」（一五八）そこへ『リアルの女』の前奏が聞こえてくる。この曲は『夢のテーマ』である。けれども、二人は、夢で終わりたくない。と考える。しかし、二人は、「ラストシーンみたい」と自覚するようになる。すると、「終」の文字がプロジェクターで映される。同時に、何時の間にか、キタがいなくなる。

ところが、ここで、ヤジの腕がうどんのように長く伸びる。（一五九）

このようして、うどんのような腕が伸びて、その舞台端にいるキタのうどんのような腕と繋がっていく。かくのごとく、二人の腕と腕とが繋がっているのである。そこでヤジは次のように自問する。

いねえのは…ひょっとして…キタさんじゃなくて、おいらじゃねえのか？……（一六〇）

芝居の結末は、「伊勢」（一六二）に行くことが目的なのだから、「伊勢」は宿の滞在も終わりへと繋がっていく合図となる、そこで、「終」（一六二）の文字が投影される。二人が後ろを向きに向こうに歩いていくと、裏方が出て来てセットをたたんで、片づけてしまう。

キタ　おわったら、またすぐにはじまんのよ。オイラたちゃ……ただ……

あっちからきて……こっちにいくだけさ……（一六二）

二人の背後にある障子に二人のシルエットが浮かぶ。二人が障子をあけて中に入り障子を閉めると、障子に二人の「カゲ」が映る。障子が向こう側にパタリと倒れる。すると、いるはずの二人は消えて居なくなっている。

観客は、舞台の初めから終わりまで、二人がいるものと信じて芝居を見てきたが、結末になって舞台に誰もいない事に気づかされるのである。

03．まとめ

天野と寺山の劇作を見ていると、先ず厳密には似ていない。寺山は詩人で、詩は悲劇を表している。しかし寺山の詩を天野の台詞と較べると、天野は寺山よりも軽くて茶番劇風である。だがそれだけ天野の方が自由自在である。実はこの相違点が障害となって、逆説的ではあるけれども、天野と寺山が案外似ている事に気がつかない。

寺山は『怪人二十面相』の明智小五郎や小林少年を自作の『盲人書簡』（一九七三）に使った。明らかに寺山は一九六〇年代に流行った少年少女の小説やコミックのテクニックをドラマに利用した。いっぽう、天野の場合は二〇〇〇年代以後の原作のしりあがり寿の漫画の手法をドラマに取り入れていた。天野は「死」のテーマを扱いながらも、どこかで、しりあがり寿の悪戯を使っている。それで、深刻なテーマも気が滅入らなくて済む。

天野の盟友小熊ヒデジは『怪人二十面相』（一九三六）をドラマ化して上演したが、大変上手く出来た芝居であった。だが、寺山も江戸川乱歩も過去の人であり、天野やしりあがりのように存命の作家で二〇一〇年代の今をときめくアーテイストであるのとは異なる。一九六〇年代の視聴者は『怪人二十面相』をアニメやラジオドラマを胸ときめかせて見聞き入った。寺山がこの現象を見逃すはずはなかった。しかし、半世紀後このような現象はもはや存在しない。いっぽう、しりあがり寿のアニメに多くの人達が現在影響されている。天野は『真夜中』で死のテーマを展開しているが、しりあがり寿のコミカルな笑いが、ちょうど深刻なテーマと具合よくミックスして使い分けてある。しかも、かえってそのために、天野が寺山と似ている点があることを見落としてしまうのではないだろうか。

　シェイクスピアを通して、寺山と天野のドラマを比べてみると見えてくるものがある。殊に『花札伝綺』や『真夜中の弥次さん喜多さん』を英訳してみると分かることだが、『花札伝綺』は、シェイクスピアの『マクベス』の〝きれいはきたない〟の二枚舌と深い繋がりがあり、天野の『真夜中の弥次さん喜多さん』は、ハムレットの「いくべきか、いかざるべきか」の問いを〝未知の国〟の観点から読み解くことが出来るのである。

　寺山も天野もシェイクスピアがハムレットやマクベスを通して、この世とあの世が繋がっていると考えていたところに類似点がある。しかし、天野はあの世とこの世の往復を考えたのに対し、寺山は、あの世の果てにこの世があると考えていたようだ。ハムレットは「死の旅から帰ったものはいない」と述べ、マクベスが「人生は歩きまわる影法師」と述べたが、しかし「未知の国」は決して遠い昔の物語ではない。近年ではデュシャンが「死ぬのは他人ばかり」と言って、誰も自分の死を見たものはいないと述べた。寺山も天野もシェイクスピアが投げかけた「生と死」の狭間に挟まれながら、生と死のからくりを熟視して目を離さないのである。

注

（1） *The Complete Works of William Shakespeare* (Spring Books, 1972), p.960. 以下、同著の引用は頁のみを記す。
（2） 寺山修司『花札伝綺』（『寺山修司の戯曲』第4巻、思潮社、1984）p.111. 同著の引用は頁のみを記す。
（3） 天野天街『真夜中の弥次さん喜多さん』（『テアトロ』、No.746. 2001.2）p.127. 同著の引用は頁のみを記す。
（4） 寺山修司『青ひげ公の城』（『寺山修司の戯曲』第9巻、思潮社、1987）p.68.
（5） Gregoire, Francois, *L'AU-DEL À* (Que sais-je? Universitaires de France, 1957), p.15.
（6） Artaud, Antonin, *Van Gogh le Suicidé de la Société* (Gallimard, 2001), p.75.
（7） 寺山修司『さらば映画よ』（『寺山修司の戯曲』第1巻、思潮社、1969）p.21.
（8） 寺山修司『奴婢訓』（『寺山修司の戯曲』第5巻、思潮社、

1987) p.68.
（9）Pinter, Harold, *Complete Works: Four* (Grove Press, 1981), pp.67-8.

参考文献

パンフレット『天井桟敷』特集　花札伝綺（天井桟敷、1967）

寺山修司の『まんだら』と天野天街の『トワイライツ』に於ける不死の世界

01．まえおき

寺山修司が描いたラジオドラマ『まんだら』（一九六七）で、死者のチサが再びこの世に生まれ、自分の前身であったフミの生家を訪ねる。しかし、チサの前身であるフミの父親古間木義人は「逢えないね。（一人言のように）こんなことはよくあるのだ。祭りの前夜の空さわぎ、風が吹きすぎれば、ものはみな、あとの祭り！」[1]と言って家の中に入れない。だが、そこへ後から追いかけてきた死に神の東京の男一と二が現れて、車でチサを轢き殺し、再びチサをあの世へ連れて行ってしまう。

寺山が書いた詩集『地獄篇』（一九七〇）では、語り手の〝ぼく〟が語る物語に、〝ぼく〟の妹スエが一度死んだが生き返って棺桶から出てくるエピソードがある。妹スエの本当の名前はチサであるという。だが、妹スエの話によると六歳のとき死んだけれども、後になって、息を吹き返し、棺桶から出てきた所は自分の生まれた場所ではないという。〝ぼく〟が妹スエの生まれた十三潟村を訪ねてみると、そこにはかつて居た蹄鉄屋の義人の娘チサが三年前に死んで今はもう居ないということが明らかになる。

一度死んだ人の魂がもう一度この世に戻り元の身体に宿り再生する話は、日本の説教節の『小栗判官』にもある。また、チェコスロヴァキアにもレーウ（レーヴ）というラビが泥人形のゴーレムの舌下にシェムを置いてお祈りをする。すると、そのゴーレムは生き返るという民話がある。カレル・チャペックはその民話をもとにして『R.U.R.（ロボット）』（一九二〇）を劇化した。

死の国ついて小説や芝居や映画になった時期が戦前のヨーロッパにあった。第二次世界大戦下にあった当時のヨーロッパは、惨禍が人々に地獄絵となって重くのしかかっていた。その時代にはウェルナー・ヴァルジンスキーが小説『死者の国へ』（*Kimmerische Fahrt*, Stuttgart, 1953）で、ちょうどギリシャ神話の『オデュッセイア』でオデッセイがキルケのために冥界に連れ込まれるような死者の国を書いた。更に、エルマン・カザックは『流れの背後の市』（*Die Stadt hinter dem Strom*（*The City Beyond the River*, 1947）で、ヒットラー亡き後に、写実主義を排除した死者の国を書いた。それぞれの小説では死者たちの国が克明に描かれている。また、ジャン・コクトーはギリシャ神話をもとにした詩劇『オルフェ』（*Orphée*, 1926）を書き、オルフェが死んだ妻を冥界に探し求めに行く劇を上演し、更に、映画化もした。或いは、実存主義者のサルトルは、シナリオ『賭けはなされた』（1951）で、死んだ男ピエールがもう一度この世に蘇るドラマを描いた。

寺山は当時欧州で死の国を描いた文芸作品をどれほど知っていたのだろうか。ともかく『まんだら』の中で、盲目の女に「死の国」や「地獄」（一九三）について語らせている。

第一次世界大戦下のヨーロッパでは、他にもバーナード・ショーが『傷心の家』（*Heartbreak House*, 1916）や『真実すぎて返って悪い』（*Too True to be Good*, 1931）で戦争の惨禍を描き、マルセル・プルーストは『失われた時を求めて』（1913-1927）で主人公マルセルの親友サン・ルーが悲惨な戦死を遂げる状況を克明に描いた。これらの作品が書かれた背景には未曾有の第一次世界大戦で破壊され廃墟と化した町があった。

寺山は第二次世界大戦で青森空襲の惨禍をもとにしたエッセイ『誰か故郷を想はざる』（一九六九）所収の「空襲」を書き、他に『疫病流行記』（一九七五）では、父親の八郎が戦病死したドラマを南方のセレベス島を舞台にして戦争の爪痕を描いた。寺山が戦争体験をもとにして書いた作品には人間が死に直面して極限状態に陥った時に抱く疑問「自分とは一体何者なのか」に対する問が共通して見られる。実際、『誰か故郷を想はざる』で、自分とは「誰だろう」と自問し、或いはラジオドラマ『まんだら』の中ではチサに「あたしが一体、だれなのか？」（一八四）と、まるでゴーギャンが描いた『我々は何処から来たのか。我々は何者なのか。我々は何処へ行くのか』（一八九七―一八九八）の絵画の題名のような自問をさせている。

寺山は、死者たちの痕跡を、『まんだら』や『地獄篇』の中でチサやスエの死後の物語として書いている。いっぽうで、人間が死んでしまえば、たとえチサやスエが作品の中で生き続けるにしても、サチやスエは作品を延長して新しい時間軸の中で、更にそれ以上の死を生きることは出来ないと考えていた。だから、生きた躰が死ねば死もまた死に、死者はホルマリン漬けのようにして、映像や録音や写真や作品の中に閉じ込められ、他人が死者に何を聞こうとしても、化石のように何も答えない。例えば『誰か故郷を想はざる』では、「生きている人は死んだら死も死ぬ」(2) と述べている。

けれども、寺山は、実存哲学者サルトルが『賭けはなされた』に書いた、死んだピエールが再生する不可解な場面を見たとき一体どのように反応しただろうか。というのはサルトルが描いたピエールの死と復活を見ていると、不条理な死者のイメージがパラドキシカルに思い浮かんでくるからである。実存哲学風に考えれば、サルトルにしても自分が死んでしまえば、もはや死んだ自分は何も語ることは出来なくなると考えたことは自明の理であった。だから、当然寺山も生きている人が死んでしまえば、死も死んでしまうと考えた。けれども、サルトルが書いた不可解なピエールの幽霊を見たとき「自分とは一体何者なのか」と、不条理な存在に対して、反射的にもう一度問い直さざるをえなかったのではないか。むろん、この無機質な死について考え直したことは間違いない。後になって、『中国の不思議な役人』（一九七七）で中国の役人の死と復活をドラマ化することになる。

寺山は実存主義者サルトルの『賭けはなされた』を読み、或いは同じタイトルの映画を見て、死者のピエールが幽霊となってスクリーンに現れるのを眼にした。そのとき、逆説的であったにせよ、ホルヘ・ルイス ボルヘスが考える「不死の人」のコンセプトを思いつたのではないだろうか。

天野は短編映画『トワイライツ』（一九九四）を制作している。映画では電車に轢かれた少年東山トウヤが、自分が死んだという過去の事実を認めることが出来なくて、自分の家に戻ろうとする。ところがトウヤは家の中には入れてもらえない。しかも家の中では少年トウヤの葬式を行っている。

寺山にしても、天野にしても、彼らのドラマや映画の中には、現実の時間だけでなく過去の失われた時間と一緒になってドラマや映画が進行している。例えば、現実の時間と過去の失われた時間の整合性を考える場合にヒントとなるのは、縦軸として、現在と過去になった歴史的時間軸を、横軸として、自国の時間空間と異国の時間空間の地理的時間軸とを、九十度角度を変えて整合してみると明らかになる場合がある。実際寺山は見知らぬ土地や異国に対する憧れが強かった。だから寺山が海外公演を何度も繰り返したのは、異国で異邦人から失われた過去の時間を取り戻す機会を得たかったからかもしれない。『誰か故郷を想はざる』には次のように書いている。

すかんぽかうめの咲いている道を歩きながら「たしかに、ここは前にも一度通ったことがあるな」と思う。すると、それは生前の出来事だったのではないか、という気がしてくるのである。（一二一―一三）

文化人類学者のミルチャ・エリアーデは異国の文化や異邦人に接することによって、自国の文化の中で未だ明確に分らなかった部分が鮮明になることがあると述べている。或いは、コリン・ウィルソンは『オカルト』（一九七一）の中で性的オルガスムがもたらすエクスタシーによって、あたかも間欠泉のように、一瞬のうちに、現実の世界とは全く異なる空間を瞬時にして、全貌を認識することがあると述べている。それは失われた過去の時間を垣間見ることになるかもしれない。

天野は、自分のドラマの中でリフレインを多用する。だが、天野が見知らぬ異界の出来事を何回も繰り返し観客に提示すると、観客は暗示をかけられたようになり何時の間にか見知らぬ異界の出来事に慣れ、逆に日常の出来事が益々希薄になって、日常のほうが異化していることに気がつく。また、天野は有りえない異界の出来事を数学の公式にように辻褄を合わせていくので、気がつかないうちにマジックやパラドックスや催眠術が作用して、非日常的な異界の世界が日常の世界のように見えてくる。だから天野の『トワイライツ』にある非現実の世界も交通事故で少年問遠山トウヤが死んだというリアリティーを知っていながら、観客は知らず知らずに迷い込んだ冥界が奇妙な具合にリアリティーを帯びて現実の世界の出来事を見ているような錯覚に陥ってしまう。

そのような異邦人的な視点や精神集中の観点から、寺山の『まんだら』や『地獄篇』や天野の『トワイライツ』の異界を見ていると、何時の間にか我々が住んでいる現実の社会の方が見知らぬ国のように逆転し、あべこべに死に絶え、失われた過去が一瞬のうちに鮮やかに蘇ってくるようにみえる。死の床にある人は、死の旅路で、走馬灯のように瞬時に人生を振り返るといわれる。或いは、胎児は子宮の中で太古から近代までの歴史を、極めて短時間のうちに、人類の歴史を辿って反芻するともいわれる。死に絶え失われた人生にしても、人類の過去の歴史にしても、間欠泉のように一瞬にして思い出すときがある。その一瞬を書き留めることは容易ではない。だが、精神を集中すれば凝縮した膨大な時間を高角度レンズで写しとるように、読み取ることが出来るかもしれない。寺山や天野が展開する劇や映画はそうした異次元の世界を表している。

寺山が『まんだら』や『地獄篇』に表し、また天野が『トワイライツ』に表したメッセージを異次元世界から送られてくる暗号として解読してみる。

02．テネシー・ウィリアムズの『欲望という名の電車』ミドルトン・シングが書いたドラマ『海に渡り行く者』

（一九〇四）には、アイルランドの島々の女性が荒海に向って漁に出た男たちの死を悼む話である。大時化の海に出かけることは危険であるが、漁民は荒海で漁をしなければ生計をたてられない。そこで、男たちは海に出て漁をするが大抵遭難して死ぬ。後に残された女たちは自分たちがおかれた運命を呪う。この死者を悼む話と似たドラマが、テネシー・ウィリアムズの『欲望という名の電車』（一九四七）にある。そこでは心の病に苦しむブランチが弔いの花を売る盲目の女性の声を聞きながら、臨終の床にある男を介護し、不治の病を患った女性が人生を呪い嘆き悲しむのを思い出す。

> *She is a blind MEXICAN woman in a dark shawl, carrying bunches of those gaudy tin flowers that lower-class Mexicans display at funerals and other festive occasions.*(3)

更に、ウィリアムズは『欲望という名の電車』の第九場で、ブランチがモノローグのような台詞を語る。

> **MEXICAN WOMAN:** *Flores. Flores. Flores para los muertos. Flores. Flores.*
> **BLANCH:** What? Oh! Somebody outside … I—lived in a house where dying old remembered their dead men…（二〇五―二〇六）

寺山は、ウィリアムズが『欲望という名の電車』の第九場で、記されている殆ど同じト書を自作の『青ひげ公の城』（一九七九）の中で引用している。このブランチの台詞はシングの『海を渡り行く者』の悲惨な女性の呪いと幾分か似ている。寺山は、他にもウィリアムズの作品『去年の夏突然に』（一九五九）や『焼けたトタン屋根の猫』（一九五五）や『話してくれ、雨のように……』（一九五三）などに傾倒した時期があった。寺山は、唐十郎との対談で次のように明言している。

> **寺山**　ぼくは昔、テネシー・ウィリアムズの台詞にしびれたね。ジロドウもそうだ。あの頃の演劇は「文学」だったんだよ。(4)

寺山はウィリアムズのドラマを好んだが、殊にウィリアムズの『欲望という名の電車』をこよなく愛した。『欲望という名の電車』の中では死者を弔う花売り女が出てきて近所の人に花を売り歩くのをブランチが耳を傾け臨終の場面を思い出す場面がある。寺山はこの臨終場面に惹かれ自作の『青ひげ公の城』（一九七九）に引用している。寺山が描くドラマの中で心の病を患った女性が、寺山脚色『星の王子さま』（一九六八）や寺山版『青ひげ公の城』に登場し、弔いの花売りが弔いの花を売る台詞をリフレインのようにして繰り返し、心に残る詩に耳傾けさせる。

『欲望という名の電車』の中でブランチは弔いの花売り女の声を聞きながらピストル自殺した男性を思い出す。この場合、ブランチは男性を思い出しているだけでなく、死者と交流している。このようにして、寺山は『欲望という名の電車』のなかで、死者を弔う花売り女が花を売り歩く場面を好んだ。特に、よほど気に入ったらしく、この場面を『ある夏、ある男』（一九六八）や『青ひげ公の城』にも引用している。また『欲望という名の電車』の終幕近くの第十一場には、ブランチが精神病院に連れていかれる場面がある。

The MATRON releases her. BLANCHE extends her hands towards the DOCTOR. He draws her up gently and supports her with his arm and leads her through the portieres.
（二二五）

寺山は『青ひげ公の城』の結末で『欲望という名の電車』の第十一場の場面を思わせる場面を引用している。だが、ブランチが精神病院に連れていかれる悲惨な場面展開を自作では使わなかった。恐らく、精神病をリアルに描くよりも、心の病を暗示にして止めるほうがもっと悲痛な気持ちが観客に伝わると考えていたようだ。

ミルチャ・エリアーデは日本神話のイザナギとイザマニを例に取り、天界と大地との聖体婚姻と同時に地母神によってのみ行われる創造について次のように述べている。

Izanagi pronounces the sacramental formula for separation between, and then go up to heaven; while Izanami goes down for ever into the subterranean regions.[5]

エリアーデが論述する天界と大地との聖体婚姻は、シングやT・ウィリアムズや寺山のドラマが表している生者と死者の別離の問題と何処かで互いに響きあっている。

ソートン・ワイルダーが書いた『わが町』（一九三八）では不慮の事故で死んだ女性エミリーがあの世からこの世に戻ってくる。或いは、バーナード・ショーが書いた『聖女ジャンヌ・ダーク』（一九二三）の夢の場で、昔兵士が、ジャンヌが火刑にあっているとき彼女に粗末な木で組み合わせた十字架を与えたが、その善行により一年に一度だけこの世に戻って来ることが出来る。このようにこの世に戻ってくる話は、芥川龍之介が書いた『蜘蛛の糸』（一九一八）でも、悪人が一度だけ生前に善い事をした報いで地獄（あの世）から抜け出す挿話にもある。

天野の『トワイライツ』（一九九四）では遠山トウヤ少年が本能的に帰郷願望を懐きあの世からこの世に魂の憩いの地を探し求める。ところが、寺山の場合には、『身毒丸』や『草迷宮』では、しんとくや明少年は女人の声に惹かれて、この世からあの世へ子宮回帰して「母さん、ぼくをもう一度にんしんしてください」と憧れを吐露する。

寺山と天野のドラマに共通したテーマは夢の中の出来事のように幽かであるが、恐ろしい記憶と繋がっている。つまり、人は誰でも有りえない出来事に怯える。しかし有りえない出来事の方が現実社会よりも根が深くて底なし沼のように深淵である場合がある。その意味で、寺山と天野の世界は、現実にはないがむしろシュルレアリスムや夢の世界と繋がりが生じている。

死のイニシエーションとは幾分異なるが、シャーマンの修行のように死と再生のイニシエーションから、やがて寺山が映画『田園に死す』（一九七四）に描いた恐山の霊媒師〝いたこ〟の口寄せがある。寺山は文化人類学に関心を懐き、シャーマニズムにも興味を持っていた。古代のシャーマンは現代の精神医科医のように心の病を持った人を癒して治療した。寺山はシャーマニズムの影響のせいか、天野と比較して心の病の痕跡を明確に映画やドラマに刻印を残した。しかも寺山は東西の文化から影響を受けて作品を書いている。

谷崎潤一郎は『人魚の嘆き』（一九一七）で東洋の人魚伝説に基づいて妖精物語を描き、やがてそこから迂回して西洋の人魚伝説に傾倒していった。同じように、寺山は『身毒丸』（一九七八）や『草迷宮』（一九七八）で、『小栗判官』や『しんとく』の説教節に基づきつつ、やがて西洋のシングの『海に行く騎者』の女性たちや、ウィリアムズの『欲望という名の電車』の死者を弔う花売りに迂回して死者を弔う物語を描いた。更にそこから文化人類学やシャーマニズムやギリシア神話の豊饒の女神デメテルが示唆している子宮回帰を経て、地母神の源泉である妖精の源を、ロジェ・カイヨワが『石』（一九七〇）で論じた〝石の水〟にまつわる太古の妖精物語にまで遡ってドラマを描いた。

03. 寺山修司の『まんだら』

寺山は『欲望という名の電車』に出てくる弔いの花を売り歩く女の場面がよほど好きであったとみえて、自らのラジオドラマ『まんだら』（一九六七）にも繰り返し使っている。

七草の女　花はいかが　花は……
葬儀の花なら　ぼたん　きく（一八七）

寺山は『まんだら』では、ジャン・コクトーの『オルフェ』（一九五〇）の神話や『日本書記』（七二〇）にあるイザナギとイザナミの神話をコラージュして使っている。殊に、『まんだら』では、謙作が死んだチサを振り返ってみてはいけないという場面があるが、これと似た場面が『日本書記』にあるイザナギとイザナミの神話や、コクトーの『オルフェ』の詩劇に出てくる。

チサの声　でもあなたがふり向くとあたしは消えてしまうでしょう。（二〇一）

寺山は死のイニシエーションを自分のドラマに重要なエレメントとして使っている。例えば、キリスト教文化圏のドラマでは受難や殉教と復活のテーマが重要なモメントを占めている。たほう、寺山の『田園に死す』では、恐山に死者が集まる霊場が舞台となっていて、化鳥が「母さん私をもう一度妊娠してください」と言う場面は、死と再生のイニシエーションを映画化しているところである。また寺山の『まんだら』は仏教的な色彩の強いテーマが見られるが、文化人類学やニーチェの永劫回帰からの影響が見られ、しかも固有の土着性とシュルレアリスムが劇の核のところで同居している。また寺山の映画や演劇には、夢が大きな要素として機能し、茫漠とした夢の中で、常に解けない謎が、迷宮の世界を茫漠としたドラマの底に横たわっている。

04．寺山修司の『田園に死す』

萩原朔美氏は、「寺山の作品の多くはあの世からこの世を見ている」と言う。寺山の『田園に死す』には、葬式の時に使う「指差しマーク」を利用して、映画で指示している場所はこの世ではなくあの世を指している。

映画の最初の場面では墓場で子供たちがかくれんぼをしているショットがある。その直後に、子供たちは一瞬のうちに行方不明になり、代わりに戦争で亡くなり、セピア色をした大人たちが現れる。この大人たちは死者のようであり、寺山の死んだ父・八郎やその戦友のようでもある。また映画に出てくる柱時計は壊れて止まっていて、映画が現実の世界ではない事を表している。少年時代の〝私〟は、恐山に登りイタコに会って死んだ父と話をするが、恐山は何よりも現世と離れた高所にあり、英国中世演劇で表される天界に近いことを暗示している。更に、スクリーンに出てくる汽車は、歌舞伎の男女の道行きを表す道具として使われている。鉄道線路沿いには葬式の時に使う「指差しマーク」が表れ、葬儀場へ向う汽車のような雰囲気がある。

このショトと似た場面が天野の『トワイライツ』に出てくる。或いは、寺山は『田園に死す』の中で、恐山にある三途の川のショットを予め見せておいて、化鳥と嵐の心中や赤子を川に流して死なす場面の伏線として効果的に使っている。

映画『田園に死す』は、途中で、突然中断して、二〇年前の自分と現在の自分とを一緒に並べ、自分とは一体何者かと問うている。

寺山は、文化人類学者のレヴィ＝ストロースやフレイザーやマルセル・モースやエリアーデを読み、知識欲旺盛だった。既に青森高校時代から、或いはまた、早稲田大学の学生時代にネフローゼで入院していた頃からも、文化人類学に興味を持っていたようである。また『田園に死す』に、ボルヘスが引用されている。寺山偏陸によると「寺山はボルヘスと同じ時期に「不死」のコンセプトを持っていた」と語った。

寺山の『大山デブ子の犯罪』（一九六七）や『まんだら』の台本を読むと、寺山がレヴィ＝ストロースやフレイザーやマルセル・モースやエリアーデの文化人類学から得た知識が透けて見える。『青森県のせむし男』（一九六七）や『毛皮のマリー』（一九六七）でも、寺山は見世物の復権を掲げて上演したのであるが、少なくとも寺山はシャーマン的なお祭りのコンセプトをその当時から持っていた。

05．天野天街の『トワイライツ』

天野の『トワイライツ』は、あの世とこの世との境目を描いている。例えば、ケルトの薄明は、昼でもなく夜でもない中間地帯であり、この時刻には妖精が出没するトワイライトの時間帯である。遠山トウヤ少年は電車に轢かれて死んでしまったので、この世の人とは会話が出来ない。トウヤはこの世の人との心情の交流をスクリーンにインポーズされた文字で表している。ちょうど、ソートン・ワイルダーの『わが町』で死んだエミリーが現実の世界の人と会話が出来ないのと状況が類似している。

映画『トワイライツ』にしばしば表れる柱時計は三時を示したまま止まっている。その時刻はトウヤが事故にあい死んだ時間なのだろう。そもそも、スクリーンの出来事は現実や歴史のように進行する時間が存在しない。だから、不死の世界を表している。

　また、映画『トワイライツ』には葬式の場面が出てくる。スクリーン上ではトウヤがあの世からこの世の自分の葬式場面を見ている。それに祭壇に飾られた遺影はトウヤ自身のものである。トウヤと遺影の関係を見ていると、寺山が好んでもちいた「ぼくは不完全な死体として生まれ何十年かかゝって完全な死体となるのである」（遺構「懐かしの我が家」朝日新聞一九八二年九月「墓場まで何マイル？」）のフレーズを思い出させる。

　トウヤが映画館でスクリーンに映された画面を見る場面がある。そのスクリーンには、ついさっきトウヤが映画館に入ってきた様子が監視カメラで撮影されたようにして、そのままトウヤがスクリーンに映しだされている。つまり、天野によると、映画は過ぎ去り失われた時間を、今度は映画のスクリーンに再生することによって、まるで今まで生きていてその直後死んだ人間の映像をカメラに撮って、それを巻き戻して再生し、死者を生き返らせているかのように使っている。つまり、映画は失われた時間をスクリーン上に取り戻すように、映像を再生して、死者を再び生かそうとしている。しかも、トウヤは死んだ事になっていて、しかも映画の中に出てくる他の人たちもセピア色に変色した古い写真のようにスクリーンにインポーズされ、コラージュ風になっていて、画面に張りついて死の国を表している。

　映画『トワイライツ』には汽車が出てくる。汽車の走行場面は、トウヤが汽車に轢かれて、あの世へ連れ去られていくように見える。

　映画のスクリーンには火の見櫓や屋根などの高所が示される。この火の見櫓はトウヤが高い天上から下界を見下ろす構図を表している。しかも、いつもトウヤ少年と一緒にいる黒マントを着た男はメフィストファレスのような風貌で火の見櫓を伝って天界にまで達しようとしている。

　映画のスクリーンではトウヤが棺桶に入りそこから出てくると海辺の光景が表れる。この水辺の光景は羊水のようであり、子宮回帰を表しているように見える。また駅のプラットホームが出てくるが、少年が到達する駅名は終着駅である。終着駅は、ウイリアム・サローヤンの『男』にある「あらゆる男は、命をもらった死である。もらった命に名誉を与えること。それだけが、男にとって宿命と名づけられる」（寺山は、五月四日午後０時五分死去の後の、一九八三年五月九日発売「週間読売」に「絶筆／墓場まで何マイル？」を発表）のフレーズを思い出させる。

　寺山は「生が終わるところで死も終わる」と言っている。トウヤは自分の死を認めないが、まるで旅人が終着駅に着いてほっとして「おしまい」とつぶやいた瞬間、安堵感も覚えないうちに、死神がトウヤと共にスクリーンから掻き消えてしまう。

これまで見てきたように、寺山と天野の作品を比較してみると、天野の『トワイライツ』の多くの場面は寺山の『まんだら』や『地獄篇』や『田園に死す』の影響が見られる。例えば、天野の止まった柱時計や葬式の場面や、表札の「遠山」は、寺山の柱時計や葬儀用のマークと似ており、あの世からこの世を見ている構図も寺山と似ている。

天野の『トワイライツ』に出てくる表札の「遠山」と少年「トウヤ」は柳田国男の『遠野物語』（一九一〇）をコラージュしたものである。

天野は、しばしば文字を解体して、つまり、そのバラバラに解体した文字をコラージュして独特の新しい文字のイメージを産み出している。いっぽう、寺山は伝統的な俳句や短歌のフレーズを解体しコラージュして新しいイメージを作った。しかし、寺山は、天野のようにイラストレーターの感覚で文字そのものを解体して新しく文字のイメージで映画を作ってはいない。少なくとも、天野は寺山のように俳句や短歌を映画にインポーズして寺山の映像を模倣しなかった。天野の映画を見ていると、彼の父親が営んだ漫画の貸し本屋や彼が生まれ育った少年時代の原風景が見えてくる。

06．まとめ

天野の『トワイライツ』では、トウヤ少年が、ソートン・ワイルダーの『わが町』で死んだエミリーのようにこの世とあの世を往き来している。いっぽう、寺山の詩集『地獄篇』やラジオドラマ『まんだら』やラジオドラマ『ある夏、ある男』や寺山脚色『青ひげ公の城』や映画『田園に死す』でも、死者たちがこの世とあの世を往き来している。けれども、寺山の場合、人は皆スクリーンに入って不死の人になるという考え方があり、舞台もスクリーンと同じように不死の人が行き交う異次元空間としてステージ化している。

シングやウィリアムズの劇は、芝居が終われば皆それぞれの俳優に戻っていく。だが、寺山は、自作の『青ひげ公の城』で、ブランチは舞台が終わった後どうなるか述べている。つまり寺山はブランチが舞台で芝居が終わった後もブランチであり続けると書いている。言い換えれば、観客はブランチを舞台でしか考えていないが、寺山の手にかかると、ブランチは死霊のような思いが何時までも残って、俳優に憑依し、その俳優が劇場から出てからも一緒に生き日常生活をしている姿を描いている。

寺山のキャラクターは、ちょうどノエル・カワードの

『陽気な幽霊』（一九五一）の幽霊のように不死の人として生きている。一方、天野の『トワイライツ』に出てくるトウヤは映画がスクリーンで上映される度にあの世とこの世を行き来する。

天野は他に自作の『平太郎化け物日記』（二〇〇八）では、絵巻物「稲生物怪録」のような、また、鶴屋南北風に妖怪の世界を描いている。他方、寺山も『小栗判官』（一六七五）のような妖怪の世界を『身毒丸』（一九七八）のしんとくを通して描いている。だが、寺山は、文化人類学や構造人類学の視点を活用し、失われた過去の世界を押し広げて、古代の儀式や慣習が未だ死滅せず今なお未開の人たちの間で生きている風習を舞台や映画に応用した。

寺山の遺作映画『さらば箱舟』（一九八二）では沖縄の土着の人が太古の死者の霊と交流する姿を描いた。そこで、もしもこの世を現代とみて、あの世を古代と仮定するならば、いわば現代の機械文明に未開民族を同居させると、あたかも現代に、この世とあの世が混然一体化して存在する事になる。このようにして、寺山は死滅した過去の時間が未開民族の儀式や慣習の間に未だ生きている風習を利用し、不死の世界を映像化したり、舞台化したりした。寺山の考えでは、未開文化のほうが近代よりも優れていると考えていた。だから、寺山は、未開文化は過去に全てが絶滅したのではなく、近代人の間で忘れ去られ、眠ったままなのだと考えていた。だから、ちょうど、グリム童話の『眠り姫』（一八一二）のように、何時か深い眠りから眼を覚ますと暗示しているようなのだ。譬えるなら、プルーストの水中花のように、縮れた和紙が水の中で膨れ上がり開花するように、干からびたミイラも蘇り再生すると暗示している。つまり、寺山の映画やドラマのキャラクターも、あの水中花のように映画やドラマが始まれば不死の人として蘇るのである。

天野はイラストレーターとして独自のアートを構築してきた。だから、軽々に寺山のアートと似ているとは必ずしもいえない。しかし、『まんだら』のチサも『トワイライツ』のトウヤも、一度死んだ子供であるところが似ており、また二人とも親の家に帰っていくところも似ている。

違うのは、寺山の場合、死んだ人間が『さらば映画よ』（一九六八）のラストシーンのようにスクリーンに再生することであろう。しかも、ここが『さらば映画よ』のラストシーンとエリアーデのシャーマンの間に繋がりが見られるところでもある。

『田園に死す』でも、また『トワイライツ』でも、時計が止まったままでいるところが類似している。つまり、双方の映画とも死の世界からこの世を見ている視点に変りはない。

吉本隆明がかつて、寺山の死生観について「既視感の話に引っ掛かってくるわけですけれども、一種の生まれ変わりの話っていうことになるわけですけれども。寺山さんが大変興味を抱いたっていうことが根底にあるわけです」と指摘している。[6] 更に、寺山は既視感を利用して、フレイザーの『金枝篇』（一八九〇＆一九〇〇）を考察し、古代人の考え方を現代に復活させて自分のドラマに応用したのである。ちょうど、ハロルド・ピンターがギリシア神話の豊饒の女神デメテルを自分のドラマ『昔の日々』（一九七〇）に応用したのと似ている。

天野は「現代の劇作家は大なり小なり寺山の影響を受けている」と語ったことがある。だが、意識的にせよ無意識的にせよ多くの現代の作家は寺山から影響を受けている。

こうして見てくると、天野の『トワイライツ』の時計やトウヤ少年の再生は、寺山の『田園に死す』の時計や『まんだら』の一度死んだ筈のチサの再生と類似点がある。天野は寺山の既視観から意識的にも無意識的にも影響を受けている。

天野と寺山には異なる点もある。先ず、天野は遅筆であるが、寺山は優れた作品を矢継ぎ早に書き続けた。けれども、一方で、天野のドラマそのものは台詞回しや場面展開や場面転換が目まぐるしく、しばしばその舞台転換のスピード感覚についていけなくなる。だから、天野の映画や芝居は繰り返し何度も何度も見直す必要がある。すると、一種の心の間欠泉のように、断片が一つの躰に集まってそのイメージが鮮やかに脳裏に焼きつく。同じように寺山の映画や芝居の展開も、天野と同様にスピードが速いが、何度も繰り返し見ていると、まるで急にストンと深い穴の底に落ちたような気持ちになり、その穴の底から上を見上げると空に月だけが明るく輝いて見えるようなのだ。寺山は脚色版『青ひげ公の城』の中で「月よりも遠いところ、それは劇場」と描いている。そのイメージは底なしの穴から見上げた夜空に浮かぶ月のイメージのようだ。

寺山と天野の時代背景や政治状況の違いも考えておかなければならない。だから、天野が言うように「寺山の芝居を再演するときは、一度寺山の映画やドラマをディコンストラクトして再構築してかからねばならない」のかもしれない。確かに寺山は「同じ芝居でもいつも同じように上演してはならない」と考えていた。いっぽう天野は自分の芝居を「役者が完璧に出来るまで繰り返し練習して、そのときは不可能な台詞回しや場面展開も、何時か可能にしていかなければならない」と述べた。天野の話を聞いていると、ちょうど走り高跳びで新しい記録が生まれた直後に、忽ちまた新たな記録に挑戦するアスリートの戦いを思わせた。

二〇〇八年に、名古屋の千種小劇場で高田恵篤演出の『奴婢訓』の再演があった。公開ワークショップと上演を繰り返し見たが、『奴婢訓』が日に日に変貌していくのを目の当たりにした。出演者の一人、後藤好子は、『奴婢訓』の千秋楽の後に「もっと『奴婢訓』を上演したかった」と述べた。歌舞伎でも数ヶ月に渡り繰り返し上演しているうちに、次第によくなる。案外、寺山と天野の芝居は繰り返し見ていると芝居がよく分かるようになるばかりか、芝居の内容が細部にわたって分かってくる。その秘密は歌舞伎の台詞の難解さや場面転換の不可解さや意外性などと似ているところにある。

寺山の『まんだら』と天野の『トワイライツ』が酷似しているのは死の瞬間をドラマとして捉えようとしたことである。死の瞬間はこの世とあの世の狭間にあり、臨終の人が見る走馬灯のようなものかもしれない。また寺山が『誰か故郷を想はざる』で書いているように、胎児もあの世とこの世の狭間を体験するのであろう。

自分がまだ生まれる前に通った道ならば、ここをどこまでも辿ってゆけば、自分の生まれた日にゆきあたるのではないか、という恐怖と、えも言われぬ恐怖と期待が沸いてくる。それは「かつて存在していた自分」といま存在している自分とが、出会いの場をもとめて漂泊らう心に似ているのである。（一三）

あの世とこの世のどちらもその狭間にある瞬間（薄明＝トワイライト）を伝えることは出来ない。その瞬間は、エリアーデが言う、夢や性的オルガニスムや、或いは、コリン・ウィルソンが論じているように、プルーストのお茶に浸したマドレーヌの舌の記憶が、死と生の狭間で眠っている時間を、間欠泉のように噴出す瞬間であろう。寺山の『まんだら』では、チサは瞬時に前世を垣間見てしまうのであり、天野の『トワイライツ』では、同じく、トウヤが、瞬時に前世を垣間見る。けれども、生が死ぬとき、死も一緒に死んでしまうのである。

注

（1）『寺山修司の戯曲』第二巻（思潮社、一九八三）、二〇一頁、以下、同書からの引用は頁数のみを記す。

（2）寺山修司『誰か故郷を想はざる』（角川文庫、二〇〇五）、七五頁。以下同書からの引用は頁数のみを記す。

（3）Williams, Tennessee, *A Streetcar Named Desire* (Penguin Plays, 1986)、一一七頁、及び二〇五–六頁。［参考］寺山修

司作『レミング』（一九七九）でも、葬式の花売りの場面がある。「エキストラ　花、花、お葬式の花はいかが。」（『寺山修司戯曲集3――幻想劇篇』劇書房、一九九五）、五六-七頁。従って、寺山の『青ひげ公の城』と『レミング』は、テネシー・ウイリアムズの『欲望という名の電車』と関連がある作品であると考えられる。
（4）『寺山修司対談集　密室から市街へ』（フィルムアート社、一九六七）、六七頁。
（5）Eliade, Mircea, *Myths, Dreams, and Mysteries* (Harper Torchbooks, 1960)、一八二頁。
（6）吉本隆明「吉本隆明〔寺山修司〕を語る―没後十年記念講演」（『雷帝』一九九三）、一四八頁。

参考文献

寺山修司『叙事詩まんだら』（放送脚本論Ⅱ参考資料）担当

横山隆治《放送日一九六七年一一月二三日（木）午後一〇時〇〇分～一一時〇〇分ＮＨＫ・ＦＭ放送昭和四二年度芸術祭受賞作品ーラジオ部門ドラマ》

（しみず　よしかず　国際寺山修司学会会長）

寺山修司の『田園に死す』とM・デュラスの『ラ・マン』に見る映像表現

清水 義和

01. まえおき

寺山修司は、一九五九年にマルグリット・デュラス脚本の『ヒロシマ、わが愛』（一九五九）を見て、少なからぬ影響を受けた。その後、映画『インディア・ソング』（一九七五）、『トラック』（*Le Camion*、1977）などからも深い関心を懐き続けた。その後、自作のドラマ『さらば映画よ』、一九六八）を創作したが、その際、興味深いコラージュをしている。

『ヒロシマ、わが愛』では、ヒロインの彼女が「わたしはすべてを見たの」[1]と言ったのに対して、相手役の彼は「きみはヒロシマで何も見なかった」（十八）と答える。いっぽう、『さらば映画よ、スター篇』では、ヒロインの中年の女性が「私は見た」[2]と言うが、それに対し、擬人化された映画氏は「きみは何も見なかった」（八四）と反論する。

両者の違いは、デュラスは無意識の夢の中で、曖昧な記憶を辿りながら「見た」と言っている。これに対して、寺山は、映画館の暗闇のおかげで、スクリーンは見られるが、白日の下では何も見えなくなると、映画氏と中年の女のやりとりを状況の違いで表した。

寺山は『チェホフ祭』を発表した当時、歌人であった。けれども、短い俳句・短歌の執筆に飽き足らず、その後、言葉を音声化したラジオドラマを書き『中村一郎』を放送した。そしてついに、言葉を映像化した映画『書を捨て、町にでよう』（一九七一）を制作することになった。

寺山もデュラスもお互いに文字を媒体にした作家として出発した。だが、後になって、映画を自主制作で撮るようになった。

青森高校の学生時代から、寺山は短歌、俳句、詩歌を文字媒体で作り、『チェホフ祭』で『短歌研究』一九五四年一一月号に第二回五十首詠特選『短歌新人特別賞』を受賞した。その後、ラジオドラマを書き始めたが、十八歳で俳句を作ることをあきらめた。続いて、ラジオドラマ『中村一郎』（一九五九）、『大人狩り』（一九六〇）などを執筆し、数々の賞を受賞した。次いでドラマ『毛皮のマリー』（一九六七）などを次々と執筆した。演劇では天井桟敷の旗揚げ公演として『青森県のせむし男』（一九六七）を上演し、映画では『書を捨て、町に出よう』（一九七一）を自主制作した。

デュラスはベトナムのホーチミン（旧サイゴン）で出生した。母親の影響のもとでピアノを弾き始めた。結局、ピアニストのキャリアをあきらめて、小説を書くことに決心する。その後、フランスに帰ってから、映画監督のアラン・レネから依頼された『ヒロシマ、わが愛』のスクリーン・スクリプトを書いた。更に、『かくも長き不在』（一九六一）の脚本を書き、遂には、映画『インディア・ソング』を自ら監督し制作した。

寺山はカンヌ映画祭で、『インディア・ソング』を見て、デュラスの映画を賞賛した数少ない批評家の一人であった。というのは、ダイアローグが殆どなく、映像とナレーションとシャンソンとベートーヴェン作曲『デイアベリの主題による変奏曲』の第十四番を主体にした映画であり、当時の劇場映画のように、プロットがあって、観客受けする娯楽作品とはかなり異なっていたからだ。

映画のシュチュエーションは、女優デルフィーヌ・セイリグと男優マチュー・カリエール、クロード・マンらがダンスをしたり、スローモーションで歩いたりする描写が殆どであり、スクリーンには、ジャンヌ・モローが『インディア・ソング』を歌うメロデイが絶えず流れてくる。映像は二十世紀のヨーロッパ文明の崩壊を象徴しており、ヒロインは徐々に死の病に侵されていく。

ヒロインを追いかける男の行動を見ていると、アントン・パブロヴィッチ・チェーホフ（一八六〇―一九〇四）の『かもめ』（一八九六）との類似点を見出だすことができる。

ヒロインのニーナは、女優としてのキャリアを全うすることができず、絶望する。だが、彼女の恋人トレプレフはニーナの絶望に耐えられず、自殺する。

デュラスは、チェーホフの『かもめ』を演出している。チェーホフは『かもめ』や『桜の園』などを劇化して欧州文明の崩壊を予見した。

寺山は、詩集『田園に死す』（一九六五）の中で、近代文明の下で没落していく庶民を象徴的に歌った。更に、映画『田園に死す』では土地を奪われどん底に落とされ暮らしに喘ぐ民衆を映像詩として表した。

十八歳のとき、最初の詩劇『忘れた領分』（一九五五）を書き、劇中、サックス吹きの青年が、目に見えない鳥を、少女あゆと一緒に追いかける。だが、既に少女は死にかけていた。

寺山もデュラスも、チェーホフの『かもめ』から影響を受けた。二人の作品を辿るとその痕跡を見出すことができる。そこで、先ず『かもめ』からの影響を『インディア・ソング』や『田園に死す』の両作品にしたがって追及する。

02. デュラスの『太平洋の防波堤』と寺山の『田園に死す』

デュラスは一九五〇年に『太平洋の防波堤』を書いた。一九七三年には、日本語にも翻訳された。したがって、寺山はこの小説を読んでいた可能性がある。なぜなら、『太平洋の防波堤』と『田園に死す』の両方の物語に現れる家族の崩壊は、その状況が互いに似ているからである。

『田園に死す』のスクリーンバージョンは、『田園に死す』の詩やラジオドラマバージョンとは異なっている。おそらく、寺山はデュラスの小説『太平洋の防波堤』を読み、その影響を受けて『田園に死す』（一九七四）のシナリオに書き改め、映画制作をした可能性がある。或いは、『太平洋の防波堤』を、ルネ・クレマンが映画化した『海の壁』（一九五七）があるが、それを見たかもしれない。

デュラスは『太平洋の防波堤』でベトナムを流れるメコン川の洪水を描き、貧しい庶民がその川の氾濫で田畑を失い、想像を絶する天災に襲われ滅び死んでゆく。小説の中では、家族が没落し、身を崩していく娼婦を描いている。

デュラスの父親はフランスからベトナムに移住して、学校の校長を務めた。だが、早々に亡くなった。母親は生きてゆく糧を求めて土地を買って耕作を始める。しかし、土地仲介業者に騙され、ついに破産し、貧困に陥る。

寺山は映画『田園に死す』で恐山にある三途の川を背景として描いている。娼婦の花鳥は共産党員の嵐と心中し、三途の川を流れていく。花鳥は父親が亡くなった後、彼女の母親は土地仲介業者に騙され、土地を手放す。その後、花鳥も家族が破産すると共に身を落とし、ホームレスとなり、生きていく糧を得る為、娼婦になった。

デュラスは三部作のように、『太平洋の防波堤』（一九五〇）、『ラ・マン』（一九八四）、そして『北の愛人』（一九九一）を書いている。それらの物語で共通しているのは、同じようなシチュエーションのなかで、ある家族が崩壊に巻き込まれていく。

寺山は『田園に死す』（一九七四）、『中国のふしぎな役人』（一九七七）、『ザ・サード』（一九七八）、『上海異人娼館 チャイナ・ドール』日仏合作映画、一九八一）などで、同じような状況に置かれた娼婦を描いている。

シモーヌ・ド・ボーヴォワールとフランソワーズ・サガンはアラン・レネから『ヒロシマ、わが愛』の脚本を書く依頼を受けたのだが、断った。その後、デュラスは、一九五九年に『ヒロシマ、わが愛』のシナリオを書いた。デュラスは、終戦直後、ドイツのアウシュヴィッツや捕虜収容所に行き、多くの死者たちの間から夫のロバート・アンテルメを探し求め、遂に捕虜輸送車の中で見つけだして、介護した。ちょうど、同じ頃、広島で原爆投下に関するニュースを知った。そこで人々は広島と同じような悲劇を経験したと考えた。したがって、『ヒロシマ、わが愛』でエマニュエル・リーヴァがヒロインを演じたとき、大戦下のヨーロッパにおける惨事を、広島でも見たと感じた。その光景は、デュラスがアウシュヴィッツと広島で同じ悲惨な光景が在ったと考えていた。第二次世界大戦下の状況を綴った日記『苦悩』（*Le Douleur*、一九八五）があるが、その叙述に触れると、大戦で被った懊悩を吐露する絶叫に遭遇することができる。

寺山は劇場映画ときっぱりと決別したメッセージを、劇場版『さらば映画』（スター篇、一九六八）に書いている。

そこでは、（キャストとしての）中年の女がスクリーン上に特殊な経験をしたと言って、シュールに「映画を妊んだ」（八五）と答える。その後で、カメラ付きの布を被ったシネマ氏が現れ、「画面に何も見なかった」（八四）と反論したのだった。カメラ氏が主張するところによると、映画館のスクリーンは明るい照明が当たると、殊に、白昼の灯が映写幕にあたると何も映らない。だから、スクリーンには「何も見なかった」と反発したのであった。

デュラスは、広島でもアウシュヴィッツと同じような悲劇を人間は体験したと考えた。特に、夢の中では無意識にその事件を追体験し、ありのままの悲惨な状況と遭遇し、衝撃的な体験を繰り返すのだと考えていた。

安藤紘平早稲田大学名誉教授は、寺山の映像作品から影響を受けた一人であるが、自ら実験映画『フェルメールの囁き』（一九九八）を制作した。映画では、盲目の姉が、傍でラブレターを代読している弟の声に耳を傾けている。その所作によって、目が見えない姉が、事件の真相を知る映像を創り出した。いっぽう、フェルメールの『恋文』（一六六九―七〇）はタブローの中で身動きひとつせず沈黙を守り、永遠に真相を秘したまま、手紙を黙々と読んでいる。

デニス・ディデロの『盲人書簡』（一七四九）によると、

健常者には二つの目があるという。盲人はそのうちのもう一方の目（望遠鏡）を使って、物体を物差しで計測し、対象を感知する。五百年ほど前に、ガリレオ・ガリレイは土星を望遠鏡という物差しを使って計り、漆黒の夜空に浮かぶ土星を映し撮ったのは同じ方法である。

寺山も、盲人を扱ったドラマ『盲人書簡・上海篇』（一九七三）を書いている。劇中、小林少年は突然盲目になってしまう。不思議なことに、夢の中では健常者のように物が見え、周りの光景が移り行く様子を見ている。この光景は、レネやデュラスの夢や無意識の世界で見る映像を思わせる。『盲人書簡』に影響を受けて、安藤名誉教授は、寺山とは別に、映画作品『フェルメールのささやき』を制作したのである。

寺山は、映画と闇の関係を『さらば映画』、『盲人書簡』、『レミング』（一九七九）で、夜の暗闇や夢を通して描き、殊に、映画『書を捨て、町へ出よう』（一九七一）の冒頭では、長めの闇をスクリーン上に映した。

デュラスは自作の映画『アガタ』（一九八一）のスクリーンに薄暗い闇を撮り続け、同時に、ナレーションを流し、ブラームスのワルツ演奏を専ら奏で続ける。いわば、一本の映像詩と、もう一本別の音楽映画を作成した按配で、至高の瞬間をメロデイで捉え映像化した。

デュラスは、プルーストやバルザックが二十世紀の時代に書きえなかった作品を作成しなければならないと考えた。たとえば、映画『インディア・ソング』には、同名の小説があるけれども、ロマンとは違って、トオキイのような会話がなく、サイレント映画のようである。つまり、デュラスは自作の映画に小説で扱ったダイアローグを殆ど使わず、ジャンヌ・モローが歌う『インデイア・ソング』を繰り返し流した。そのいっぽうで、映画のスクリーンを薄暗い闇に包み、オブジェの形状をはっきりと見せなくして、無意識の世界を専らナレーションによって顕にした。

デュラスは小説『ラ・マン』（一九八四）の最後のシーンでショパンの演奏を描写している。この場面は、プルーストの『スワンの恋』で、スワンがサン＝サーンスのヴァイオリン・ソナタ第1番を始めて聴いたとき心を打たれるシーンを思わせた。殊に、自作映画で、至高の瞬間を、言葉では表現できなくなると、ダイアローグではなく、至福の音楽を使って、哲学的な人間学を顕にした。

安藤名誉教授は、自作の映画『フェルメールのささやき』で、スクリーンに音と闇の世界を使い分けている。従ってその映像メデイアを分析していくと、動画の音と闇から、寺山やデュラスから受けた痕跡を辿ることができる。

寺山とデュラスはフランスのトゥーロンで映画審査員を

務めた。そのとき、寺山は『インディア・ソング』についての質問し、デュラスからは『田園に死す』の批評があったことは、エッセイ「デュラスはこの世で一番遠いところへ」から十分推測できる。そこからは、寺山がデュラスの作品を通して、やがてお互いに影響を受けあったメッセージを、解読することができる。(3)

デュラスが『太平洋の防波堤』を発表したのは一九五〇年であるが、寺山が『青森県のせむし男』を公演したのは一九六七年であるから、寺山が『太平洋の防波堤』を読んで、脚色し、女主人のマツを通して、自堕落で退廃的な大正家の崩壊を劇化した可能性はある。

『青森県のせむし男』では、マツが先天異常でクル病の赤ちゃんを産んだ後、殺害し川に捨てた話を告白する。映画『田園に死す』でも、草衣が不義の子を産み、躰に痣があるのを苦にして殺し三途の川に流す。それに加え、花鳥と嵐の心中事件があり、二人の死体が藁人形となって、象徴的に三途の川を流れていく。その場面に花鳥を演じた女優・八千草薫のナレーションが入り、『太平洋の防波堤』に描かれた一家の破綻の物語に極似したストーリーが語られる。

寺山は一九八三年に四十六歳の若さで亡くなったが、安藤名誉教授は寺山の映像をレガシーとして継承した。したがって、寺山と安藤名誉教授のスクリーンを通して、二人がデュラスから受けた影響を解読することができる。

安藤名誉教授は、寺山が描いた『さらば映画よ』(一九六八)、『ローラ』(一九七四)、『田園に死す』(一九七四)を通して、寺山が意図した映像のアイディアを読み解くことができると考えた。殊に「『ローラ』(一九七四)は、映画の出入りを可能にした」と、画期的なフィルムについて語り、寺山の映像の特異性を指摘した。

安藤名誉教授がアナログの映像で撮った『アインシュタインは黄昏の向こうからやってくる』(一九九四)は、アインシュタインの『相対性理論』に着想をえて創ったフィルムで、地球を突き抜けて、別次元に飛び込む映画だ。映像に現れる息子は、次元を超えて、永遠回帰のように、亡父に会いに行く。ちょうど、『田園に死す』で少年がイタコに頼んで亡父を呼び出すシーンと似ている。映画の中で、別次元に飛び込むということは、言い換えれば、輪廻転生を描いていることになる。

遺作『さらば箱舟』(一九八二)の中で「百年たてば、その意味わかる!百年たったら、帰っておいで!」(4)と、スエは叫び穴に飛び込んで終わる。安藤名誉教授は、その続きを、具体的に、一つスクリーンの中に、もう一つのスクリーンを嵌め込み、こうして異次元世界に飛び込む映像を産み出して、『アインシュタインは黄昏の向こうからやってくる』を撮ったのである。[5]

安藤名誉教授は、デニス・ディデロの『盲人書簡』と寺山脚色の『盲人書簡』の影響を受けた『フェルメールのささやき』を製作した。タイトルのなかで、「ささやき」は、『ヒロシマ、わが愛』で、観客が睡眠状態に陥り、無意識のうちに「ささやき」が、伝わるシーンから受けた痕跡を辿ることができる。

『ヒロシマ、わが愛』を映画監督したアラン・レネは、マルセル・プルーストの無意識な記憶から影響を受けた。レネは、プルーストが文字だけで造形したフェルメール論を、文字のキャラクターを映像化して視覚できるようにした。プルーストがロマンに書いた静止した文字をアニメーションに変換して映像化した。

小説『失われた時を求めて』（一九一三—一九二七）は、文字だけを使って二次元のタブローに押し込めたようにフェルメール絵画が描かれている。レネはこの文字で書かれ、静止した絵画ばかりか音楽も、ビデオを使って、実際に描かれ躍動する絵筆のタッチや、楽譜のスコアを楽器で奏でる音楽に変換し、様々な映像技術を駆使して、斬新な動画を作成したのである。

けれども、デュラスは、レネの制作した映画『ヒロシマ、わが愛』に満足しなかった。それで、彼女自身がプロデュースした映画『インディア・ソング』を撮り、独自の映像制作をした。この映画は、ダイアローグが殆どなく、プロットもなく、ビデオ映像と、他に、詩的なナレーションや、シャンソンとベートーヴェン作曲『デイアベリの主題による変奏曲』の第十四番のクラシック音楽が流れる。これこそ、活字で書かれた『失われた時を求めて』に代わる、デュラス自身が映像化した『インデイア・ソング』である。この映画は、文字で書かれたバルザックやプルーストの小説を超えた映像詩であった。

ジル・ドウルーズは『シネマ２時間イメージ』（一九八三）で、プルーストが小説『失われた未来を求めて』で成し遂げた記憶の「変容」を論じた後で、その文体を映像化した「レネが記憶の概念に被らせる変容を評価する方がよい」[6]と認めたうえで、だが、「いかに映画は、世界への信頼を我々に再び与えてくれるのか」と問題点を指摘することを忘れなかった。というのは、そもそも映像自体が抱えている「非合理な点」があるわけで、レネをはじめとして、その不条理な映像表現というのは、「マルグリット・デュラスにおける不可能なもの、」（中略）「とよびうる何かなのである」（二五四）と指摘し、プルーストの記憶を映像化することの難解さを改めて論及している。

寺山はカンヌ映画祭で『インディア・ソング』を称賛した数少ない批評家の一人であった。寺山自身も歌集『田園に死す』を超えて、音声化した『田園に死す』のラジオドラマを作り、更に映像と音楽とナレーションを駆使した『田園に死す』を映像化するに至る。

寺山はドラマ『さらば映画よ』（一九六八）や実験映画『ローラ』（一九七四）をプロデュースした。そこでは、中年の女が映画を「妊娠する」という換喩から、観客がスクリーンに飛び込んで、光線化した映像の「代理人」を創った。その後、安藤名誉教授は自らのスクリーンで寺山が撮った映像を進化させ、スクリーンに妊娠させて『オーマイマザー』（一九七〇）を作成した。

『オーマイマザー』では、三種類の人物の写真を、一枚一枚、三人のキャラクター：おかま、レスビアン、小暮美千代の写真をフィルムに張り付けたビデオを作製してカメラを回した。すると、スクリーンには三人のキャラクターとは全く別の怪物が現れる。この怪物は、比喩として、映画が妊娠して新生児を誕生させたことを意味する。

デュラスは、娘のとき、ピアニストになりたかったといわれる。結局、母親譲りのピアニストの道をあきらめて、小説家になる決心をした。しかしながら、自ら制作した映画『インディア・ソング』には、音楽が極めて重要な役割を果たしている。つまり、音楽が俳優以上の創造者となってスクリーンに顕現し、絵画やメロディと同等の映像芸術に変身を遂げた。

寺山が『さらば映画よ』で象徴した「映画を妊娠する」を劇化することによって、安藤名誉教授は実験映画『オーマイマザー』のお化けや、デュラスのヌーヴェルバーク映画『インディア・ソング』に現れた陰影や音楽から「分身」を産み出し、象徴的な幽霊現象や、人格を持つに至った音楽が発露するイメージを表した。

寺山は、『田園に死す』の短歌から、ビデオを使い『相対性理論』を援用しながら『田園に死す』を映像詩として創造し、スクリーン上に新しい生命を産み出そうとした。この寺山の遺志を継いで、安藤名誉教授は『アインシュタインは、黄昏の向こうからやってくる』を制作した。その黄昏とは、黄泉の世界、つまり、子宮回帰であり、言い換えれば、子宮から新しい生命の誕生を予告したのである。

『インディア・ソング』のヒロインであり、ラホールの副領事の愛人は、スクリーンの中で人格化したメロディに変身し、死の国を切望している。つまり、子宮回帰を望んでいる。

デュラスによって書かれた『ラホールの副領事』（一九六五）では、副領事がライ病患者で妊娠した乞食に向かって発砲する。結局乞食女はガンジス川で溺死する。ガンジス川は子宮の羊水を象徴していて、子宮回帰を表している。

ガンジス川はメコン川のように海に注いでいる。海は象徴的に子宮を表し、そこで人は死に、やがて、誰もがそこから蘇る。

デュラスは十八歳の時、当時仏領インドシナのサイゴンからフランスに帰った。その後フランスの大統領になったミッテランから、ベトナム社会主義共和国に変貌した生誕の土地を訪問するよう勧められた。だが、生まれ故郷のベトナムに帰ることはなかった。すっかり政治状況が変わった後になって、生まれ故郷のメコン川を見る気はしなかったと言われる。

結局、デュラスはフランスの大西洋に面したトゥルヴィルのロシュ・ノワール館一一二号室に住み、海を眺めて創作活動をした。デュラスは、大西洋を眺めながら、半世紀前の十五歳の少女に帰って、記憶の底に眠るメコン川を思い出しながら『ラ・マン』を書いた。

ロシュ・ノワール館は、プルーストがかつて住んだことがあり、大西洋の海を見ながら『失われた時を求めて』を書いていた。トゥルヴィルにある部屋で、海を見ながら、マルセルを溺愛した祖母と過ごした少年時代やイリエ・コンブレで過ごした記憶を、心の間欠泉によって思い起こし、失われた時を蘇らせた。プルーストは草稿『ジャン・サントワイユ』を改稿して『失われた時を求めて』を産み出した。そのようにして、今度は、デュラスが、十五歳の少女に帰って『太平洋の防波堤』を推敲して『ラ・マン』を書きあげた。

デュラスはユダヤ人に関心があり、カフカ風な不条理小説『ユダヤ人の家』を書き、誰彼となく、エリア・カザンにさえも「あなたはユダヤ人ですか」と尋ねた。ユダヤ人に対し執拗にこだわった要因の一つは、プルーストの母がユダヤ系であり、小説に登場するスワンはユダヤ人で社交界では除者にされる場面を詳細に書いているが、その経緯から推測できる。そこには、デュラスが抱いた趣向の一因を見つけることもできる。スワンのモデルの一人がプルーストだと推測していて、その孤独を、浪漫を通してばかりではなく、現実の社会人からも見つけただしたかったに違いない。

デュラスは、プルーストのように、大西洋に面したトゥルヴィルのホテルに住み、半世紀前にメコン川の岸辺で暮らした、十五歳の少女にかえって、記憶を辿り、フランスに渡った半世紀後に、七十歳を過ぎてから、漸く遥か彼方のベトナムを流れるメコン川の追憶を辿りながら『ラ・マン』を書いた。

寺山は、詩集『田園に死す』から遂に映画シナリオを書いた。しかし、映画に表した下北半島にある恐山は、子供のころ過ごした三沢のような場所ではなかったといわれている。

おそらく、少年時代に住んでいた三沢は、記憶にある同じ場所ではなかったのだろう。むしろ下北半島の恐山のほうが、幼少期に過ごした悲惨な環境の中で生き抜いた三沢のイメージに似ていたのではないか。

デュラスは十八歳の時にパリへ渡ってから、生涯、生まれ故郷であるベトナムのホーチミン（旧名サイゴン）に里帰りすることはなかった。だが、ホーチミンの代わりに、大西洋を望むトゥルヴィルにあるホテルに行って海を眺め、記憶の底に眠る遥か彼方のメコン川を思い出した。小説『ラ・マン』を書きながら、ベトナムにいた十五歳の頃の少女に戻って、失われた自分自身を見出し、二度と癒すことの出来ない傷ついた孤独に立ち向かった。

デュラスが自ら撮った映画『アガタ』は、自作の小説や自伝的なドキュメンタリーともまったく異なっていた。映画は、憂鬱で病的な心象風景が生み出す記憶の奥底にある孤独を覗き込み、失われた魂の故郷を描いている。

彼女の幻想的な記憶は、小説ばかりではなく、映像によって、より繊細で詳細な表現で描かれた。デュラスは、何よりも二十世紀の小説は、バルザックやプルーストの小説を超えなければならないと考えていた。「私自身は、もうロマンは読めなくなっている。こんにち、バルザックやプルーストのように書くことは出来ない」[7]と宣言して映画を撮った。

プルーストがかつてパリを去ってトゥルヴィルで使用した部屋を、デュラスは『ラ・マン』を執筆する場所に選んだ。その理由は、大西洋を眺めながら、地球の裏側にあるが、半世紀以上前に、少女時代を過ごしたベトナムのメコン川に想いを馳せ、太平洋に注ぐ大河と失われた時間とをダブらせて、喪失し、傷つき、病んだ記憶を思い出すことを選んだ。

デュラスはジャン＝ジャック・アノーが製作した映画『ラ・マン』（一九九二）でさえも気に入らなかった。そのため、映画『アガタ』を撮り、自らのナレーションで、愛人ヤン・アンドレアに次兄を演じてもらい、近親相姦の苦悩を映像で制作した。ちょうど、小説『ラ・マン』で描いたオマージュを、ショパンの音楽に重要な役割を与えたように、今度は映画『アガタ』で、薄暗い部屋の映像と、彼女自身にしか表せないナレーションとブラームスのワルツによって制作したのである。

寺山は詩集『田園に死す』を書き、それからラジオドラマ『田園に死す』を作り、最終的に映画『田園に死す』を制作した。

また、寺山のオムニバス映画『草迷宮』(一九七八)や実験映画『消しゴム』(一九七七)は、デュラスの『インディア・ソング』や『アガタ』のように、現実には失われたアルカディアを映像詩として表している。

デュラスはありとあらゆる実験を試み、小説や映画に表し展開してみせた。カミュの不条理や、ナタリー・サロートのヌーボー・ロマンのスタイルで、小説を書き自作の映画を撮った。しかし、不条理やヌーボー・ロマンにさえも飽き足らず、絶えず、異分野に踏み込んで、ロマンやシネマを創作し、世界を挑発した。

ジャン・リュック・ゴダールは映画で絶えず新天地を開拓し、アルチュール・ランボーを現代人にしたような映像詩人である。しかし、ゴダールとデュラスの対談を読むと、そこから、ゴダールは、映像作家であるから、デュラスのような小説家で映像作家であるという複眼的な映像スタイルをとることはなかったことが読み取れる。従って、ゴダールは専ら映画の文法に従って映画を制作していることが伝わってくる。

デュラスは、アントナン・アルトーの『演劇とその分身』(一九三八)にある「分身」のように、小説と映画の間を行ったり来たりしている。だから、デュラスの小説『インディア・ソング』を読んでから、映像を見ないと、映画をアヴァンギャルド風な映像と読み違えてしまう。また小説『アガタ』を読んだうえで、映画『アガタ』を見ないと、意味の分からない抽象的な映像を見ているような気になる。

ジル・ドゥルーズは『シネマ2時間のイメージ』の中で「マルグリット・デュラスは『ガンジスの女』についてこういっている、これは二本の映画、イメージの映画と声の映画だ」(三四五)と指摘した。

寺山の場合も、映画『田園に死す』だけを見ていると、独りよがりに詩人が作ったアヴァンギャルド風な映像に見える。だが、一度、デュラスの『ラ・マン』や『インディア・ソング』や『ガンジスの女』(一九七三)を小説や映像で鑑賞し解読した後で、『田園に死す』を今一度見直すと、メコン川が、恐山にある三途の川と同じ相貌を伴って表れてくることに気がつく。寺山が拘った母ハツとの近親相姦を思わせる要因は、デュラスと母親との葛藤や次兄ポーロとの近親相姦がトラウマとなっているエレメントと、パラレルになっていることに気がつく。

デュラスの次兄はピアノの名手であったので、小説や映画を創作するうえで次兄の音楽が妹にアイディアを喚起して深い影響を与えたことは看過できない。同時に、音楽を通じてデュラスと次兄ポーロとの間に生じたであろう曖昧模糊とした近親相姦関係は、寺山が描く母子間の漠とした近親相姦を示す不透明な関係を彷彿とさせる。

デュラスが次兄の俤を見ていたホモセクシャルなヤン・アンドレアとの恋愛関係も、寺山の母ハツとの母子関係も永遠に解けないパズルである。つまり、ホメロスからラシーヌを経てプルーストに至るまで、古くから今尚解けないアリアドネの糸である。デュラスの愛は傷つけあう病であり、マクベス夫人のような熱病的なパッションが忍び寄る。

寺山は母ハツとの関係を、オイディプスコンプレックスではなく、むしろオレステスコンプレックスであると述べている。デュラスにとって、プルーストの『見いだされたとき』は、彼女には「未だに見出されないとき」だと言っている。寺山は母を詩やドラマや映画の虚構のなかで何度も殺しているにもかかわらず、現実の生活では、「案外母親とは仲良く付き合っている」とパラドキシカルな逸話を語っている。

デュラスに見られる旧フランス植民地インドシナを背景にしたマイノリティの小説やエスニックな映画芸術を、寺山の土俗的で民話的な世界と比較して見ると、寺山が描く人間関係はデュラスの描く旧フランス植民地インドシナの植民地時代の難民と類似している点に気がつく。

デュラスがベトナム生まれの作家であったというキャリアは、ヨーロッパの近代文学と微妙に異なる様相を呈している。何よりも、デュラスはバイリンガルとしてフランス語とベトナム語を話す文化圏の中で育ち、フランス語でベトナムの底辺で蠢く民衆の日常生活を書いた。だから、マイノリティの文学やエスニックな芸術として評価を得たものと考えられる。

寺山は、若い頃から、持病のネフローゼの治療で苦しみながら、複雑なコンプレックスを抱き、生涯、そのトラウマから離れられなかった。だが、その主題を芸術作品に昇華して、孤高な精神を貫いた。その病は、デュラスの癒されることのない心の病と根本のところで結びついており、その主題を尽きることなく生涯書き続けた一貫性の中に相関関係が見られる。

03. 結び

デュラスは二十世紀の文学は、バルザックやプルーストを越えなければならないと語った。映画化された『スワンの恋』、『見出された時』は、小説『失われた時を求めて』のディテールには及ばない。劇場映画はプロットやドラマチックな展開を見せて終始し、小説固有のディテールに基づく描写とは無関係だからだ。

デュラスは、小説の筋を、文字でなぞるのではなく、映像やナレーションやクラシック音楽から民族音楽まで幅広く使って、ダイアローグだけでは表せない、イメージとしての映像詩やリズムを伴ったナレーションやドラマチックな主題を、主としてクラシック音楽を使って表した。

J・A・シーザーが指摘したことだが、寺山は絶妙なタイミングで音楽を劇に挿入する。つまり、必ずしも劇的なカタルシスを台詞やプロットで表現するのではなくて、むしろ音楽によってドラマの核心を表わしている。あるいは、ダイアローグによって大団円を纏めるのではなくて、説教節の節回しや、詩のリズムによって劇的山場を作り上げる。

寺山は『青森県のせむし男』の開幕で、女浪曲師に『石堂丸』の冒頭の部分を語らせている。男性の浪曲師ではなく、女浪曲師が歌わなければ表せないことを、女優固有の声の音質によって証明した。『石堂丸』の「これはこの世のことならず…」は女性の声でなければ表せない声魂がある。このことは、台本には記すことが出来ない。無機物の文字が、説教節の音色に変わって初めて命を吹き返し立ち現れてくるのである。

プルーストは『失われた時を求めて』を、言葉によって韻律と音楽と絵画によるディテールを描いている。ちょうど、ゴッホの書簡にスケッチが描かれ、音楽や文学論が書かれているのと異なり、プルーストは文字だけで小説を書き、映画のように韻律と音楽のリズムと絵画を使って小説を書かなかった。これに対し、デュラスは、文字媒体の小説を書きつつも、たほうで、その小説と全く異なった映画の文法によって、映像や韻律のあるナレーションや、音楽に言霊を与え、それらの芸術様式を駆使して再構成し、映像作品を構築した。

デュラスの場合、小説と映画とは全く別物であるが、似て非なるものをワンセットにして、造形している。しかしながら小説と映画のどちらが欠けても不十分であり、小説と映画の双方の素材を使わって表さないのであれば、プルーストやバルザックの小説を越えた作品を構築できないと、自らの映像作品で描いて見せた。

寺山は、『田園に死す』を創作するとき、先ず、文字媒体の詩集を書き、次いでラジオドラマで音声化し、そうして遂には映像を撮って、かくして三つの表現媒体（詩歌、音声リズム、映像）を一つのセットにした映像詩『田園に死す』を構築した。

デュラスが描くメコン川で暮らす家族の崩壊は、寺山が描いた恐山から流れる三途の川沿いで生き崩壊していく家族と共通しており、マイノリティの文化遺産やエセニックな日常の暮らしを基にして表した映像作品であることを証明している。

デュラスはベトナム生まれのフランス人であり、寺山は日本の北国にある青森生まれのフォークロアであるが、少なくとも、言語はベトナム語、フランス語、日本語、東北方言など、多岐にわたっており、それらのエセニックな文化を表した映画が背景になっている。デュラスは寺山とカンヌやツーロン映画祭で、共通言語として、英語を介して、映画について話し合った。

寺山とデュラスはカンヌやツーロンの映画祭を通して交流があり、互いに影響しあった筈だが、これまで二人の作品を比較した文献は少ない。ただし、デュラスと寺山が残した映画やドラマや評論の中に、その手がかりを求めることができる。

デュラスの映画に『ル・キャメロン』(トラック)(一九七七)があるが、トラックが只ひたすら走り続ける光景を映したフィルムである。寺山は、この映画を観た後で、デュラスに「この世で一番遠い場所はどこだと思いますか?」(二四七)と尋ねた。すると、デュラスは「自分自身の心」(二四七)と答えた。そのとき、寺山は、デュラスの孤独を知ったと書いている。

寺山は『壁抜け男』の幕切れ「16. 死都」で、キャストの王が「世界の涯とは、てめえ自身の夢のことだ[8]」と独白する。寺山が王の独り言を書いたとき、寺山自身の孤独を表したのであるが、同時にデュラスの孤独を思い出して綴ったのかもしれない。

また、寺山脚色『青ひげ公の城』の終幕で、ナレーションと少女の長い独白とが続いた後で、少女は「月よりも、もっと遠い場所…それは、劇場![9]」と絶叫する。この独白は、デュラスが『ル・キャメロン』(トラック)で描いたトラックがひたすら世界の涯へと走り続ける孤独な心と同じ心の病とを表している。

寺山はこれまでアングラとかマイナーだと言われてきた。だが、そこから異なる多様な民族文化を解析すれば、具体的には、デュラスの小説、演劇、映画、評論を寺山作品と比較し、その背後関係を明示することによって、寺山が偏ったマイナーな文芸ではなく、メジャーな文学であることを証明していく必要がある。

デュラスの『太平洋の防波堤』や『ラ・マン』や『北の愛人』と、寺山の『青森県のせむし男』や『犬神』や『田園に死す』に示されたレガシィに共通する民族的な遺産を明らかにすることは重要な課題である。本稿では、デュラスと寺山の接点となる映画『ラ・マン』と『田園に死す』を軸にして双方の映像作品を比較しながら、未開の少数民族やその生活文化を抽出して纏めた。

注

（1）マルグリッド・デュラス『ヒロシマ、私の恋人』（筑摩書房、一九八五）十九頁。同書からの引用は以下頁数のみを記す。

（2）寺山修司『さらば映画よ』（早川書房『悲劇喜劇』一九六六・五）、八四頁。同書からの引用は頁数のみを記す。

（3）寺山修司「デュラスはこの世で一番遠いところへ」（『風見鶏がまわるよ、あの日のように』立風書房、一九九三）、二四五—二四八頁参照。）同書からの引用は、頁数のみを記す。

（4）寺山修司『さらば箱舟』（新書館、一九八四）、一五五頁。

（5）ジル・ドウルーズ『シネマ2時間イメージ』宇野邦一・他訳、法政大学出版局、二〇〇七）二五四頁）以下、同書からの引用は、頁数のみを記す。ドウルーズはレネやデュラスの映画に疑問を懐いていた。レネは『ヒロシマ、わが愛』撮影の時、デュラスとプルーストの無意識の記憶について議論したと思われる。少なくとも、レネのプルースト論に触発され、デュラスはトゥルヴィルのロシュ・ノワール館一一二号室に滞在して『アガタ』を撮った。

（6）https://ja.wikipedia.org/wiki/（マルグリット・デュラス、2020.3．21）

（7）大林宣彦監督『海辺の映画館』（二〇二〇）では、観客が席からスクイーンに入り込むシーンを撮っている。寺山修司の『ローラ』では、寺山偏陸が観客席からスクリーンに飛び込む。安藤紘平名誉教授の『アインシュタインは黄昏の向こうからやってくる』では、スクリーンを突き破って異次元に飛び込む映像を作った。

（8）寺山修司『壁抜け男』（『寺山修司の劇』5思潮社、一九八六）、一五五頁。

（9）寺山修司『青ひげ公の城』（『寺山修司の劇』9思潮社、一九八七）、六十八頁。

参考文献

Gillez Deleuze, *Cinema 2* Translated by Hugh Tomlinson and Robent Galeta University of Minnesota Press Minneapolis The Athlone Press, 1989.

（しみず　よしかず　国際寺山修司学会会長）

寺山修司作・鹿目由紀演出『青森県のせむし男』の上演

清水　義和

01．まえおき

寺山修司の『青森県のせむし男』は一九六七年四月劇団天井桟敷の旗揚げ公演によって草月会館で初演された。当時、草月会館では、ニューヨークからアヴァンギャルド芸術の引っ越し公演があり、はじめて聞く音楽や芸術が盛りだくさんにあり、至る所で話題になった。いっぽう、同年十一月九日、ニューヨーク・リンカーン・センターでは、武満徹が作曲した『ノベンヴァーステップ』の演奏にはオーケストラに琵琶と尺八が用いられ、その西洋音楽との違和感が前衛的だと評価された。日本においては古典的な楽器とされた琵琶と尺八の演奏がリンカーン・センターでは前衛音楽の評価を得た。つまり土俗的な楽器の音色が、ニューヨークではモダンだとされた。

当時、芝居と言えば、西洋演劇を翻訳し、西洋人を模倣しようとした赤毛物が世間を席巻していた。そんな中、寺山は『青森県のせむし男』の冒頭で、当時女子高校だった桃中軒花月が津軽三味線を片手に口上する説教節を披露した。それが、土着的で、同時に、モダンだという批評で沸いた。

02．『青森県のせむし男』の前衛性と土着性

『青森県のせむし男』を暗黒舞踏風に演出すれば、ジョルジュ・バタイユの『眼球譚』（一九二〇）や『マダムエドワルド』（一九四一）を思わせるエロテイシズムを舞台に再現することになる。当時、寺山は土方巽と共にモダンバレーを逸脱した奇怪な暗黒舞踏をパフォーマンスで競いあった。

そのような前衛的な舞台は、当時流行していた新劇とは異なり、むしろ日本の伝統的な歌舞伎や浄瑠璃風に舞台を飾った。その結果、民族音楽的で、同時にモダンでもある

という、相反し、矛盾した評価を得た。そのドラマ的要素は歌舞伎が本来持つ血なまぐさい土俗さであるが、『青森県のせむし男』の舞台ではそのような見世物の復権を行ったのである。

それに加え、寺山の短歌のキーワードである「かくれんぼ」のコンセプトが、変幻自在に姿を変え、遂には「お化け」となって、どこか舞台の背後に隠れて居る。

吉本隆明が指摘しているけれども、寺山のほとんどの作品に見られるのだが、登場人物は死者であることだ。この死者がお化けとなって舞台の片隅に隠れている。(1)

寺山はいわゆる、一九六〇年代の新劇風なリアリズム演劇をきらった。むしろ、近代的な西洋演劇模倣のリアリズムとは反対に、矛盾した、日本古来の伝統に根づく魑魅魍魎の世界をステージに蘇らせたのである。

寺山の初期から中期にかけて、後期にいたる劇作品にさえも、しばしばお化けが現れる。『青髭公の城』(一九七九)には青髭公が舞台に姿を現さない。ただ青髭公が脱ぎ捨てた自分の衣服だけが舞台上に散乱している。『中国の不思議な役人』(一九七七)では、役人の正体が謎のまま、幕切れで、バラバラになった人形となって舞台に転がり、声だけが聞こえてくる。

一九九二年当時、ロンドン大学のデビッド・ブラッドビイ教授は「リアリズムを追及すると、究極的には生のままの裸と同じで、ポルノと殆ど変わらない」と皮肉たっぷりに語っていた。

二〇〇〇年以来、ロンドン・ミドルセクスユニバーシティのレオン・ルビン教授が来日し、日本各地で講座を開いた。その中で、「日本人は、リアリズムとナチュラリズムとを間違って使っている」と指摘した。ルビン教授によれば、「ナチュラリズムとは、自然科学主義のことで、二十世紀になって、漸く、演劇にもサイエンスが入ってきた。顕微鏡の発明によってそれまで見たことがないものが見えるようになり、また科学によって心理学や精神分析が生まれた。二十世紀に至って、科学の時代になり、それまで見えなかったものが見えるようになった。これに対してリアリズムは原寸大の生き物を直接見るだけで、顕微鏡を覗いて見つけた微生物を映す自然科学とは異なる」と。

寺山は、初期の舞台作品『さらば映画よ』(一九六八)を上演したとき、舞台上のリアルな人間と、スクリーンに映し出された光媒体とを区別した。そして、「スクリーン」の中に、生のリアルな人間の隠れ場所があると想定し、そこに映し出された光媒体は、リアルな人間の「代理人」であると名付けた。

つまり、かくれんぼで、神隠しにあって、姿を消し去った隠れ場所が「スクリーン」の中に在ると位置づけたのである。

『青森県のせむし男』の「せむし」は死語であるが、学術用語で表すと、先天異常を指す。この身体障害者は生まれたとき忽ち殺されてしまい、この世にはいない。従って、舞台に繰り返し現れるせむし男は、皆、死んだ「青森県のせむし男」の代理人であり、突き詰めれば幽霊である。

寺山が『青森県のせむし男』を上演した翌年の一九六八年に書いた芝居『さらば映画』で使ったコンセプトを応用すれば、青森県のせむし男は、死んだせむし男の代理人であり、紛い物である。

にもかかわらず、青森県のせむし男の母親であるマツは、姿を現した男が偽のせむし男だということを百も承知の様子で、身元不明の息子と出会った後もずっと、親子の情愛を深める。

寺山は、『さらば映画』の姉妹編となった「スター篇」を、同じく一九六八年に書いた。そこでは、(キャストとしての)中年女はスクリーンに映った映画スターの愛裕二と同衾したと言い放ち、その後で、「映画を妊んだ」[2]と答える。しかも、その直後に、カメラ付きの布を被ったシネマ氏(キャスト)が現れ、彼女が「画面に何も見なかった」(八四)と反論するのである。

もしもスクリーンに映った映画スター愛裕二に恋する中年女のように、マツが松吉の幽霊を溺愛したとしたらどうだろう。溝口健二監督の『雨月物語』(一九五三)では、夫の源十郎は幽霊になった妻・宮木とも知らず一夜を過ごす場面がある。

世間の人は、母親のマツが青森県のせむし男を退けないのは、マツが若い身空で、夫に先立たれ、後家になったので、禁欲ができず、偽のせむし男をわが家に住まわせ、かわいがり溺愛するのだと噂をする。

寺山の母ハツは、戦後、戦地セレベス島で亡くなった夫・八郎に代わって、父親代わりになり我が子を育てた。そして父親の代理人となって、男勝りに修司少年を厳しく育てたといわれる。ハツが父親代わりとして果たした役割は、ハツが生の父八郎ではないのだから、いわば、スクリーンに映った一種の微粒子のような代理人となって、代役を果したことになる。

ハツが父親代わりを務めたことは、「両性具有」を表したことにもなり、寺山が後に『毛皮のマリー』(一九六七)や『花札伝綺』(一九六七)や寺山版『星の王子様』(一九六八)でアンドロ・ギュヌスを表すきっかけになったともいえる。[3]

寺山は、中学生の頃から俳句・短歌の研鑽を積んでいた。ところが十八歳の時に、文字媒体だけを使った俳句や短歌を詠むことに飽き足らず、舞台や映画で、そのイメージを具体的な姿として、スクリーンに代理人を創りだす嗜好に変わった。

仏壇を買いにゆきしまま行方不明になった弟[4]

寺山には弟はいないのだから、この歌の弟とは架空の弟のことであり、代理人でもあり、また、幽霊だともいえる。短歌では表現できない観念的なイメージを、舞台や映画では、代理人としてステージやスクリーンに蘇らせることができる。そう確信し、その虚像を肉体言語や映像を使って表そうとした。

寺山は、死について、フランソワ・グレゴワールの『死後の世界』(一九五八)を読み、独特の考え方を懐き、やがて、人間だけが、死者を蘇らせた歴史を持っていると考えるようになった。エジプトの『死者の書』は死んだ人がこの世に戻ってきたときに困らない為の必読書である。

寺山が書いた『地獄篇』(一九七〇)はエジプトの『死者の書』と似ている。だが、『地獄篇』で書いた死者は、文字通り、死者がこの世では生者に混じって生活しているところが異なる。

アインシュタインの『相対性理論』(一九一五—一六)によると、光よりも早く宇宙旅行をすれば、二十年後に、再び地球に戻ったとき、同時代人よりも遥かに若くなっている。この計算で行くと、宇宙旅行者は、地球人よりも年を取らず、若いままでいる。両者の違いは、具体的に、相対性理論という科学を介さないリアリズムとその科学を介するナチュラリズムとの違いである。

アンリ・ベルグソンは『物質と記憶』(一八九六)で述べているが、死者とは、人間の躰が、現実という場より遠くの場に行くことであり、従って、現実の場にはいない人のことである。

この理論を青森県のせむし男に当てはめると、三十年前に生まれた「青森県のせむし男」は今ここにいない。今ここにいる「青森県のせむし男」は、旅に出かけ、遥か彼方に行ってしまった青森県のせむし男とは全く異なる。

子供遊びの「かくれんぼ」が良い例を示してくれるけれども、今、ここにいない青森県のせむし男は遠くに旅に出かけていて、舞台にはいない。つまり、本物の青森県のせむし男は遠くにいるか、何処かに隠れていて、舞台にはいない。舞台にいるのは偽物、或いは、幻(お化け)ということになる。

どこかに隠れているという意味で、寺山は、かくれんぼ、というコンセプトを使い、短歌・俳句の「ゆくえ不明になった弟」などに現し、やがて、ラジオ、舞台でも姿なき人物を現し、繰り返し、現すようになる。この幽霊は、『奴婢訓』（一九七八）の殺害された主人や、『中国の不思議な役人』（一九七七）の躰がバラバラになった役人や、『青髭公の城』（一九七九）の姿を現さない青髭公にもその例がある。

処女作『青森県のせむし男』と同時代に書かれた第二作目の『大山デブこの犯罪』（一九六七）に出てくる大山デブ子も、かつてこの世にいたが、今は舞台にいない亡霊である。

また、死者とお墓の関係を現したドラマでは、寺山の『花札伝綺』に出てくる葬儀屋の女将、オハカにもよく表されている。葬儀屋は生の人間を殺して死者を製造して葬儀を行う。こうして、葬儀屋が生者を殺害し、死者（＝幽霊）を作る生業を発明し、SF紛いの葬儀屋を表わした。

『青森県のせむし男』の冒頭で、村から戸籍簿が無くなった事件が報告される。しかし、戸籍簿の文字媒体が、行方不明になっても、死者の声がこの世に残り、お墓の中から聞こえてくる。

『身毒丸』（一九七八）では、しんとくが幼いころに聞いた母親の歌う子守唄が未だに聞こえる。そこで、その亡き母の声を求めて、空しく探し求める。

寺山が主張する死者のアイディアを自著『地獄篇』の中で、死者の蘇りとして描いている。つまり生まれた子は、死者の生まれ変わりだと主張するのである。

『石堂丸』の説話にある『苅萱』では、石堂丸は行方不明の父親を探して各地をあちこちと彷徨い、高野山へと旅をする。この石堂丸の悲話を、『青森県のせむし男』の冒頭で女浪曲師が語る。なぜかと言えば、『石堂丸』で語られる物語は、父を探すが見つからず、しかも、哀れにも、その間に母が死んでしまう。その母の死に、憐れみを感じ、亡き人を追い求める説話を『青森県のせむし男』に重ねたのである。

ところが、死んだと思っていた石堂丸の父は、後で生きていることが分かる。というのは、出家した父は、息子に、世俗社会にいたころの父を名乗ることは憚れたからであろう。そうこうするうち、石堂丸の帰りを何時か何時かと待っていた母は、待ちきれなくて、遂に死んでしまう。この悲報を聴いた父は後悔し、石堂丸と一緒に母を弔う。

『石堂丸』は、死んだと思っていた父は生きており、生きていた筈の母は亡くなっていた顛末を語る悲話である。寺山は、石堂丸が、父との再会が叶わなかった悲運はいうにおよばず、むしろ、それ以上に、石堂丸の帰りを待つ母の死に深く心を打たれ、もらい泣きをした。その結果、死んだ母親探しの悲話に関心が一層強くなり、『青森県のせむし男』の悲劇が誕生する因縁に繋がったと思われる。

寺山は、劇の冒頭で、『石堂丸』の物語と並行するようにして、『青森県のせむし男』のドラマを展開している。そうすると、少なくとも、マツは、石堂丸の死んだ母のように、松吉の帰宅を待っていることになる。

説話に表された時間の推移を、時間軸を念頭に考えてみると、少なくとも、石堂丸が帰宅する前まで、母は生きていたことになる。だが、石堂丸が実際に帰ってみると、母は既に死に絶えていた。

万が一、石堂丸が帰宅したときに、母が生きていたとするならば、その時の石堂丸は生身の人間として、母に会うことは叶わないことになる。

ここには奇妙な矛盾がある。つまり、もしも母が生きている間に、石堂丸が帰宅するなら、そのとき時間軸は矛盾してしまい、実際にはありえないことが起こり、石堂丸は生身の人間ではなくなり、少なくともその思いが幽霊にでもなってしまった、いわば、無機的になった母と出会うことになる。

石堂丸と母の再会は、結局、リアルな時の流れの中では出来ない。反対に、もしも、生きた石堂丸が母に会ったとするなら、それは石堂丸の夢想が作り出した幻の母か、幽霊にでもなった母との再会となる。

逆に、仮に石堂丸が帰宅したとき、母がまだ存命していたとするならば、石堂丸の方が、お化けとなる、或いは、夢想によって、石堂丸が母と再会を果たす幽玄の世界になる。

この石堂丸の説話を、仮に石堂丸の母ではなくて、『青森県のせむし男』のマツに当てはめてみたらどうなるか。もしも仮に、生きている母のマツが松吉を待っているとするならば、帰ってきた松吉は、リアルな松吉ではなくなり、夢か、幻か、或いは、幽霊になった存在となる。

それとは反対に、青森県のせむし男の方が、つまり、石堂丸と同じ時間軸に存在していた設定で書かれていたとするなら、マツの方が石堂丸の母のように死んでいるわけだから、幽霊になってしまう。まるで『身毒丸』のしんとくのように、継母はいるが、本当の母は死んで、母の唄声だけがどこからか聞こえてくることになる。

寺山は、第二次世界大戦後、父が戦地セレベス島で病死し、糧を失った母が出稼ぎに出かけて家には両親は居なくなる。寺山に両親がいない家庭環境と、石堂丸に両親がいない境遇とはどこか似ている。しかも、寺山少年の孤独な環境と石堂丸の境涯は合わせ鏡のようになっていて、石堂丸の悲話を、寺山は『青森県のせむし男』だけでなく、『邪宗門』（一九七一）でも、『身毒丸』（一九七八）でも、繰り返し芝居に書いている。

寺山は、少年の頃『石堂丸』を観劇した後で、楽屋に行って母役の女形に会った出来事をエッセイに書いている。だが、その時、思いがけない経験をしたという逸話を綴っている。つまり、楽屋で会った石堂丸の母は、舞台にいた石堂丸の母と、同一人物ではなかったという。というのは、舞台に居たフィクションの母と楽屋の現実の母（女形）とが居て、そのことを、いわば、その矛盾を楽屋で如実に示され、虚実の被膜の間を垣間見ることになった。言い換えれば、芝居が終わってから楽屋に行き、会った女形は舞台で見た同じ役者なのに、舞台で演じていた役者と楽屋にいる役者とは互いに別人だと知って驚いたのである。では、舞台に居た石堂丸の母はいったいどこに消えたのか、あるいはどこかに隠れているのか。生まれて始めてそんな経験をしたとき、漸く、一人の女形の中には二人の人間が住んでいることを知ったのである。この経験から、この世には同じ人間が二人いて、しかも、どちらかが、生きもので、どちらかが幽霊のような存在であることを知る。

その体験を『青森県のせむし男』で、女優ではなく、わざわざ女形のマツを通して舞台化したのである。同じ年に書かれた『毛皮のマリー』でも、マリーはおかまの母親であり、しかも、「時は現代、夢か現か」とト書きに書いて、決して舞台はリアルな世界ではないと指示したのである。

説話に出てくる石堂丸の母も、青森県のせむし男の母マツも女形で、舞台で演じられている異次元はリアルな人間の世界ではなくて幽玄の異界である。寺山は他にもこのような幻覚のような体験を映画『カサブランカ』でもしている。つまり、ハンフリー・ボカートが死んだとき、それまでスクリーンに映っていたボカートは本人自身だと思っていたのだが、実は代理人であり、結局は、現実の人間とスクリーンのと両世界で生きていたのである。こうしてボカートは二人いたことを知る。

03．鹿目由紀の演出ノート

演出家の鹿目由紀は、名古屋伏見にあるG/pit劇場の手狭な劇空間を巧みに使い、『青森県のせむし男』をストレート・プレイではなく、様々な音楽を使った音楽劇に仕立て、イプセンの『人形の家』（一八七九）のように踊りのシーンはあるものの、ほとんど台詞だけの劇作りにしなかった。

『青森県のせむし男』の進行中に、鹿目はステージの上に別の即席の紙芝居や人形劇『パンチ・アンド・ジュディ

（*Punch and Judy*）を思わせる寸劇をこしらえ、仮設舞台を舞台上に設営した。そして、一種の劇中劇を組み立て、進行中の芝居を、実況中継する放送席に変えたり、ブレヒト劇のように異化したり、舞台を異なる次元に移動したりして、メタシアターを築き上げた。

具体的には、歌舞伎のように大夫が三味線に合わせて、地の文を女性の声を使って音声化したり、音楽劇仕立ての音声リズムに変えたり、更に、節をつけ、読経、念仏、あほだら経などに変えたりしながら、様々に歌い分けた。しかも役者たちは劇中、即興的に寸劇を器用に仕立てた。

寺山が書いた台本のナレーションを、浄瑠璃や歌舞伎に出てくるト書きに大夫が伴奏に合わせて、歌い、節をつけたり、邦楽のように調子を変えたりしながら、説教節の『苅萱』や歌舞伎の『苅萱道心』を偲ばせつつ、そのような具合に、台詞やト書きさえも、様々な調べに変えていった。

役者は、台詞劇のように、言葉だけで芝居を進行するのではなくて、オペラや、歌舞伎の七五調のリズムを使って、失われた日本の伝統文化をも蘇らせ、また、童歌や民謡や歌舞伎の抑揚を使って、それぞれの状況に合わせて、別の芝居の世界に入り込むように演出した。

大団円で、役者全員が、わらべ歌を歌うシーンで、最初の稽古では「かごめかごめかごの中の鳥は…」[5]と、俳優たちが、歌いながら、お互いに手を繋いだり、あるいは、役者たちが各自、人と人とで輪の形を作ったりして、小塚の周りをゆっくりと回る芝居仕立てにした。けれども、最終的には、踊りは省略し、コーラスだけにして、舞台には、マツ、松吉、女浪曲師の三人が残って、三十年前に死んだ松吉の告別式に変えた。

こうしてみると、鹿目は、ト書きや台詞から様々な所作や舞台転換をいろいろと工夫を凝らし、それらの細かい部分を区分けし、それぞれを各パーツに分けて、アイディアを総動員し、様々な創意工夫を役者から挽き出し、大胆にドラマを深化させた。その演出方法は、寺山が、演劇は台本が半分で、残りの半分を役者が作るという考え方を反映していた。

鹿目は、『青森県のせむし男』で、津軽三味線による生演奏を使って始めたが、途中で、突然、ポーラ・ネグリの「マズルカ」（一九三五）を、意表を突くように使い、絶妙にその場の雰囲気を一変してしまった。或いは、何の前触れもなく、突拍子もないＪポップの音楽を流して調子外れに歌ったりして、女浪曲師が松吉に対し懐いている淡い恋情を吐露させるようにした。こうして何よりもドラマが音楽劇であることを表し、新劇のストレート・プレイではないことをはっきりと示した。

せむしの松吉の背中のこぶは、躰を一八〇度裏返せば、妊婦のお腹の形状を表している。三十年前、マツは、不義の子を妊娠して、生みたくなかった子供を呪い、妊婦の腹部を裏返しにした格好の、背中にこぶを背負ったせむしの子を産み落とし、殺める。

鹿目が舞台の中央奥で組み立てて使っている張りぼての丘は、恐山と繋がりがある。幕切れで、丘全体をすっぽりと覆っていた大きな布を、役者たちがステージ奥から舞台面いっぱいに引っ張りだし、観客席に向かって川の水が川上から流れてくるように覆っていく。これは、死んだ水子と一緒に観客が三途の川を渡る光景を連想させた。

芝居の最初から舞台奥に飾ってあったお墓の形をした巨大なオブジェは、ちょうどこぶを覆っている形状にして、被せてあった。幕切れでは、そのこぶに被せて包んであった巨大な布製の幕を、役者たちが一斉に引っ張り、舞台面まで引き摺り出し、更に、舞台から座席に降りて、客席全体を覆う。この幕は、恐山を現したような丘の上から流れ落ちてくる三途の川の水を象徴していた。この幕の裏側には蓮華の香水が滲み込ませてあり、川水に流されていく水子を、死者の魂を表した蓮華の花をシンボライズした。

こうして、大団円を迎え、役者が、芝居の終わりを合図すると、一枚の巨大な布の幕にすっぽり覆われていた客席から、観客は幕を掻き分けて席を立つ。つまり、劇は舞台と観客席が二分しているのではなく、一枚の大きな布を介して、舞台と観客席が繋がる按配になっていた。

寺山が考える演劇では、役者だけが芝居を作るのではなく、観客を芝居に巻き込んだときに、ドラマが生まれる。つまり、役者が半分、ドラマを作り、観客が半分、ドラマを作って芝居は完成するという考えが反映していた。

鹿目は、G/pit小劇場の狭い舞台を半分以上大きなスペースを使い、逆に観客席を劇場の半分以下のスペースに狭くしてしまった。

小劇場の狭い舞台を少しでも広く使うことによって、舞台空間をより一層幅広く取った。その為に、観客は狭くなった客席から否応なく、ステージの方につんのめり、舞台面に乗り出すような姿勢になる工夫を仕掛け、類を見ない参加型演劇を、劇場全体を覆う一枚の大きな布を使って作り上げた。

更に、鹿目は、マツ、松吉、女浪曲師を、三人で、三位一体を表わすように指示をした。つまり、マツは松吉であり、女浪曲師でもあるというコンセプトを考えた。

最初、三味線の伴奏と共に女浪曲師が『石堂丸』の物語を歌って聞かせる。やがて、舞台転換と共に、両性具有のマツが現れわれると、エキゾチックでグラマラスな悪女にふさわしいネグリの歌う『マズルカ』によって状況が一変する。[6]

せむしは、クル病であり、学術用語で「先天異常」のことである。ベトナム戦争で枯葉剤の散布によって、ベト君のような奇形児が生まれた。近年では、二〇一一年三月十一日の福島原発事故の放射能漏れ事件で、妊婦が奇形児を出産した事例が報告されている。[7]

『青森県のせむし男』の中では、墓がしばしば言及される。だが、この芝居の後に書かれた『花札伝綺』では、墓は、母のことを指して使っている。実際、歌留多の母の名前は「オハカ」という。

『青森県のせむし男』では、松吉の父親が登場しない。しかし、松吉と女浪曲師の恋愛関係を見ていると、三十年前のマツと夫の首吉との関係を偲ばせる。つまり、松吉に焦点を合わせて見ていると、父が出兵して上海でコレラに罹り亡くなり、今はこの場にいない。だが、松吉は若い頃の亡き父を思い出させる。更に若い頃の松吉の両親の関係を、現在の松吉と女浪曲師のロマンスに読み換えてみると、松吉は、若い頃に亡くなったマツの夫・首吉の面影と重ねることができる。更に、松吉と女浪曲師は、若かった頃のマツと首吉との俤を偲ばせる。

寺山は男装劇の『星の王子様』（一九六八）で、星の王子様を男装の麗人に仕立て点子を登場させる。点子は母を伴って一緒に現れるが、母は点子のパパに変装した男装の麗人オーマイパパである。つまり、点子の母は、母であると同時に亡父でもある。この点子の母を見ていると、一人の人間に死者と生者が入っている。三十年前に死んだ松吉と現在生きている松吉と三十年前に死んだ松吉が一人の人間の中にセットでパラレルな関係になって機能していることが分かる。

マツは、不条理にも、目の前にいる松吉が、実の子ではなく、本当の松吉は三十年前に死んだという。では、何故、マツは、松吉が、自分の子だと信じたのか。その理由は、マツが松吉を実の子のように可愛がり、次第に、松吉も、自然、自分が、マツの子かもしれないと思い込んでしまうような純朴な青年だからである。

マツと松吉は良好な関係にありながら、不可解にも、マツは松吉を自分の子ではないと言い張るのである。そもそも、松吉の実在を示す証拠の戸籍簿がない。その理由は、根拠となる戸籍簿を戸籍係の古間木儀人が盗み出し、地面に埋めてしまい、まるで死体のように葬ったからである。そこで、松吉は、死人に口なしの譬えがあるように、出生の分からない身元不明者、即ち、幽霊となる。

寺山は自著の『地獄篇』の中で、この世に生まれた子は、かつて死んだ子の生まれ変わりだと述べている。仮に、『地獄篇』の生まれ変わりの話を『青森県のせむし男』にあてはめると、舞台にいる青森県のせむし男は、三十年前に殺された松吉の生まれ変わりということになる。

また、『青森県のせむし男』に描かれた、死者の生まれ変わりを示す例が他にもある。ジャン・ポール・サルトルが描いた『賭けはなされた』（一九四七）である。その中で、夫に毒殺された女エヴが、革命運動で殺されてしまった男ピエールと、死後の世界で会い愛し合う。そのような物語を、生と死を混在させて綴っている。サルトルは生の世界と死の世界の境目をはっきりと表している。けれども、寺山は、生と死の境目を線引きしないで、地続きに描いている。

寺山の『花札伝綺』（一九六七）には、人間を殺害してお化けを製造する葬儀屋が出てくる。寺山は『賭けはなされた』から影響されて、『花札伝綺』を劇作したように思われる。けれども、『青森県のせむし男』には死体製造業者は出てこない。あえて言えば、マツは赤子の松吉を草刈り鎌で殺して川に流したと語っている話が出てくる。だが、証拠として松吉の墓があるべきだが、劇には出てこない。その為、『青森県のせむし男』には、そもそもせむし男が居るのか居ないのか曖昧になり、一層不気味さが醸し出される。

寺山は、この所在がはっきりしないせむし男の曖昧さを、引き続き、所在がはっきりしない『身毒丸』の母や『中国の不思議な役人』の役人や『青髭公の城』の青髭公でも繰り返し、行方不明になった人、つまり、お化けを追及することになる。

行方が分からない松吉は、まるで、かくれんぼの鬼のように、何処かに隠れていて、しかも、他人に呼ばれても容易に姿を現さない。子供がかくれんぼ遊びをして隠れている鬼のように、皆の話題になっていることを密かに喜び、自分の存在感を誇示している。

かくれんぼの鬼が自分の名前が呼ばれると、鬼役の子は、その呼んだ人を追いかけるのであるが、ところが、何時まで経っても、相手に追いつくことができない。

高橋康成は、かくれんぼの鬼が何時までも隠れているのは、身を隠す事ことによって、他の人に何時までも覚えてもらいたいからだと論じている。(8)

マツの赤子殺しと殺意の動機が似ている作品が他にもある。映画『田園に死す』で、草衣は産んだ乳児に痣があることを村人に指摘され、痣がある子には災いがふりかかると唆され脅されて、迷信を払いのける叡智もなく、いたずらに祟りを怖れ、川に流して殺害する。マツと草衣の赤子殺しには、動機に類似性がある。つまり、草衣が赤子を殺めるのは迷信を盲動した結果であり、マツの場合も、わが子がせむしであることが分かると、一時的な感情だけで、ヒステリーになり、発作的に赤子を殺めて、川に流して埋葬する。死んだ子を流す川は、三途の川であり、恐山と繫がっている。恐山には死んだ子の地蔵が数多く祭られている。

戦前の東北では、昔から、飢饉の為、子供の間引きが行われたという伝承がある。少なくとも、子供の出生届がなされる前に、子供を殺めて闇に葬れば、その子は生まれてこなかったことになる。『青森県のせむし男』のせむし男の場合もその一人と考えられる。

『青森県のせむし男』では、戸籍係の古間木義人が赤子殺した後、発覚を恐れ、役場から戸籍簿を盗み出す。そのため、同時に村人の出生も不明になり、奇想天外な事件が巻き起こる。その結果、死んだ人の出生が分からなくなるばかりか、生きている人の出生まで不明になり、奇想天外な茶番を生み出す。

戸籍係の古間木義人は、マツの赤子殺しの発覚を恐れ、ヒステリーになった結果、事件を揉み消すため、赤子ではなく、戸籍簿を闇に葬るという盲動に走った。その為に、悲劇は一転してファルスに変わってしまう。

終幕になると、舞台では、童が「かごめかごめ」（九六八）を歌い、謎解きがはじまる。その間に、唄っていた合唱団の声が、少年の声から次第に年をとった老人の声に変わってしまう。これと似た演出技法は、萩原朔美氏の記録映画にもある。つまり、人の一生は瞬く間に、赤子から青年へ、そして老人に変わる。そこのところが『青森県のせむし男』と類似している。つまり、この譬えは人間が生を受けても、死は避けられないことを暗示している。

ところが、いつまでたっても、他人になれない人間の運命は、「おばけ」（九六八）であると作者はいう。『青森県のせむし男』では、身元不明の男とは、生死の流転を逃れた存在を表しているのであり、こうして、寺山は、この身元不明のせむし男を主人公にして芝居を描いたのである。

寺山をはじめ、渡辺えりや鹿目由紀は、東北出身の劇作家であるが、一年の半分近くは闇に覆われ、お化けが出没する世界を体感した作家たちである。

サイモン・マクバニーは谷崎潤一郎の『春琴抄』（一九三三）を舞台化した後、蜷川幸雄との対談で「谷崎の『陰翳礼賛』を寺山が模倣している」と批判している。だが、寺山の闇の世界は東北固有の闇の世界であり、同じ東北出身の渡辺えりや鹿目由紀は、寺山のこの闇の世界に共感している。

大団円で、天井桟敷合唱団が、一同、仮面をつけて「かごめかごめ」（九六）を合唱する。この合唱は『毛皮のマリー』の大団円の合唱団のコーラスと同一であり、マリーが欣也少年に少女の化粧を施している間に、俳優が全員仮面をつけて生の人間から無機質な仮面となる。仮面は、人間の本性を隠す道具であるが、同時に、人間ではなくなったことを表している。この「かごめかごめ」を歌う合唱に似た場面は『毛皮のマリー』のニューヨーク版の台本の中のフィナーレにもある。

『青森県のせむし男』の芝居途中で、せむし男が唐突に登場する場面がある。これはチェーホフ作『桜の園』で乞食が登場する不自然な場面と似ている。ラネフスカヤ夫人が、子供が川でおぼれ死んでいる間に、愛人と逢引をしていた悲話を語り、その後悔を吐露している最中に、唐突に乞食が登場する。チェーホフは子供と乞食の因果関係を説明していないが、寺山は、『青森県のせむし男』の中で、マツの赤子の溺死事件を語った後に、乞食を登場させている。こうして、乞食が子供の生まれ変わりとなる物語に脚色した。

女浪曲師が、マツと松吉の濡れ場を覗く場面がある。これは太宰治が書いた「津軽通信」の中の『嘘』（一九四五）で嫁が夫に浮気をのぞき見される描写と似ている。また、寺山は三島由紀夫との対談では、冬の長い夜の雪深い北国では、近親相姦もありうると語っている。(9)

松吉は、三十年前に生まれたとき、新聞紙にくるまれて捨てられたと台本にある。これは、寺山が『誰か故郷を想はざる』の中で母ハツの出生の秘密を書いているくだりと似ている。ハツの母であった女中は生んだ赤児を、愛人の坂本亀太郎の家の塀の中の麦畑に新聞紙にくるんで捨てた挿話が記されている。(10)

寺山は、チェーホフの『桜の園』（一九〇四）、太宰治の『嘘』、自作の『誰か故郷を想はざる』（一九六九）をコラージュしながら、『青森県のせむし男』に描かれた恋愛のコンセプトを作り上げた。

『青森県のせむし男』の舞台で、女中のマツが舞台に三十年後大正家の相続人となって登場する場面がある。成金になったマツが召使に向かって、「食事は終わったかい」（六九）と尋ねる。寺山は学生時代、同級生の山田太一と一緒に、短歌研究編集長の中井英夫から中村屋でカツレツを奢ってもらった。その味は余りに美味く十日経っても口から消えなかったと綴っている。

法医学の大正家を引き継いだマツが、金持ちを気取り、召使に「カツレツをいただきました」（六九）と答えさせている。召使がカツレツを食べる食卓は、青森県の法医学の家には不似合いだが、このカツレツこそ、中村屋のカツレツを彷彿とさせるのである。

「作家の処女作には、自伝的要素がある」と、吉行淳之介はエッセイに書いている。寺山の作品もその例にもれない。後期のドラマになると様変わりして、フィクションが大勢を占めるようになる。とはいえ、初期の作品のヴァリエーションとなっているドラマ作品が後期に多い。『青森県のせむし男』のせむし男と『邪宗門』（一九七一）の三太郎は、性格が似ている。『石堂丸』の説教節も両作品に出てくる。

説教節の『石堂丸』には、石堂丸が父を訪ねて放浪する場面がある。寺山はこの『石堂丸』が好きで、映画館で見て、便所に駆け込んで泣いたというエピソードがある。

『青森県のせむし男』では、偶然、松吉が大正家の裏口から入り込み、厨房で盗み食いをする。ところが、不思議なことに、松吉は、召使に捕らえられても、警察に突き出されることもなく、マツに迎え入れられ、家族の一員のような生活を送る。

いっぽう『石堂丸』（『苅萱』説教節）では石堂丸が高野山で父に会いに行く。ところが、出家した父からは、「父は既に死んだ」と嘘をいわれて、立ち去る。けれども、石堂丸の帰りを待っていた筈の母は待ちきれずに、既に息を引き取り、死に絶えている。たほう、松吉の方は、石堂丸と異なり、マツの家に居ついて、しかもマツとただならぬ関係を持つ。

女浪曲師によれば、彼女自身が、松吉と結婚の約束をしたと唐突にいう。しかるに、矛盾したことには、松吉は、マツに彼女の実の子は三十年前に死んだといわれる。

マツは女浪曲師に「松吉は、あたしの子供なんかじゃない」〈九三〉といい、女浪曲師の方は「松吉が言っていた奥様は、おれのおっ母さんだって」と述べた〈九三〉という。ということは、松吉は女浪曲師にマツの子だと言って、虚言を吐き、こうして、マツの財産を受け継ぐと女浪曲師に嘘をついたことになる。けれども、元々、松吉は、大正家に泥棒として忍び込んだ時に、直ぐに、使用人に捕まってしまうほどの愚か者で、狡賢い男とはいえない。

寺山の芝居の男の主人公は少し間が抜けているところがある。例えば、『邪宗門』は『青森県のせむし男』と構成が似ている。山太郎を演じた佐々木英明氏から伺った話によれば、「僕は、山太郎を演じたことがあるのですが、山太郎は少し間が抜けたところがある」という。間が抜けているところは、山太郎と松吉の性格が似通っているところである。山太郎は名前に山があり、松吉には背中にこぶがある。そこのところも二人は似通っている。

寺山は、リヒャルト・ワーグナーが好きで、『ラインゴールド』（一九六九）を訳している。ワーグナーの『パルシファル』（一八六五）は「純粋な愚か者」（A pure fool）の意味で、キリストを象徴している。ドストエフスキーが書いた『白痴』（一八六八）の主人公ムイシュキンは純粋無垢な性格がパルシファルと似ている。そもそも、松吉は、愚かで迷信深いマツのヒステリーのために命をさし出した無垢な赤子であった。幼子イエスがヘロデ王に殺されかけた運命にも類似点が見られる。

『青森県のせむし男』の舞台は、時間軸が相対的で、過去と未来とが一瞬のうちに交錯する。たとえば、芝居の冒頭で女浪曲師が「大正松吉を殺したのはおっかさんです」（五八）と言う。これは三十年まえの出来事なのか、それとも、つい最近、マツが思いだして告白した昔話なのかどうか不明である。

映画『田園に死す』の冒頭で、かくれんぼの鬼が、「もういいかい？」（二三九）と言う場面がある。「もういいよ」（二三九）と返事があった直後に、鬼の女の子だけを童のまま残して、他の子たちが、忽ち、三十年も歳を取って、皆大人に変わって姿を現す。これは、現在と、三十年前の出来事とほとんど変わらないことを表している。だが、一瞬のうちに時間が過ぎ、しかも全ての出来事は異なって過ぎ去ることも示している。つまり、今も昔も一瞬のうちに時が過ぎ去ったとしても、必ずしも同じ出来事が目の前を過ぎ去るわけではないことを示している。

『田園に死す』で映画評論家が監督にボルフェスを引用しながら「五日前に無くした銅貨と今日見つけた銅貨は同じものじゃない」（二五五）と言う場面を想起させるが、マツの三十年前の事件と、今日の同じ出来事を、三十年ぶりに語った事件とは微妙に異なることを表している。

このことは、マツが三十年前に殺した筈の松吉と、今日生きて姿を現した松吉とは同じではなく、違うと言っていることになる。言い換えれば、三十年昔に、死んだ松吉は、今生きている松吉と違うと言っているのである。けれども、この松吉を、幽霊と呼ぶべきなのか、或いはボルヘスが言う「不死」の哲学なのか、アインシュタインの相対性理論の時間差を念頭に入れて考えるべきなのかは別問題である。

宇宙が誕生した時のビッグバンの音が百三十億年経ったという、今になって、聞こえるというのは、単に幽霊現象とだけでは言いきれない。明らかに百三十億年の時の違いを感じさせるからである。『青森県のせむし男』の場合、せむし男は三十年前に殺されたと赤子と、今舞台にいる松吉は、異なる松吉が二人いることになる。だから、である。百三十億年前のビックバンの音が、百三十億年後に聞こえるというのは同じ音である筈だが、距離と時間の隔たりのせいで同じ音であるとは信じ難いのである。

寺山のオムニバス映画『草迷宮』（一九七八）の中の「42明の家」で、母の情事の相手の男は明（青年）である。それを縁側からそれを見ている明（少年）がいる。これを念頭に置けば、赤子の松吉と三十年後の松吉とが二人いるという矛盾と同じ矛盾が『草迷宮』にもある。

『田園に死す』の中の「43田圃の中の座敷」でも、少年の私と二十年後の私の間で、二人の私がお互いに会話するという矛盾した場面がある。

『田園に死す』の冒頭のかくれんぼの場面と、『青森県のせむし男』のラストシーン「かごめかごめ」（九六）のシーンを対比してみると、三十年前の出来事は、三十年後の出来事と重なり、赤子のせむしと、青年のせむし男との間に何があったのか曖昧になる。その曖昧なところは、せむし男は三十年前に殺されたのか、それとも、せむし男が殺された話はマツが語る作り話なのか、あるいは、その両方なのか、いずれも、曖昧さが残る。しかも、マツは、松吉を殺したとも、或いは、殺した筈の松吉が、九死に一生を得て、生きているかもしれないと人伝えに聞いたとも言っているのだから、ますます曖昧になる。

04.『石堂丸』との関係

『青森県のせむし男』は、幕開きで、女浪曲師が『石堂丸』の物語を語る。『石堂丸』の物語を念頭に置くと、青森県のせむし男の松吉の方が、父を探し、母を探し求めるという物語になる筈である。

ところが、『青森県のせむし男』では、松吉が母と行方不明の父に探しに行くという設定ではなくて、単に腹をすかした盗人が泥棒に入るという茶番に変わっている。しかも、母を訪ねて来たという松吉は、実は三十年前に死んでいるということが次第にわかってくる。

泥棒の松吉は三十年前に死んだ松吉ではなく、偽物なのに、マツは屋敷に住まわせ食事を与え、わが子のように面倒をみる。しかも、松吉の話を聞いた女浪曲師は、松吉を本物の松吉と信じ、結婚の約束までする。

そんな中、マツは、松吉と女浪曲師の関係を疑って、マツは女浪曲師に、松吉は偽物で、本物の松吉は三十年前に死んだという。

すると、忽然と現れた松吉とはいったい何者なのか。いったい嘘を言っているのは、マツなのか、それとも、松吉なのか。おまけに、マツの記憶は曖昧模糊としており、しかも、松吉の記憶は三十年前には赤子だったのだから、松吉は居ないに等しい。それに、戸籍もなく、不思議なことに、生後間もない幼子に、何時、「松吉」と命名されたのか。そのうえ、育ての親はいったい誰なのか分からない。

寺山修司の生年月日も、戸籍上、一九三六年一月十日とあるが、出生届が、多雪のせいで、親が一月遅れ届けたとあり、実際には、一九三五年十二月十日に生まれた。確かに、この空白の一ヶ月は、『青森県のせむし男』に出てくる松吉の三十年間の空白と比べると遥かに短い。だが、この空白の期間に、寺山には、二つの出生年月日があることになる。言い換えれば、一ヶ月の間に、寺山修司は二人いたことになり、どちらも、本人と変わらない。「旅役者の記録」(『私という謎』)にも記されているが、ともかく「もう一人の私」(一一一)に関心を持っていた。

『田園に死す』に出てくる「同じ銅貨は時間を違えれば同じ銅貨ではない」と語っている箇所がある。このボルヘスの哲学を念頭に置くと、寺山が実際生まれた日と、戸籍に記載された日には差異があるが、考え方によっては、二人の寺山がいることになる。

『青森県のせむし男』の冒頭で、村の戸籍簿が三十年前に盗まれ、村人全員の出生が不明になってしまったという荒唐無稽な御伽噺が明らかにされる。この戸籍簿盗難事件は、ガルシア・マルケスの『百年の孤独』(一九六七)のように、百年経ったら、村全体が消えてしまうという民話と似ている。従って、戸籍簿の紛失によって、松吉はおろか村全体の住民の生年月日も曖昧になってしまう。すると、松吉と同様村人は全員、居たのか居なかったのか曖昧になる。

しかも、後になると、マツが松吉を「草刈り鎌で殺し」(九四)た、という証言が残り、松吉は死んでこの世にいないということになる。

にもかかわらず、マツが、泥棒を屋敷に住まわせ、わが子のように扱うので、世間では、この泥棒はマツの子で松吉ではないかと噂が立つ。

マツは、泥棒の「松吉は、あたしの子供なんかじゃない」(九三)という。そのくせ、マツは、松吉が「…死んだりなんかしませんよ」(七二)とも言うので益々真相が曖昧になる。

マツの言う譬え話も、そもそも、子供じみている。だから耄碌した年寄りの戯言に過ぎない。例えば、「赤児が一人昇天するたびに地上にはレンゲの花が一輪咲きふえる」(七二)の挿話が出てくる。従って、松吉が死んだのなら、蓮華の花が咲くはずなのだが、「数がふえるということは一度だってなかったね」(七二)と断言する。ということは蓮華の花が咲かないのは、松吉が生きていて、どこかにいるからだ、と御伽噺のような話をする。あるいは、魔法にかけられた王子様のように、「赤児の寝巻を着せてやると、もとの王子にもどるという話だった」（七四）と子供だましの話をする。

マツは、松吉のふるまいについて色々と論じるので、ますます曖昧になり、松吉の正体とはいったい何者なのかという謎になる。

いっぽうで、マツは、忽然と現れた男は松吉ではないと証言している。それでいながら、あれこれと詮索するので辻褄が合わなくなる。

ここで、松吉の身の上の比較の対象として、今一度、石堂丸の物語を思い出してみる。石堂丸が父かと思い高野山に訪ねると、出家し僧となった父から、「父は死んでいない」と言われる。ところがそれは嘘で実の父は生きている。石堂丸は、父が死んだものと思い込み、悲しみながら訪ねた場所を立ち去っていく。更に不幸なことに、待っていたはずの母は死に絶えている。

この石堂丸の中に出てくる「父の死」の虚言を、そのまま青森県のせむし男の死に当てはめると、マツの「子殺し」の話も嘘かもしれない。その証拠に、三十年前の戸籍簿がない。そもそも、戸籍簿がない以上、松吉が生きているのか、それとも死んでいるのか、確かめようがない。

すると、事実を知るマツの真相しかない。結局、マツが、「松吉は三十年前に死んだ」というので、今目の前にいる、男は、戸籍のない幽霊ということになる。

今村昌平の映画『人間蒸発』（一九六七）では、行方不明の男は、どこかに隠れていて映画の最後になっても姿を現さない。蒸発した男が、どこに居るのか居ないのか曖昧なところが残る。その真相が曖昧なので、観客の関心を引くのである。

松吉の場合はどうなのか。実は、石堂丸のように父の生死が問題ではなくて、焦点は逆転し、当人の松吉が居るのか居ないのか分からないという筋立てに変わっている。言い換えれば、石堂丸が父の行方を捜す物語ではなくて、プロットが逆転し、母のマツの方が息子の松吉の行方を探す物語に変わっている。

逆さまになっているのは、石堂丸が父を探す話を踏襲するのでなくて、あべこべに、母のマツの方が、文字通りマツ（待つ）の名前が示すように、行方不明の松吉が帰宅するのを待つ物語に変わっているからである。しかも、プロットが、石堂丸のように、父が隠れていて行方不明というプロットではなくなり、『青森県のせむし男』の場合、逆さまに、松吉本人の方がどこかに隠れていて行方不明だというふうに筋立てが変わっているのである。

石堂丸のほうでは、父がどこかに隠れているから、居ないのであるが、『青森県のせむし男』のほうでは、パラドキシカルに、松吉の方がどこかに隠れているので行方が分からないという風に変わっている。しかも、本物の松吉はいつまでも姿を現さない。この一種のかくれんぼによって、一層不在の松吉の存在が目立つ仕組みになっている。

寺山の『青森県のせむし男』の場合、実は、種明かしが他のエッセイ「旅役者の記録」の中に書かれている。寺山は青年の頃舞台の『石堂丸』を見て感動し便所に駆け込んで泣いてしまう。しかも、芝居が跳ねた後、楽屋裏へ行って、石堂丸の母を演じた役者を探すことになる。しかし、この母親役を演じた役者は、石堂丸の母親とは似ても似つかぬ女形であった。こうして、寺山は舞台で演じた物語の石堂丸の母親と、現実の石堂丸の母親役の役者とは似ても似つかぬ別人であることに気がつかされるのである。(二一〇―一一三)

すると、いったい、舞台で演じた、あの物語の中の石堂丸の母はいったい何処に行ってしまったのか。実際には石堂丸の母はどこにもいないのである。結局、寺山は、一座が旅巡業で青森から他の町に行ってしまい、それにまた時間が経つうちに、いつのまにか、石堂丸の帰りを待つ母親探しも忘れてしまう。

この石堂丸の母親は、松吉の母親マツと幾分似ているところがある。石堂丸の母親は息子の帰りを待つ女であったが、松吉の母マツも息子の帰りを待つ女である。

そこから、物語を俯瞰して見ていくと、実際には、『青森県のせむし男』の物語事態が、フィクションであり、しかも元々松吉もマツもフィクションなのだから、舞台で展開している物語の世界を、一旦目をそらしてしまえば、舞台にいた松吉もマツも、現実には楽屋は言うまでもなく、どこにも息子も母もいないことになる。

寺山は、やがて『青森県のせむし男』の構造によく似た物語を持ち出して、遂には『邪宗門』を描いた作者探し迄、『邪宗門』(一九七二)を書き、その中で、再び、石堂丸の物語を展開して追及することになる。この主題はルイジ・ピランデルロの『作者を探す六人の登場人物』(一九二一)と似た劇構造になっている。結局、『邪宗門』では、作者の寺山修司にしか事の真相がわからないことになっている。

すると、『青森県のせむし男』の中のせむし男の正体も、作者、寺山修司以外、誰にもわからないことになる。そこで、台本に書いてあるように、松吉も正体不明の幽霊ということになる。しかも、幽霊の正体について、作者の寺山は、台本の中では、それが一体誰であるのか書いていない。

05．結び

童謡の「かごめかごめ」の歌が『青森県のせむし男』の幕切れに出てくる。世間でよく知られ、世の中に広く流布されている元々の歌詞は以下のようである。

かごめかごめ 籠の中の鳥は いついつ出やる　夜明けの晩に 鶴と亀と滑った 後ろの正面だあれ?

寺山は、終幕近くで、この童歌「かごめかごめ」を『青森県のせむし男』の中で替え歌にして使っている。

かごめかごめかごの中のせむしいついつ出会う
夜明けの晩に父と母が滑ったうしろの正面だあれ
おろせおろせ肉と肉でできた背中のお墓
夜明けの晩に父と母も捨てて後ろの正面だあれ
（九十六—九七）

この「かごめかごめ」と替え歌を元歌とを比較すると、寺山の歌詞のほうが、先天異常の子供に対する親の驚愕と悲しみの気持ちがよく出ている。

寺山は異形の役者集団として劇団『天井桟敷』を一九六七年に立ち上げて、先天異常の登場人物を、歌舞伎が本来持っていた負のエネルギーとして、また見世物の復権として掲げた。青森県のせむし男、大山デブ子、毛皮のマリー、身毒丸、何れも、クル病、肥満、ホモ、レスビアン、眼病など、躰に欠陥のある主人公を次々と描いている。そして寺山は異形の登場人物を描いて、当時の歌舞伎を新しい視点でとらえ直し、見世物の復権を目指して『青森県のせむし男』を舞台化し、遥か昔から伝承された恐ろしい民間伝承を、今日の問題に仕立て直して顕在化したのである。

注

（1）吉本隆明「吉本隆明〔寺山修司〕を語る—没後十年記念講演」（『雷帝』一九九三）、一四八頁。
（2）寺山修司『さらば映画よ』（早川書房『悲劇喜劇』一九六六．五）、八四頁。
（3）寺山修司「旅役者の記録」（『私という謎』、講談社、二〇〇二）、一一八参照。「お前のかあさんは、ほんとは父さんだったんだぞ」
（4）寺山修司『田園に死す』（『寺山修司全シナリオ一』、フィルムアート、社一九九三』、二三九頁。以下同書からの引用は頁のみを記す。
（5）寺山修司『青森県のせむし男』（角川文庫、一九九三）、九六—九七頁。以下同書からの引用は頁数のみを記す。

(6) …それは、ポーラ・ネグリ『マズルカ』で今日風の一曲であり、このポーラ・ネグリの「マズルカ」はかつて、TVドラマ『傷だらけの天使』で岸田今日子扮する綾部貴子(悪徳探偵事務所社長)の登場シーンに毎回流れて話題になった。ポーラ・ネグリ(Pola Negri)はサイレント時代から歐米の映畫界で活躍した女優(波蘭→獨逸→米國→獨逸)で、また歌手としても活躍をした。「マズルカ」も「夜のタンゴ」も同名獨逸映畫の主題歌で歌唱場面がある。(https://ja.wikipedia.org/wiki/ポーラ・ネグリ二〇二〇・三・九)

(7) 二〇一九年六月、名古屋の愛知学院大学で開催された第五九回国際先天異常学会で、世界から五十か国以上の研究者が集まり、ベトナムの枯葉剤によるベト君の奇形児や、福島原発事故による奇形児の妊娠の症例の発表があった。驚くべきは、福島から遠く離れた岐阜・愛知・三重でも奇形児の病例が多くあったことである。

(8) 高橋康成「悪意の変貌」『新文芸読本』(河出書房新社、一九九三)、八一頁。

(9) 「三島由紀夫—寺山修司〈対談〉エロスは抵抗の拠点になり得るか」(『潮』第一二七号、一九六七・七)参照。

(10) 寺山修司『誰か故郷を想はざる』(角川文庫、二〇〇五)、十三頁参照。

(しみず　よしかず　国際寺山修司学会会長)

English Version of *Lemming* Dramatized by Amano Tengai

Translated by Shimizu Yoshikazu

Scene 7 Attic walkers

African explorer f in a white Panama hat runs through the night city where people come and go.

Night city people disappear.

The girl sits on the stairs near the place on the right side and falls asleep.

A lifting device of city view attached to an upside-down, rises up.

The dog barks from a distance. Twilight begins to enter towards the top of the stage.

Gōda Saburō, a walker that appears and disappears in the attic of the boarding house every night, is looking down from the knot on the ceiling.

Though we don't know the reason, the attic walker and his voice are separated here.

Although they have different voices and different bodies, two people are the same person, Gōda Saburō himself.

A cook 2 is sleeping alone in the room.

At the place where the characters are enclosed with <   > marks, two people are speaking at the same time.

That voice: Maybe this means that it would have been a kind of mental illness. No matter what kind of play, what kind of occupation, whatever I do, I think this world is not interesting. In my unspent days, I decided to go up in the attic just to see what others do.

Attic walker: Good evening, My name is Gōda Saburō, a walker in the attic.

That voice: Good evening, I <am> that voice.

Attic walker: While distributing <dis>course with one another, I will send you in a double voice.

That voice: <That is> to say, I am <me>.

Attic walker: It means that <I>'m us, but he is also <me>. (*pointing to the man with that voice*). He is <me>.

That voice: <I>'m <him>, too.

Attic walker: <He>'s <me>.

That voice: <I>'m <him>.

Attic walker: <His> voice is <my voice>.

That voice: It <means> my <voice> is <his voice>.

Attic walker: <Dis>communication doesn't exist.

Both: <Because> they are comrades.

That voice: Like a <rat>, we crawl through the attic every night, <looking> into other people's room through knotholes.

Attic walker: It is a <terrifying> <view>.

That voice: Differences in <eye> heights and angles <make> ordinary rooms feel quite abnormal.

Attic walker: I can see an embarrassing <figure> that <nobody> wants to see.

That voice: A defenseless <figure> off the <tag>.

Cock 2 rolls over.

Attic walker: In room 1, there is a woman who can bite her nails with her front teeth when alone,

That voice: In room 2, there is a company employee who writes a letter, puts an eraser in his mouth, chews, and exhales through his mouth.

Attic walker: In room 3, there is an unemployed person watching TV, while punching the ear hole with chopsticks.

That voice: In room 4, there is an old miss who fiddles with hair, pulls it out,

and puts it in her mouth.

Attic walker: Room 5 is away.

That voice: Room 6 is away.

Attic walker: In room 7, there is an old man who brings another person's footwear, and stares.

That voice: In room 8, for some reason, while chanting pi, there is a male student in a sailor's clothes who is constantly playing with his genitals.

Attic walker: In room 9, there is fourth returning woman biting the saliva twice and smelling the smell twice.

The apprentice cock 2 always have a bad dream, with a walker in the attic looking down on.

That voice: In room 10, there is a Chinese <chef> who is dreaming while being peeped from the attic by Gōda Saburō, whose voice is divided into two.

Attic walker: <Human> eco<logy>.

That voice: <Inter>personal <fear>.

Attic walker: <Un>pleasant daily <life>.

That voice: <Ab>normal poor shaking.

Attic walker: Coughing.

That voice: Crying at night.

Attic walker: Nocturnal urine.

That voice: Big eater.

Attic walker: Flatus.

That voice: Insomnia.

Attic walker: Disguise.

That voice: Wan<dering>.

Attic walker: <Cir>culation board hor<ror>.

That voice: Fe<ar> of <fu>ton.

Attic walkers: <Fi>lthy fe<ar>.

Its voice: <Knot>hole fe<ar>.
Attic walker: <Dee>p claw fe<ar>.
That voice: <An>xiety neuro<sis>.

An African expedition rushes out of a right side in the main street, and stops.
Music 7, "sin and punishment" plays from the left direction.
We can hear the voices of men and women.
Attic walkers, its voice, and African explorers listen to it.

Doctor: Disappe<ared>.
Nurse: <Des><troyed>.
Doctor: <Nosta><lgia.>
Nurse: <Cra><zy>.
Doctor: <Re><model>ing.
Nurse: <Grow><th>.
Doctor: <Fo>od ch<ain>.
Nurse: <Fi>nal equa<tion.>
Doctor: <Color><blind>.
Nurse: <Bl><ind>.
Doctor: <Human> <Hair>.
Cook 2: Don't do this <any><more>.

Lights illuminate at rooms next to the cooks with the cry of the cook 2. With the disappearance of the wall, a man who was thought to be a sick person, who put on dress as a doctor h, is pointing stethoscope at wife *w on all fours. Nurse e with a thick syringe is behind his wife.*

Nurse: <Le>ns pho<bia>.
Doctor: <Dis><appearance>.
Nurse: <Broken>< heart>.

Doctor: <Con>tinuous <drinking>.
Nurse: <Hand> <job>.
Doctor: <Nym><pho>.
Nurse: <Vio><lent>.
Doctor: <Vio><lence>.
Nurse: <Abu><se>.
Doctor: <Bor><ing>.
Nurse: <Humi><liation>.
Doctor: <Pressure>< sore> (bed sores)
Nurse: <Premature> <ejaculation>.
Doctor: <Se><nile>.
Cook 2: I hate it <anymore>. I don't want to see <anything>. Stop!
Nurse: <Se>nile demen<tia>.
Doctor: <Lack> of a sense of <direction>.
Nurse: <Blood><man>
Doctor: <Roa>s<ted>.
Nurse: <Baked><por>k.
Doctor: <Bu><mp>.
Nurse: <Schizo><phrenia>.
Doctor: <Te><ar>.
Nurse: <Injury>.
Doctor: <Cardiac> <arrest>.
Nurse: <Psycho>genic visceral dis<ease>.
Doctor: <Coronary> aneurysm <rupture>.

A wife on all fours speaks unexpectedly.

Wife: <Sin> and <punishment>.
Doctor: <Sin> and <punishment>.
Wife: <Sin> and <punishment>.

Doctor: <Sin> and <punishment>.
Wife: <Punishment> and <Sin>.
Doctor: <Punishment> and <sin>.
Wife: <Sin> and <punishment>.
Doctor: <Sin> and <punishment>.
Wife: <Punishment > and <sin>. *Watch cock 2 at the same time.*
Doctor: <Sin> and <punishment>.
Wife: <Punishment > and <sin>. *Watch cock 2*
Doctor: <Sin> and <punishment>.

The wife and the doctor repeat with a systematic movement.
The walker in the attic and his voice who was peeping at it.

That voice: <Look> at <that>.
Walker in the attic: They do <well>. <don't they>?
That voice: <What's>< that>?
Walker in the Attic: <Desolate> Mind and Bo<dy>.
That voice: when I thought that her <husband> was sick, and his wife was nursing, but <actually>…
Walker in the attic: <Actually>, was his wife sick, <wasn't she>?
Voice: The <nur>se was the husband's new mistress, <wasn't she>?
Walker in the attic: <What> a <obscene>!

The voice suddenly looks up to the heavens.

Voice: <Who> is it?
Walker in the attic: Eh?
That voice: Be quiet!

M7 "Crime and Punishment" -Off.

The light in the next room goes out.

Walker in the attic: What's <that>?
That voice: <Any>one's look<ing> at us.
That voice: <Loo><king> at us!
The voice: <Cra>zy <gaze>.
Walker in the attic: I <feel> the <glance>.
Voice: <Loo>k on the <us>.

The voice points to the Heaven.

That voice: It's <around> <there>.
Walker in the attic: He's a <per>vert. There's a pervert peek<ing> at us.
The Voice: <Beyon>d the <Night> Sky.
Walker in the attic: A pervert is peeking from the back of the <uni>verse… In the night sky, there are a lot of holes pierced by needles, beyond that, millions of attic pedestrians are peek<ing> at us.

An African explorer sits on the stairs, smoking opium, and looking up at the night sky. A walker in the attic takes a cigarette (opium) *out of his pocket, puts it in his mouth, and lights the lighter. Cook 2 is being snarled.*

Cook 2: <Some>one fixes the wall, doesn't he! I don't want to see it! I don't! I <don't> want to see it!
Walker in the Attic: Dunghill's evening star.
The voice: The first star in the attic.
African Expeditioner: Stars (Xīngxīng guān tiān)
Walker voice: A peephole like a star in the sky, opened in the jet-black night sky.
African Expeditioner: Seven Holes Eight Caves (Qī kǒng bā dòng) - Full of

Holes.

That voice: Look!

African Expeditioner: Rat eyes (Shǔmùcùnguāng) - other insights seen by the eyes of rat.

That voice: Look!

African Expeditionary Officer: No Light (Mò guāng) ~no light.

Walker in the attic: No shadow, no shape...

African Expeditioner: Invisible (Wúxíng wú zōng) - No Shadow or No Shape.

Walker in the Attic: The Black Darkness.

Scene 8 Tango

African explorer speaks in a tone like a silent movie.

African Explorer: Stupid of China town, sadly, poke their eyes.
Old time, they were kingdom, now ruins.
Canary which forgot the song.
And Massagist who ran away and hid,
Met in the opium den,
Negotiate whether let's sell the country, or sell the parents,

A woman's voice overlaps from the darkness.

The Explorer and the Woman: Black Flowers on the Blind Wharf. Black flowers fall in the darkness.

Woman: That person waving the black flag.
Today, also, he is going to be safe or dead.
When I rub the match and look for him.

Explorer: Even if I rub one, there is no news.

Woman: Even if I rub two, there is no news.

Expeditioner: Even if I rub three, he wouldn't come home.
Woman: Please give me a light··· as even a moment is fine··· light up my dream ··· a fleeting light.

Sound 'Schbot' and the light of the moment of magnesium, followed by a light of the texture like a movie film with scratches.
In the prelude of sound quality like a broken gramophone, "With rattling..." *and the sound of the projector overlaps.*
In the rising smoke, the silhouette of the movie star Kageyama Kageko in old days emerges.
Kageyama Kageko talks about the lines of the movie.

Kageyama Kageko: Blowing wind, overpassing shadow,
Invisible wall, pass through,
Disappear, a moment's candle,
life is nothing more than a walking shadow.
The time of the flame, the time of the ashes,
In the endless wilderness, decays.
It's a bone that sleeps while I'm standing.

Tango
Kageyama Kageko ♪ : The wind, blowing out, overpassing shadow,
Petals to dance, the time to disappear,
Before the violets on the chest wither
Unforgettable (fleeting) image.
Reflect in the sky, light up your eyes.
Even if I called it, feeling not returning,
When can you come back or what time can I meet you again?
When you comes again (Hérìjūn zàilái)
Whispering, smiling (adoration, sadness)

If I think you, I feel nostalgic, I miss you, if I remember you.
I walked counting the twinkling stars.
The city of the end of the World Beyond the Eyelid.

Where is Meng Liang's name (Mèng liàng míng nàlǐ) ~Where is your dream?
Where is Meng Liang's name (Mèng liàng míng nàlǐ) ~My dream is over there.

Petals, try to dance, stars, try to shatter.
Blowing wind, passing shadow.
Swaying in the pale light of beam and darkness.
In the dream of a movie named the world.

From the middle of the song, violin musicians, Russian merchants, hustler, Sorcerers of Shina, Chinese prostitutes 1 and 2, flamenco dancers 3 and 4, and the bald dancers appear and dancing tango.

Cook 2 who was sleeping in the room gets up. He, like a sleepwalker, leaves the room and goes down to the front street in unawakened steps.

An African explorer beckons cook 2 and make him sit down the stairs.

The African explorer recommends opium to cook 2. Cook 2 smokes opium as he is told.

Kageyama Kageko, who descended from the stairs to the cocks' room, held up her white-heeled shoes, like a white bone, like a revolver, and said exaggerated.

Kageko: Look, this is it. The corpses are dirty because they rot, but if it's a bone, it's beautiful. Put it under the pillow of cigarette bed (Chimpan) and sleep. I'm sure you'll have a good dream.
Good dream... Yes, in the sweet scent of lilac flower (Dīngxiāng huā), smelling, the dream of the fourth wedding we had a wedding ceremony at the General Hall of Fengtian-Nanmanchu Railway, dreams, dreams, dreams... A good dream... What kind of dream? ... That? ... What's that? What's dream?

The director who appeared from the middle of the dialogue directs to Kageko.

Director: ... Close your <eyes>··· <in this way>.
Kageko: Close your eyes? (<Gu>ān yǎnjīng <ma>) [*Close your eyes*]
Director: Close your <eyes>...
Kageko: What? (Shén<me>) ~what?
Director: Close the <eye>lids and remember.
Kageko: Remember? <Close the eyelids>?

Kageko closes her eyes.

Director: ... <Close your eyelids>? Remem<ber>?

♪ *C•I Rattle ("Katakata") Light C.O.*

Extra Man: <Cellu>lo<se>.
Director・Extra Woman: The <Land> of <Su>melagi.
Extra man: <Ni>trocellulo<se>.
Extra Woman: Dre<am> of <Sc>reen.

Back to The Previous.

Director: Close your <eyes>··· Remember.
Kageko: ... Wha<t> ?
Director: <Re>member... <Who> are you?
Kageko: <Who> are you?
Director: <Who> are <you>?

Kageko is touching each place of her body.

Kageko: <Who>?··· Face···, Neck···, Shoulder···, Chest···, Finger's <tip>.
Director: Who <are> <you>?
Kageko: <Who>··· am <I>?

♪ *G•I. Rattle ("Katakata") Light C•C. Flicker ("Chika chika")*

Extra man: <Wri>nkl<ed>.
Director • Extra Man: <Hair> falls <off>, too.
Extra Woman: Both <hands> and feet are trembl<ing>, too.
Director • Extra Man: Both hands and feet withered.
Kageko (*with recorded audio*) <I> sleep standing for<ever>.

♪ *Lights are back.*

Kageko: <Recall>ing..., So,... Dream... Dream, this is from Dalian station, Ryu-jyo-Ko(ditch), Halpin, Chichiharu, Manchuri... Leaving Khabarosk, through the tunnel of Carile, crossing the overpass of Colonge, towards at La Sioota station, and sprinting with all one's might. The dream of the sixth wedding performed in the observation car of the special express...

The staff puts the veil of tulle on Kageko's head. Cook 2 sucks an opium and sleeps.

Kageko: Leaving her body to the shaking of the train, flying the veil of tulle, I danced the tango for the first time in my life.
Director: <Tan>go!

Music "Tango 2" plays. Lighting - C•C. se "the sound of a horn or a train passing through."

They light up on the room next to the left direction of the cocks' room. Extra actors dance tango. And Chinese handsome actor standing in front of them dances tangoes. Kageko goes to the room and dances tango with handsome actor.

Handsome Actor: Sound a <strong> sound, wind up with dust, memories <push> through the wilderness of the continent.
Kageko: <Once upon> a time... Far... Old... I... With you... With <you>.
Handsome Actor: <Even> if the end of the world comes, the mountains break, or the sea breaks, I will never let you go.
Kageko: You're not going to let go?
Handsome Actor: Don't let go... Keep...
Kageko: Are you sure?
Handsome Actor: You and me (<Nǐ> gēn <wǒ>) ~Follow me.
Kageko: With you (<Wǒ> gēn <nǐ>) I'll follow you.
Handsome Actor: <Never> let go. ... I'll never... about you. <Never> let go.
Extra men and women: <Ni>ghtma<re>.
Kageko: <You> made me engrave my tooth shape on your shoulder, you make me run my claws on your back, you decorate your throat with a wound like a pomegranate, and you <dance> with me in your memories for ever.
Director: <Rum><ba>!!

Music changes from "Tango" to "Rumba". Lighting - C•C. The extras dancing and moving from the left room to the room in the center.

Kageko: The <Attack> of the <Horse> Bandit.
Handsome Actor: <Dramatic> <En>counters.
Kageko: <Two people> who <love> each other.
Handsome Actor: To become a clamp of a permanent knot of <two> lovers' homeland.

Two: They conne<ct> the eternal contract.
Director: <Blue><s>.

Music changes from "Rumba" to "Blues", lighting C•C. As extras change dance from the rumba to the blues and move to the central room. Kageko goes to the central room (the cock's room).
Following Kageko, the handsome actor goes to the center room.

Kageko: It's <wonder>ful, <you>.
Handsome Actor: <You>'re love<ly>.
Kageko: Please stay <sile>nt... as I'<m> Liebenlen...
Handsome Actor: <Of> course. If everyone knows you're Japanese, you'<re> shooting to death for treason of nation.
Kageko: Wouldn't you tell <anyone>, would you?
Handsome Actor: Oh... I don't speak. I will never talk anyone about you.
Kageko: Is that true?
Handsome Actor: Even if the end of the world comes, my mouth is torn, my mouth is broken, I will never speak. It's a <secret> to anyone.
Kageko: It's a secret to <anyone>.
Handsome Actor: Oh!
Two: It's a secret to anyone.
Kageko: Though that <should be supposed> to be so.
Director: <Tan><go>!!

Music changes *from "Blues" to "Tango." Lighting – C•C. Extras dance tango. Handsome Actor is the type an his* ass. *Kageko becomes the type which she squeezes him.*

Handsome Actor: It's your misunderstanding! It's your <mis>understanding!
Kageko: <How dare> you betray me?

Handsome Actor: <Hey>, it's a <mis>understanding.

Kageko: <Shut> <up>!

Handsome Actor: <Hey>…, calm <down>.

Kageko: Shall I break your hands and feet? Oh, A little morbid, run away Jin Tang, horse droppings, jagged gaps, Tooth dung gero return, No artificial holes, facial ass bellows, Squirting, Womanizer, Eroguro, Goya Shishi nose missing Whimsical pig without wrinkles, Bedsore lantern Kampura bizarre, fool, Idiot.

Handsome Actor: Eh?

Kageko: You are my... Idiot... Too magpie I love you.(Tài xǐ huān wǒ ài <nǐ>.)

Handsome Actor: You love me (<N>ǐ ài wǒ wū)~ Do you love me?

Kageko: I care about you. I care about you... You're mine... I won't let anyone give you, I won't.

Kageko's recording voice: <I> won't.

Kageko: <I> won't.

The recording voice of Kageko: <I> won't.

Kageko: <I> <won't> give you.

Director: <Wa>lt<z>!!

Music changes from Tango to Waltz. Lighting - C•C.

Kageko goes to a right room.

The African expedition crew runs to the director.

Extras dance waltz in the middle room.

Kageko: You are a <guilty> <person>… to make me so intoxicated (*hold hands each other.*)

Handsome Actor: The warmth of the <hand>... Oh, dear... I'm crazy (*hugging*)! I won't let you go … I'm talking about you. I never let you go.

Kageko: Don't you going to let me go?

Handsome Actor: Never let go. never let go…, even when the end of the world comes, whether the mountain is torn or the sea breaks, I will never let you go.

Kageko: Rea<lly>?
Handsome Actor: Never let you go <again>.
Kageko: ... Third time.
Handsome Actor: Eh?
Kageko: (*leaving his body*) the third time...
Handsome Actor: ... <Eh>!
Kageko: Did you <talk> to anyone?
Handsome Actor: Eh?
Kageko: Did you talk to someone?
Handsome Actor: …<What> did I tell anyone?
Kageko: You told someone, didn't you?
Handsome Actor: …<What>?
Kageko: I love Japanese. (<Wǒ> rìběn rén jiān我日本人奸)
Handsome Actor: Eh?
Kageko: How dare you <tell> me to anyone?
Handsome Actor: <What>? <What>?
Kageko: <Twice>, you snitch<ed> me.

♪ *Set Roughly, the sound of film flying.*

Director: <Tan><go>!!

♪ *Music violently steps up the tempo up from "Waltz" to "Tango". Lighting - C•C.*
Extras dance tango.
Handsome Actor is type on his ass. (same as the previous scene.)

Handsome Actor: It's a <mis>understanding! Misunderstand<ing>.
Kageko: <How> dare you bet<ray> me?
Handsome Actor: <Hey>, <it's> a misunderstanding.
Kageko: <Shut> <up>!!

Handsome Actor: <Hey>, calm <down>.
Kageko: <Raise> your <hand> (*turns her handgun.*)
Handsome Actor: <What>··· are you <doing>!! (*Kageko shoots at the heaven.*)

♪ *There is a sound of a handgun that burns.*

Director: <Rum><ba>!!

Music tempo up from "Tango" to "Rumba". Lighting - F•C.
Extras dance the rumba.

Handsome Actor: Don't be <stupid>!
Kageko: You're an idiot, medically speaking, you're a fool, in short, you're a fool, i.e., <stupid>.
Handsome Actor: Isn't that <too> <much>?
Kageko: <Shut> <up>!!
Handsome Actor: End of death (<Lèi> sǐ wǒ<le>)~I'm so tired that I'm dying.

se "Morse signal sound"

Kageko: We lost <con>tact··· Not good(<Bù hǎo>). They're already here.
Handsome Actor: What? (Shénme)
Kageko: Dogs from anti-Japanese armed governments.

The film crew is approaching in front of two person.

Handsome Actor: Come on (Lái ma)? Where? (Nǎ'er)
Kageko: Beyond the Wall.
Handsome Actor: Gable. (Shān qiáng)
Kageko: Behind the wall, they are holding bombs made of a nitrocellulose shell.

Handsome Actor: Behind (hòumiàn)··· don't see (bù kàn) It's dangerous here, so please go back.
Kageko: I'll be killed. Even though I'm anti-Japanese, too.
Handsome Actor: You japanese ghost (Nǐ rìběn rén guǐ) Japanese Demon.
Kageko: Get <cau>ght. I'll be killed··· murdered··· But I won't die. My life is mine. I won't give it to anyone. I won't.
(**recording voice**) <I> won't.
Kageko: <I> will not die. I'll kill you before I'll get killed... Come on, come out··· from there, from beyond the wall.
Handsome Actor: ··· Wall?
Kageko: <Wall>.
Handsome Actor: Where is the <wall>?
Kageko: Eh?

Lighting F•C ♪ se Rattle("Katakata") F•I.

Handsome Actor: Where is it?
Kageko: Here, there···

Next, A and B two-way scenes.

(A)Handsome Actor, approaching the camera.

Handsome Actor: Is this it? ··· Is this the wall?
Kageko: Yes, that wall.
Handsome Actor: I'm buried... Is this the wall?
Kageko: Eh?
Handsome Actor: *(As if blocking, he closes the camera, exaggerate)* 40 years ago, is this wall you buried me, after you killed me?

Lighting C•C, ♪ C-C•O.

(B) Handsome Actor Approaches Camera

Handsome Actor: Where? Where is it? Nothing. there's no such a thing... where is it? Where? Where's the wall? (*as he completely covered the camera*) Where? Where? Where?! Where is the wall? Wall, wall, wall.

Lighting- C•C ,♪ —C•O

Director: <Cut>!! ... Oh! No more! If you blook the camera, you won't be able to see it! Totally!!
Handsome Actor: …Excuse me.
Kageko: (*suddenly with pretending to be exaggerated*) Go too far, shadow!
Extra: <Miss> <Kage>yama Kageko!!

Lighting, C•C. "Scratch Film Ticking". se "Projection Sound" C•I.

Kageko: The <shi>mmering light… the darkness unknown... (light and shadow, be exposed to and burned by silver chloride) It's the constant succession that moves me. Shadows alone are not useful... Light... Without light, I can't live.
Director: You're right.
Kageko: (*To Handsome Actor*) Are you going to kill me?
Handsome Actor: Come? where?
Kageko: Hey, this boy... How can you treat him?
Handsome Actor: Miss. Kageyama!
Director: He is useless.
Handsome Actor: Director!!
Director: This guy, it's about time for this role... It's about time for this guy to play this role. Let's take down this part, shall we? Shall we? <Shall> we?

se "Projection Sound" off. Lighting, back.

Director 2 suddenly appears. A little later, a cameraman, a recorder, and a staff member with a lev board appear.

Director 2: <Cu>t!! Oh, Again!
Director 1: I'm sorry.
Director 2: How many times do you make a mistake, do you feel better? (*while banging the head of the director 1 by the megaphone*) Hey, you, Oi...
Director 1: I'm sorry... Excuse me... (Director...)
Kageko: What? What can I do for you? What about the scene like conte?
Extra: conte?
Kageko: It's a conte... Conte, it is a poor conte.
Director 2: <Conte>?!
Kageko: Conte!! <Conte>.
Director2: What's the <conte>?!
Kageko: It's not a conte.
Director 2: It's not a conte! I'm serious! You! <Do> you insult the sacred place?!
Director1: <Cut>!!
Director 2: Eh?
Director 1: What is it? How do you say that?
Director 2: Can't I do that?
Director 1: You're going to say, "It's not a conte..." as frightened by the great actress's majesty and power, and being scared and scared, is it?
Director 2: Just, just, With momentum···
Director 1: I also have to take it again...
Director 2: Excuse me...
Kageko: Hey...
Director 1: I'm sorry...Do you feel like they're going to let you do it over and over again?

Kageko: <How many times> if you let them do do you feel fine? This one.
Director 1: Well, don't say that.
Kageko: How long will you continue?
Director 1: <Until what time>?
Kageko: <How long> are you going to let me do... this? Though there's no film in it···
Extra: Eh?

Lighting, F•C., se "Projection Sound" F•I.

Kageko: Idiot... I know ... that this is a TV news show shoot.
Director 1: What do you say?
Kageko: Taking on the glory of the <past>... Thirty years... No, more... More... A pitiful former actress with memory loss who continues to play the same role over and over again... The document of the crazy woman who cannot return to reality from the movie... I can see... To me... (*pointing over the audience*) from beyond this invisible wall... The lens of the tv camera trying to capture me in the unpleasant scan line...

She goes straight to the audience seats.

Director 1: Ah... Don't go that way.
Kageko: (*Exaggeration*)... Go ahead... Please take a picture. I don't care, take a picture... Please give it to your heart's content... Take a picture... Come on, take a picture. My... This horrible... A sarcastic figure! !

see "projection sound" OFF. Lighting, restoration.

Director: <O>kay! Cut!!

Everyone solves one performance. He finally has the atmosphere that one shot is over.

Director 1: Great (*applause, etc.*)
Extras: (*Frankly*) Thank you for your hard work.
Director 2: Everyone's feeling came out.
Second: It's powerful, isn't it?
Director 1: I was able to take a good picture. Let's take bust shots and tango (*from the front*) after the break.
Extras: (*They say something to somewhat.*) It's lunch, it's lunch, it's lunch, it's finally lunch.
Director 1: Come on, break, <break>!!
Kageko: We don't need a <break>.
Director 1: ... What?
Kageko: (*Go too far, shadow*)... Even while we are doing such a thing, time is passing by... Time is raw. Hurry up, or if you don't do it soon, time will go bad.
Director 1: Does time rot?!
Kageko: (*with rising a white handgun up*), but, you know, if it's a bone, it's good to put it under a pillow and sleep···

Lighting, F•C. Music, F•I.

Director 1: Hey, hurry up, scene 79.

All of them become a system of shooting. In response to that, Cook2 who was sleeping on the stairs of the front street at right side wakes up by the stairs.

Kageko: I'm sure I'll have a good dream.
Cook 2: A dream?
Kageko: Yes, a good dream... Forbidden wood white clouds bloom in full bloom

at the stop of Malandani, Konshunken Konbarsonka, Guangdong Province, the 8th wedding's <dream> that I give a wedding with you.
Cook 2: It's <annoy>ing.
Kageko: <You> are a pure white tuxe<do>.
Cook2: <What>'s going on <this>?
Kageko: Dressed in a <formal> dress, I <turn>over the hem of small Uchigi of treasure phase Kamagon statement of Beni tailoring

Cook 2 finally looking around

Cook 2: <Un><belie>vable.
Extra: <Nigh>t<mare>.
Cook 2: What are you guys doing in someone else's room!?

The recorded voice of Kageko and se "Morse signal sound" the voice of the Kageko overlap.

Kageko: (*the recording voice*) <Overturn> the <bor>ing everyday life.
Cook2: <Who> are <you>!?
Kageko: (*the recording voice*) Let's overturn the boring everyday life.
Kageko: <Who> are you?
Cook 2: <That's> the line I say!!
Kageko: <Shut> up!!
(**Kageko's recording voice**) (*Morse signal sound*) Exhausted me (<Lèi> sǐ wǒ<le>).
Kageko: We've lost <contact>.
Cook 2: Eh?
Kageko: Not good (Bù hǎo), they're here.
Cook 2: They?
Kageko: Dogs from anti-Japanese armed governments.

Cook 2: …Anti-Japanes?
Kageko: Anti-everyday life armed govern<ments>.
Cook 2: Don't be <silly>.
Extra: recording voice: <Nigh>t<mare>.
Kageko: The <dream> of the revolution I saw with <you>.
Cook 2: <Messed> <up>
Kageko: I <won't> give you to <anyone>.
(The recording of Kageko): <I> <will> not do.
Cook 2: I <don't> <understand>.

Lighting, music, texture changes.

Kageko: <Hey>, take me.
Cook 2 (the recorded voice): ... Where?
Kageko (the recorded voice): To the <end> of the world.
Cook 2: (the recorded voice): <Hand> <in> hand.
Kageko (the recorded voice): Picking up your <hand>, riding a celluloid train, <to> the end of the world.
Cook 2: (its recorded audio): If <possible>.
Kageko (the recorded voice): <Rendezvous>, which better?
Cook 2: (the recorded voice): ... around Venus ... how is it?

Lighting, music, return.

Cook 2: Well... Why do I <say> I couldn't understand that's what I mean?
Kageko: You <deceived> me, <don't you>?
Cook 2: <Hey>, <what> is it?
Kageko: <How dare> you tell it <well>?
Cook 2: <What>? What did you talk about? <What>?
Kageko: How dare you tell your<mother> about me.

Cook 2: …Mom?
Kageko: Well, <how dare> you talked about me...to your mother?!
Cook 2: <What> is it? <Really>?
Kageko: After you have forgotten your duties as a <special> operative. You <in-formed> against me.

Kageko turns her gun.

Extra・Staff: <Tan>go! !

Lighting, C•C Music "Tango"
Cook 2 has a shape on his ass.

(**Recorded sound of cook 2**) <Mis>understanding! What a misunderstanding! !
Cook 2: Hey, hey, from a while ago, ... I ... <really>, what are you talking about?
Kageko: You <dare> betray me.
Cook 2: (*very loudly*) <Say>! … Hey, what is it? <this>...

While everyone is in each position.
♪ F•C.

Extra 1: <This> is a Cathedral of scheduled harmony.
Extra 2: <Lamp> is. <Xenon> arc.
Extra 3: <Arc> acety<lene>.
Extra 4: Chop <continu>ous time.
Extra 1: It passes too fast in front of you before you can blink

se " train's noise "

Extra 2: Special nitrocellulose express <train> running at 24 frames per second.

Extra 3: <Shu>tter is a control valve.
Extra 4: Reels are <wheels>.

se Put on rattle[kata-kata]

Extra 1: <Critical> fusion frequency 24 seconds.
Extra 2: Shutter is eyelid.
Extra 3: Eyeball is a <lens>.
Extra 4: <Zoom> • <Pan>.
Extra 1: <Pan>, <tilt>.
Extra 2: <Tilt>, <Dolly..
Extra 3: <Dolly>, <focus>.
Extra 4: <Focusing> <retinal>.
Extra 1: <I> who move to the <retinal> screen.
Kageko(Sound of record): <Who> am <I>, really?
Cook2: <Who> are you, on earth!!

se "Pushoon Train Sound" F • O.
Lighting, F • C. Music "Tango" F • O.

se Only the sound of the projector is rattling.
Kageko changes appearance.

Kageko: ... I live ... in the blink of an eye ... in the moment of darkness ... Appearing and disappearing like a shadow, shimmering, melting (*while approaching nothing*) ... Painted and baked with a bunch of light on top of a thin thin ribbon of polymer that is about to break ... an empty dream called cinema,

Lighting, music, CO.

Kageko: <Da>.
African Explorers: <Da>nce.

se "Locomotive coupling sound."

Kageko: (*Put your white heel shoes on her ears*) ... the shoes ... sound ...
Cook 2: ...Eh?

se A bell-like sound departing from "Jiririririri".
se The sound of the locomotive's smashing sound gradually, quickly in time with the music.

Lighting, flashing light, C•I. Music "Tango" C•I.
A mysterious "tango" that looks like three rooms arranged in a frame of film begins.
The movement of the scenery and the movement of the dance are synchronized.
(Like a train passing, and FILM flowing sideways ...)

On the music se "sequence of crowded city" overlaps, and the man walks, drawing rear car from the left side.

Cock 2 retreats, and cock 1 appears from right side.
Cook 2, disappears to the right side. Cook 1 sleeps on the stairs where Cook 2 were sleeping.

Scene 12 "Too far, Shadow"

Girls, extras, fimish singing "come down Moses."
Lighting, F•C.
Extras abcdw's "line practiceof line."

The girl leaves.

Extra a: Hey, turn off the light. Hey, everything looks better in the dark. <So>.
Extra b: <That 's why> it 's all right just for a moment, an instant.
Extra w: <Please> turn off the light.
Extra c: <Okay>, walkable.
Extra d: Darkness is my dance <hall>.
Extra c: <Bright blue> darkness.
Extra w: Crimson <darkness>, extraordinary buriliant colorful darkness.
Extra b: Both eyes are split deeply to <see>.
Extra a: <Reflect> the end of the earth on the razor blade.
Extra b: <Darkness> beyond the <palm>.
Extra w <Darkness> is subtraction of light.
Extra c: No, light <plus> shadow.
Extra d: A <world> colored in <mono>chrome.
Extra C: The <World> Is My Trailer.
Extra w: Spin with acetone when not connected.
Extra b: Fall into perforation hole.
Extra a: Make up with developer.
Extra b: Scared by the darkness next to the light.
Extra w: Living in the light next to darkness.
Extra c: Gather missing light.
Extra d: Dissolve in a jelly form.
Extra a,b: Baked on solid nitrocellulose.
Extra c,d: A shadow man who is reflected in the eyes of one million.
Extra w: A vision floating on the back of a million eyelids.

A shadow of a man who raised both hands appears on the wall of the room.
Cock 2 comes out from right side with both hands raised.

Extra a,b: Every time someone closes his eyelids.
Extra c,d: The world starts moving again.
Extra a,b: Everytime someone squints.
Extra c,d: The world will collapse again.
Extra w: A dream of blink...
Extra a,b: Fall in love one million times.
Extra c,d: Be loved a million times.
Extra w: Killed a million times.
Extra a,b: Vaguely floating at the end of the world.
Extra c,d: It rains on end mark.
Extra a,b,c,d: Too far, shadow ...
Extra w: The world is my trailer.

In the dark, se "the sound of a gun bang!"

Kageko: (*Voice*) Goodbye.

se "Sound of clapperboard."

Cock 2: Achoo! !
Cook 1: To glance at! (*Run off the left side of the main street and go up the stairs.*)

Music F•I Lighting, F•F•I
In the fluttering smoke.

Kageko: Facts catch a cold immediately ... Facts are light and fast both at body and heart, fly like a fly, and get lost without calling.

Cock 2 is falling down. Kageyama Kageko stands beside him.

Cook 1: Hey! Are you OK! !

Cook 1 sees Kageko.

Cook 1: What do you do!
Kageko: This guy <shot> me.
Cook 1: Did you <shoot> me?
Kageko: Did I shoot?
Cook 1: You are going up into a stranger's room on your own ... What the hell is it?

Lighting, F•C. Music, F•O.
Cock 2 gets up overturned.

Cook 2: <What>!, were you home?
Cook 1: (Wow!) Staring! Are you ... alright?
Cook 2: <Cut>!
Cook 1: Eh?

Extras leave.

Cook 2: Dialogue is different, dialogue is.
Cook 1: Dialogue?
Kageko: You··· don't you pollute the script with facts?
Cook 1: Script?
Cook 2: <Please> follow the script.
Cook 1: <What> are <you> saying?
Cook 2: <You>'re carefully laid back me like a pig, with a very nasty, with pink-eyed moving, and tied to a table with a thinning, holding both eyes firmly with both hands, and <just> drop it into a deep sleep like a rotten tomato with a pig

compass-type central activity.

Cook 1: Is he <okay>?

Cook 2: Let's float. My boy's pig! Pork-made Chinese ham globes now have <no idea> where on skin to sleep.

Cook 1: <This fellow> is <useless>.

Cook 2: Looking for alibi in the grasslands of <Korean> pig skin, I can't help but stare my value like a 17-year-old man. Buu.

Cook 1: ...What is this?

Kageko: He <was hypnotized> by Yorkshire pigs directly descended from the Emperor of Manchuria on charges of inform.

Cook 2: <Even> though louse in the relatives of the ancestors in the wall, meander making a family line, at the edge of the eight tatami mats of the nebula spiral of heredity, <there can> only be a laughing me and (*finger cock 1 in sleeping*) this incompetent body under the 20-watt Mazda lamp.

Cook 1: <Who> <is> the incompetent meat chunk?

Cook 2: On the drip of urticaria in the meat mass that sleeps <silently>, you suddenly imagine a map of the Great East Asia Mutual Prosperity Zone ...

Cook 1: ... Eh?

Cook 2: ... Mother.

.Kageko: ... What?

Cook 2: ... Say

Cook 1: Eh?

Cook 2: Your dialogue.

Cook 1: Dialogue ...

Cook 2: Mother.

Kageko: ... What?

Cook 2: Look, say:"Mom." Look.

Cook 1: ... Mother?

Kageko: What <is it>?

Cook 2: <Mother>, <how> are you?

Music, C•I. se "The rattling sound of the projector". Lighting, texture changes.

Cook 1: <Mother>, <how> are you?
Kageko: <Mother> is fine.
Cook 1: This may be the last letter.
Kageko: Why? (Why?)
Cook 1: Tomorrow, the Black Flag Party would have arrested mother.
Kageko: That's hard.
Cook 1: Please forgive the infidelity who informed for the desire for money.
Kageko: A helpless child ... If this happens, <now>.
Cook 2: It's not something you can hide <anymore>.
Cook 1: I can't live together anyway.
Cook 2: I buy a great altar and offer flowers every day.
Cook 1: I decorate your photos, too.
Kageko: I <hate> that.
Cook 2: <Then> it would be better.
Cook 1: How are you together?
Cook 1-2: <Would> you like to run away?

Lighting, C•C. Music, C•I. se "steam locomotive."

Kageko: Going through the <war>.
Cook 1•2: Take the limited express Asia!!
Kageko: Do you run away?
Cook 1•2: Run <away>!!
Cook 2: From <Da>lian Institutional Zone.
Kageko: The down limited express Asia-go bound for Harbin will be launched soon! !
Cook 1-2: Departure all right!

Cook 1: Alco-type powers laver makes a noise with sound "shu".
Cock 2: Single brake valve handle moves to operating position.
Kageko: Throttle fully <open>.
Cook 1-2: Over <Kai>nan Banri from field to Mountain! !
Kageko: Take me to the end of the world!!
Cook 2: As I'll go, so you go, too.
Cook 1: I'm tired of living in narrow Japan.
Cook 2: No home in hometown.
Cook 1: No one will miss me.
Kageko: Please go ahead and put me on the limited express.
Cook 1-2: Advance! ! The limited Express, <beyond> the light.!

Lighting, C•C, music, C•O.

Kageko: <Infusion> time! !
Cook 1-2: ...Eh?
Kageko: It's time for a consultation ...
Cook 1-2: ...Eh?
Kageko: According to the script, a nurse comes in here, supposed to take my pulse.
Cook 1: Well···
Kageko: Then, the actor in the large room, who is playing an intern who has no [little] hope of getting ahead., comes in and says like this: "Have you changed anything?"

Lighting, C•C. From the right side a doctor and a nurse come in. Nurse takes Kageko's pulse.

Doctor: Haven't that <changed>?
Cook 1: Um ... here ... a hospital?

From the right side a handsome Chinese actor, a magician in Shina, a Russian merchant, a musician in violin, and extra a,b,c,d,w are walking in a row. In the room on the left side a director, a photographer, a recording clerk, and a man with a ref board enter. In the room on the right side an African expedition is peeping.

Nurse: This is Relationship Mountain Matianling District.
Doctors • Nurses: A Back War Brain Hospital of Rachosho of Mizuho (lots of water) Dam Side, of Frontier of the Civil War of National Republic;
Doctor: Yes.
Nurse: This is a revolutionary play therapy that incorporates the movie play game.
Doctors: To save one patient, you need so many people.
Cook 1: …Oh.

An extra of single row passes by.

Nurse: But she's already healed.
Kageko: That was <my> line, wasn't that?
Nurse: Oh, I'm sorry ... please go ahead

Kageko is to speak to a nurse.

Kageko: But she's already <healed>.
Cook 1: <Oh>!
Nurse &Doctor: Eh?
Cook 1: (*points out the doctor*) You are…
Doctor: What?
Cook 1: You had a fever and had your wife in room 2 care for you ... (*to cook 2*)

Hey, here, right?
Cook 2: (*Inanimately*) Oh, <oh>.
Cook 1: <That> rough wife, <how> is she?
Doctor; <She> is also a patient.
Cook 1: Eh?
Doctor: Hey, you ... If you have time to listen to that, you have to memorise the line, the line.
Cook 1: Dialogue?
Doctor: That's right; dialogue, dialogue.
Cook 1: Is it a dialogue?
Doctor: If you don't learn the lines quickly, you will be treated as a patient.
Cook 1: Where is it? Is that anywhere?
Doctor: Dialogue isn't it?
Cook 1: Dialogue is.
Doctor: Well, it's in the script.
Cook 1: ... I want to ask you.
Nurse: Yes?
Cook: ... What role am I?
Nurse: The role to be killed ...
Cook 1: Am I killed?
Doctor: That is a role she kills you.

Cook 1 sees Kageko.

Cook 1: By her?
Director: You know all of her secrets. You are a guy who knew too much.
Doctor・Nurse: That's the role of an apprentice cook in Chinese food that would be killed by her.
Cook 1: ... Sure, I'm an apprentice cook of Chinese food, but ... Oh! (*noticing cook 2*), you're also apprentice <Chinese> food, aren't you?

Cook 2: <I mean> ... I'm ... killed already.
Cook 1: Eh?

Lighting, F•C.
One row of extras appears from the left side.

Cook 2: I had been killed long ago.
Cook 1: ... Excuse me.
Cook 2: ... I've been not here anymore.
Cook 1: ... You will be here.
Cook 2: No.
Cook 1: ... I can see you firmly
Cook 2: Your eyes are weird.
Cook 1: You are talking.
Cook 2: Are your ears OK?
Cook 1: You're there,
Cook 2: Not.
Cook 1: Stay here.
Cook 2: Not here.
Cook 1: Stay here.
Cook 2: Not here.
Cook 1: Stay here.
Cook 2: You are obstinate.
Cook 1: Because I stay here.
Cook 2: Well, you are gone.
Cook 1: Huh?
Cook 2: Pardon me, I have to go now.

Cook 2 tries to go.

Cook 1: …Where are you going?
Cook 2: …Where do I go? Beyond the end mark ...
Cook 1: What are you talking about?
Cook 2: To where there is no dialogue.
Cook 1: You're saying something weird, aren't you?
Cook 2: I get on the movie train.
Cook 1: …Train?

se "Roar of steam locomotive", music. Lighting, C•O.
Immediately music, C•O. Lighting, F•I.
Cook 2 is gone, too. (Extras are also leaving to the right side.)

Kageko: He is gone ...
Cook 1: ...Oh, my god!?
Kageko: Everyone has gone ... They have locked me in the frame ... They leave me ... But (*to cook 1*) I won't let you go ... I won't ... here and forever together … (*with a white handgun*) Even if you became boned.
Cook 1: I don't want to be killed ... No.
Doctor: Not really killed.
Director: Yes ... this is just a movie.
Nurse: This is a lie, <lie>.
Cook 1: <Lie>?
Doctor・Director: <Yeah>, lie, <lie>.
Nurse: <Lie>, <lie>.
Cook 1: <Lie> ... I <hate> lies ...
(Recorded sound of cook 1): I <really> hate it.
Cook 1: I <really> hate it.
(Recorded voice): <Whose> voice <is it>?
Cook 1: <Whose> voice <is it>?
Staff: <Whose> voice is it, <isn't it>?

Kageko: (*quietly*) <Hey> ... don't you want to be killed by lies?
Cook 1: ... Oh, I hate it ... even if it were lie, I'm <sorry>, I hate being killed.
Kageko: <Then>...
Staff: Then you <really> have to be killed.
(**Recorded sound of cook 1)** <What> do you do! Stop it, stop it!

Doctor and nurse squeeze cock 1.

(**Recorded sound of cock 1**) I hate being killed! Stop it, stop it! I hate, hate, hate! !
Cook 1: What are you doing! Stop it, stop it! I hate to be killed, stop it. stop it. I <hate> to be killed. I hate. I hate.
Kageko: shut up! Be quiet!

He becomes quiet.
Kageko goes from the cook's room to the back room.

Kageko: "If you make too much noise, the audion tube will burst and the synchronization between sound and image will be unraveled." (During the "", the recorded sound is shifted and covers.)... Hey ... I'm sorry I'm going to go, if I wander around like this, the (magnetic) world will end ... I leave, badly crawling around the top of the world, spreading in the edge of that abominable end roll, Before being swallowed by bottamless darkness ...
(**Kageko's recorded voice**) I won't die, I'm going home.
Kageko: Before 129,600 frames from here, the first wedding ceremony I getting married with you, in the courtyard with jasmine fragrance, to dance with you yet to begin to learn tango at that time ... but there, now, I, who you know, haven't been anymore ... <I>

Lighting, C•C se Noise "sir."

Kageko goes to the big stairs.

(Recorded voice of Kageko) <I>'m not there.
Kageko: <I> am.
(Recorded voice) <I> am. (woman, double in whisper)
Kageko: <I> am.
(Recording sound) <Even> <if I were> full of wrinkles (all double in whisper.)
Kageko: Hands and <Limbs> tremble. (female, double in whisper)
(Recording voice) <Hands> and feet <wither> (a man double in whisper.)

Lighting, music, return.
Extras come in from both sleeves.
Kageko is on the big stairs.

Kageko: <Forever>, I'll keep dancing tango with you there ... I'll be a prisoner of light and keep moving there forever ... The facts you visit are raw ... Rot soon ... Facts soon catch a cold. The fact is that the body and mouth are light, fly around like a fly, and though we don't call, entering while hesitating.

Keiko points the muzzle at Cook 1.

Director: Action!!

se "Sound of a clapper board."
Doctor and nurse release cock 1.
Cook 1 wanders and, stops, and looks up at Kageko on the grand staircase.

Kageko: Goodbye ...

Kageko triggers. se The sound of "pan" shooting.

Cook 1 holds down his chest and falls.

Kageko: Look, the fact is dead!

Music, loud "Tango C•I. Lighting, fast F•C.
The extras also dance "tango" all at once. A wife appears before an African expedition member watching the dances of the extras.
The wife stops and looks up at the vacant sky.
The light of actress, Kageyama Kageko slowly goes out.

国際寺山修司学会規約

第一条　名称　本会は国際寺山修司学会（The International Society of Shuji Terayama）と称する。
第二条　本会は寺山修司の研究者および愛好者を持って組織する。
第三条　目的　本会は国際社会における寺山修司研究の促進と会員相互の親睦を目的とする。
第四条　本会はその目的を達成するために、次の事業を行う。
一　研究発表会、講演会および懇親会
二　会報、その他の出版物の発行
三　世界各国の寺山修司研究団体と連絡を密にして、相互の理解と便宜をはかること
四　その他
第五条　本会に次の役員を置く。
会長一名・副会長若干名・事務局一名・会計監査一名
第六条　本会の役員は総会の議を経て決定する。
第七条　役員の任期は二年とし、重任を妨げない。
第八条　総会は毎年一回会長が招集し、本会の重要事項を審議する。
第九条　本会の会費は別に定める。
第十条　本会に顧問を置くことができる。顧問は総会の決議を経て、会長が委嘱する。
第十一条　本会の趣旨に賛同し、その事業を支援するものを賛助会員とする。
第十二条　本会の会計年度は四月一日から翌年三月三十一日とする。

設立　平成十八年四月一日
所在地　愛知県長久手市作田二丁目一四一一番地

〈役員〉
会長（本部）　清水義和（愛知学院大学客員教授）
副会長　馬場駿吉（名古屋市立大学名誉教授）
運営委員　久慈きみ代（青森大学名誉教授）
羽澄直子（名古屋女子大学教授）
鈴木能章（長崎大学教授）
顧問　寺山偏陸

国際寺山修司学会論文集十三号募集

●名称　国際寺山修司学会　論文集『寺山修司研究』第十三号
●発行　国際寺山修司学会本部　事務局　編集委員会
●執筆者刊行費用分担金　三万円（一編に付き）
●論文原稿　締切日　二〇二〇年九月末日　必着
●論文原稿送付先　普通郵便（各五部とフロッピーかCD、書留不要）
〒480-1153　愛知県長久手市作田2―1411
清水義和方
国際寺山修司学会
●公刊・頒布開始　二〇二一年三月二十日予定
●販売方法　通常のルートで販売　郵送の場合：梱包料・送料　購入者負担
●頒価・税込み　二千円（執筆者は一冊贈呈）
●執筆予定者数・論文点数　二十名・二十編
●総ページ数　Ａ５版　三百ページ以上予定
●原稿は編集委員会による査読がなされ、最終的な採否は編集委員会が決定する。

●論文枚数　Ａ４版　完成原稿で　十枚以内（厳守、Ａ４版で十枚を超えないこと）　縦書き　短い論文を歓迎。　長編の場合は二編に分けて投稿願います。一人原則二編まで投稿できます。
※使用言語：日本語もしくは英語
ただし、日本語論文については、短い「英文要約」(Summary）を本文頭になるべくお付け願います。（なお、英語論文についての日本語要約は不要。執筆者が必要と判断された場合には、日本語要約もお付け願います。）
※論文の長さ：
和文の時：一行当たり、三十八文字　一ページ当たり三十五行をほぼ目安とする。但し、表紙は不要。
英文の時：一行当たり七十文字、一頁当たり三十五行を目安とする。表紙は不要。
※活字の種類　和文　ＭＳ明朝体　英文Century体
活字の大きさ一〇・五ポイント。
(活字の種類・活字の大きさの統一にご協力願います。）
※原稿用紙のサイズ：Ａ４版のみ。(白地のコピー用紙でよい、クリーム色など、色付きは不可）
※形式：天をほぼ　二センチ　地をほぼ　三センチ空け

る。

左をほぼ　二・三センチ　　右をほぼ　二・三センチ

空ける。

ページ数は、地の部分　下から　約　二・五センチの

位置中央　に　-15-　のように入れる。

※活字の種類　和文　MS明朝体　英文　Century体

活字の大きさ　一〇—一〇・五ポイント

(活字の種類・活字の大きさの統一にご協力願います。)

編集後記

清水　義和

今、中国では、寺山修司がちょっとしたブームである。寺山関係の催しが開かれ、内外の各新聞やメディアが紹介記事を掲載して、世間を賑わしている。ブームのきっかけは、安藤紘平早稲田大学名誉教授が中国の文化学院で永年寺山の実験映画「蝶服記」「ローラ」「二頭女・影の映画」や、寺山に影響を受けた自作映画『アインシュタインは黄昏の向こうからやってくる』『フェルメールの囁き』等の映像論を教えてこられた実績の賜物である。また早稲田大学では南カリフォルニア大学映画部門の教授陣を招聘し映像論を教授していただき、同寺に、中国の映画分野でも中国から教授陣を招き指導を仰いでこられた。つい最近では、安藤教室が大林宣彦監督の『海辺の映画館』制作にもジョイント参加している。昨年、寺山修司研究十一号では、欧州で話題となった寺山修司について「演劇実験室天井桟敷はじめての海外公演と『毛皮のマリー』」と題して、纏められた研究が記憶に新しい。また、近年では、中国で寺山の映画や資料の展示会やイベントを企画された。更にまた、中国で寺山修司研究の出版を計画中とのことである。寺山のドラマには『中国の不思議な役人』『チャイナドール』（上海異人娼館）『盲人書簡・上海篇』など中国を舞台にした作品も多種ある。今後寺山研究の動向やその成果と全容を、寺山修司研究十三号に随時掲載するプログラムを立案している。

昨年の寺山修司研究十一号では、『毛皮のマリー』を特集しました。美輪明宏さんの『毛皮のマリー』を話題盛りだくさんのエッセイがいっぱいで、寺山偏陸さんご自身の『毛皮のマリー』論は掲載できませんでした。そこで、今回、寺山修司生誕八十五年を記念して十二号では、巻頭論文に、偏陸さんの『毛皮のマリー』論を掲載することになりました。ご多忙の中、御執筆の時間を割いていただき、並々ならぬご尽力を賜りましたことを心から感謝申し上げます。

生前の寺山修司をよく知る白石征さんが、『寺山修司と一遍上人―其の二』を上梓してくださいました。白石さんは、藤沢市にある遊行寺にゆかりの深い一遍上人を長年研究され、遂に、昨年、一遍上人の芝居を纏め、上演されました。また、ご高著『一遍上人聖絵』も上梓されました。そして、『寺山研究』十二号には、「寺山修司と一遍上人」論を書き下ろしていただき、寺山修司と一遍上人との深い関係を解き明かされました。まさに、白石さんによって、寺山修司と一遍上人との関係は時代を越えて堅く結ばれていることが、明らかにされました。白石さんが玉稿に添えられた手紙には、「これから寺山修司論を書きます」と明言されていました。寺山修司と終生共にされた白石さんの宝石のような言葉の泉に、一日も早く巡り合いたいものだと心が高揚しています。

天野天街さんは、演出家、劇作家、イラストレーターでもあり、『寺山修司研究』の二号から十二号まで、表紙を描き続けてくださいました。名古屋で、『揚輝荘天街展』が、二〇一八年十一月末まで開催され、同時に『寺山修司研究』の表紙が展示されました。

天野さんは、寺山修司原作のドラマ『田園に死す』、『レミング』、『地球空洞説』を脚色し、演出されてきました。今回、特別に『レミング』の英訳の一部を本研究に掲載する運びになりました。『寺山修司研究』は天野さんのイラストと寺山修司のドラマを脚色するという仕事を通じ、二〇〇〇年代初頭に一時代を築き上げたと思います。同研究では、天野さんの寺山修司理解の一端を示して、天野さんの仕事に敬意を表したいという思いで天野天街特集としての論考を上梓しました。

近年、若手の寺山研究家の活躍は目覚ましいものがあります。堀江秀史さんの『ロミーの代辯』、『寺山修司の一九六〇年代不可分の精神』は何れも大著であり、また、寺山修司研究の白眉であり、他に追随を許さぬ金字塔でもあります。

東京では、美輪明宏さんをはじめ、寺山偏陸さんの演劇活動は凄まじい成果を上げています。萩原朔太郎記念館で、萩原朔美氏の演出による『犬神』の朗読会があり、寺山修司を知る朔美先生の言霊が深々と伝わってきて、忘れられない演劇のエポックを築き上げてくださいました。

名古屋では、G/PITの支配人、浅井延子さんのご尽力により、『ある男ある夏』、『白夜』に続いて『青森県のせむし男』の上演に腐心され、稀代の演出家、鹿目由紀さんを招聘して、寺山演劇の復活に貢献されてきました。

葉名尻竜一さん、石原康臣さん、久保陽子さんの論文は、何れも新しい寺山研究に新しい波を、巻き起こし、現代社会の岸辺に押し寄せようと怒涛を巻き起こしています。

今後、若い学徒や研究者らによって、寺山修司研究がいや増しに発展を遂げますことを心から願ってやみません。

寺山修司研究（第一号〜第十一号）総目次

寺山修司研究【第一号】

寺山修司研究【第二号】

寺山修司研究【第三号】

寺山修司研究【第四号】

寺山修司研究【第五号】

寺山修司研究【第六号】

寺山修司研究【第七号】

寺山修司研究【第八号】

寺山修司研究【第九号】

寺山修司研究【第十号】

寺山修司研究【第十一号】

Contact Us:
The International Society of Shuji Terayama (ISST)
Office c/o Shimizu Yoshikazu, Aichi Gakuin University
Aichi-ken Nisshin-city Iwasaki-cho Araike 12, Japan
https://www.isst.site/

"Terayama Shūji Studies" vol.12.

CONTENTS **2020**

寺山修司研究【第十二号】

『寺山修司研究』第十二号　編集委員会
編集委員長　馬場駿吉
編集委員　清水義和、中山荘太郎、
赤塚麻里、土居峻
サリビックルクワゴ

表紙デザイン・天野　天街

2022年4月30日●初版発行

編者●国際寺山修司学会【編】

発行者●鈴木康一
発行所●株式会社　文化書房博文社
〒112-0015
東京都文京区目白台1-9-9
電話03（3947）2034
振替00180-9-86955
URL: http://user.net-web.ne.jp/bunka/

印刷・製本／昭和情報プロセス株式会社

乱丁・落丁本はお取替えいたします。
ISBN978-4-8301-1319-2　C0074